本书由上海工程技术大学著作出版专项资助出版

"无事之文"与中国古典白话小说

"Non-evental Texts" in Chinese Classical Vernacular Novels

刘佼 著

中国社会科学出版社

图书在版编目(CIP)数据

"无事之文"与中国古典白话小说／刘佼著．—北京：中国社会科学出版社，2021.6
ISBN 978-7-5203-8509-1

Ⅰ.①无…　Ⅱ.①刘…　Ⅲ.①古典小说—小说研究—中国　Ⅳ.①I207.41

中国版本图书馆 CIP 数据核字（2021）第 098114 号

出 版 人	赵剑英
责任编辑	王　衡
责任校对	王　森
责任印制	王　超

出　　版	中国社会科学出版社
社　　址	北京鼓楼西大街甲 158 号
邮　　编	100720
网　　址	http://www.csspw.cn
发 行 部	010-84083685
门 市 部	010-84029450
经　　销	新华书店及其他书店
印　　刷	北京明恒达印务有限公司
装　　订	廊坊市广阳区广增装订厂
版　　次	2021 年 6 月第 1 版
印　　次	2021 年 6 月第 1 次印刷
开　　本	710×1000　1/16
印　　张	16
插　　页	2
字　　数	254 千字
定　　价	89.00 元

凡购买中国社会科学出版社图书，如有质量问题请与本社营销中心联系调换
电话：010-84083683
版权所有　侵权必究

前　　言

据东汉许慎的《说文解字》，"叙"被释为"次第也"，即按照一定的顺序排列。"事"被解为"职也"，有"当差、职事"之意。按照古汉语的本意，"叙事"似可引申为"将事物按照一定的次序进行排列"。现代学术研究意义上的"叙事"一词，含义源自西方。目下我们所探讨的中国古典小说的"叙事"，意指"探索西方的'narrative'（叙事的）观念在中国古典文学中的运用"[①]。

西方叙事理论的引入给我们的古典通俗长篇小说研究提供了新的方法论，这些研究方法历来集中于中国古典小说对说书情境的模拟以及在叙事学理论框架之下中国古典长篇小说叙述模式与西方长篇小说叙述模式的比较等。在研究中我们发现，中国古典小说中或出于对说书的情境进行逼真地模仿，或者受到其他某种特定叙事习惯的影响，叙事者在长篇叙事作品中经常不惜割裂叙事的自然流动，将叙事作品人为地切分成若干章节，并随时随地打断故事讲述进程，使中国古典长篇叙事作品在叙述中产生了无数的"叙事间隙"，而这种叙事间隙往往由无关故事主干的内容所填充，这一类内容包括叙事者对故事的评论，或与叙事整体框架无关、仅用于烘托气氛的"静止性"描写等。在西方叙事学理论体系中，外国学者一般对这一类"无关紧要"的内容羼入叙事文本表现出失望的态度，认为这些内容破坏了叙事文学理应具备的形式上的整体感，从而认为出现这种庞杂的局面是由叙事者在叙事中缺乏整齐划一的结构意识造成的。所谓整齐划一的结构意识，高度依托于叙事者本人对于叙事结果的"先见之明"，即使小说中允许存在一些"表面上看起

[①] ［美］浦安迪：《中国叙事学》第2版"导言"，北京大学出版社2018年版，第3页。

来微不足道的细节",也几乎一定是因为这些细枝末节作为某种潜在的征兆即将"引发重大的后果"。①

当前国内学者研究的主要目标在于建立中国小说叙事学的大传统,从而在宏观上把握中国长篇白话小说叙事模式的起源及其流变。虽然少数国内学者与西方汉学家稍微致意了静态性描写与中国古典叙事传统的特殊关联,但目前尚无关于所谓"无事之文"这一类特殊叙事文本的专题研讨,这为我们的研究提供了一个可以深入挖掘的方向。我们希望从"无事之文"这一相对较新的角度出发,在前贤的研究基础上进一步推进以考察并探讨中国古典长篇小说叙事传统的某些特质。

对于中国古典小说"无事之文"的研究,将按照以下步骤展开:首先,对古典小说中"无事之文"的内涵予以界定,解决概念性的一些基本问题;其次,研究构成"无事之文"的要素并对其进行详细的归类分析;进而追溯中国古典小说中"无事之文"得以产生的历史渊源、爬梳古代虚构类长篇叙事作品中的"无事之文"及其对叙事文本构成的影响,包括"无事之文"对小说叙事时间、叙事角度、情节结构方面的影响等;最后,从作品的思想层面解读,阐释"无事之文"与古典长篇叙事作品的思想倾向、审美风习及叙事传统之间的关联。导论部分对"无事之文"的讨论,起始于"无事之文"的定义及对其历史渊源的追溯,经过"无事之文"对小说文本的叙事时间、叙事角度与情节结构的影响之探讨,终结于对"无事之文"与作品思想内涵、审美习惯及叙事传统之间关联的考察,形成从叙事学理论到小说叙事文本,再从小说叙事文本到中国传统叙事思想的理论升华。

本书第一章着重厘清"无事之文"的概念。受到美国汉学家浦安迪《中国叙事学》一书就中国古典小说叙事模式研究提出的"无事之事"概念的启发,在中国古典小说叙事文本方面的特性基础上进一步拓展,提出了"无事之文"这一概念。

"无事之文"的"文"大体上可以与西方叙事学理论中的"话语"这一概念对标,二者代表的是中外各类叙事文本中所有叙述故事的形式

---

① [美]宇文所安:《他山的石头记:宇文所安自选集》,田晓菲译,江苏人民出版社2002年版,第70—71页。

技巧之总和。"无事"则可以解释为"与主线叙事无关的""不包含主干故事情节的"之意。"无事之文"即指与叙事文本主干故事无明确因果联系的、有关故事叙述方面的各种文本形式与叙事技巧之概括。此外，本章还按照"无事之文"在叙事文本中的功能将之归为四大类并进行了详细分析。第二章追本溯源，探究"无事之文"形成的历史因素，从"无事之文"与汉唐文言小说和五代以来的通俗文学之关系两个方向，分析唐五代变文某些叙事文本与后世通俗白话小说"无事之文"的承袭关系，证明了前者对后世通俗白话小说叙事模式的影响。第三章引入西方叙事学中叙事时间的概念，展示了叙事中"无事之文"与叙事时间的重要关联，并详细地分类讨论了"无事之文"在文本中如何调整叙事时长与时序的问题。第四章从叙事学情节研究的角度入手回顾小说情节研究的现状，并分析了古典小说叙事情节的各微观构成要素，通过分析情节的构成要素性质来鉴定情节的性质，从而更准确地定位叙事中的"无事之文"，并研究"无事之文"对叙事情节构成产生的作用。通过对例证的文本分析以证明"无事之文"对中国古典小说的叙事模式与风格产生了重要的影响。第六章运用帕里-洛德的套语理论考察叙事者如何在结撰一篇故事的过程中，巧妙地组织套语以拉近读者与叙事者之间的距离、传达某种理念等，从而形成了古典小说的重要叙事特色。最后一章作为结论，详尽地探讨"无事之文"与中国叙事传统的深刻联系及其在中国古典小说叙事中具有重要地位的原因，尝试廓清中国古典叙事传统与中国古典小说"无事之文"的形成二者之间的深刻联系。

  在研究过程中我们努力遵循两个原则：首先，立足于中国古典通俗文学叙事传统的同时积极借鉴西方叙事理论中对我们的研究有裨益的部分，做到古典小说叙事文本与西方叙事理论的有机结合。其次，做到叙事理论的指导与叙事作品文本分析并重。此外，主要选取作者独立撰著的经典长篇白话小说为我们的叙事学考察对象，通过详细的文本分析得出研究结论。对于中国古典叙事作品中存在大量"无事之文"现象的研究目前尚少有学者论及，从这个切入点对中国古典小说叙事模式进行探索不失为一个新的观察视角，具备一定的开拓意义。

目 录

导 论 …………………………………………………………（1）

第一章 "无事之文"的研究思路与理论体系构建 ………（16）
  第一节 宏观的叙事学研究 ………………………………（17）
  第二节 微观的评点学研究 ………………………………（26）
  第三节 "无事之文"叙事研究理论框架与思路 ………（33）

第二章 "无事之文"的定义与分类 ………………………（42）
  第一节 "无事之文"的义界重定 ………………………（44）
  第二节 "无事之文"的基本分类 ………………………（48）
  第三节 "无事之文"的分类作用例说 …………………（69）

第三章 "无事之文"的历史渊源 …………………………（77）
  第一节 "无事之文"与唐前之文言小说 ………………（81）
  第二节 "无事之文"与唐五代以后的通俗小说 ………（92）

第四章 "无事之文"与叙事时间 …………………………（108）
  第一节 叙事时间的概念 …………………………………（108）
  第二节 "无事之文"与中国古典白话小说的叙事
     时间 ……………………………………………（114）

第五章 "无事之文"与情节研究 …………………………（148）
  第一节 情节研究的现状 …………………………………（148）

第二节 "无事之文"与情节类型 …………………………（157）

第六章 "无事之文"与套语研究 ……………………………（175）
　　第一节 套语与主题理论概述 ……………………………（175）
　　第二节 套语的分类与叙事功能 …………………………（185）

第七章 "无事之文"与中国叙事传统 ………………………（206）
　　第一节 文言小说与中国古典叙事传统 …………………（208）
　　第二节 白话小说与中国古典叙事传统 …………………（213）
　　第三节 "无事之文"与中国古典白话小说的叙事
　　　　　 风格 ………………………………………………（220）
　　第四节 "无事之文"：抒情传统与史传传统的合流 ………（227）

结　语 ………………………………………………………（232）

参考文献 ……………………………………………………（237）

导　　论

　　中国古典白话小说叙述形式的发展受到史传文学、口述文学等文体的多源影响[①]，但其发展过程却自成一脉，在中国叙事学发展中堪称集大成者。西方叙事学研究方法引入中国，给传统的中国小说研究提供了新的视角和方法论，于是关于中国古典白话小说模式的研究由此百花齐放。但历来这些研究集中于古典白话小说对说书场景的模拟，以及在叙事学理论框架之下中国古典长篇白话小说与西方长篇小说叙述模式的比较等。如韩南（Patrick Hannan）教授提出的"虚拟情境"（simulated context）概念，即"虚拟一部作品在现场演播中的情境"[②]。传统的文学批评家和文学史家则致力于追溯这种虚拟场景叙事模式的历史源流[③]，近年来另有一些学者力图证明说话情境的虚拟对中国小说叙事模式的转变产生了若干深远的影响[④]。"……说话情境的贡献在于以连续的现场感（continuous present）来控制叙事时所延续的时间。这是说作家企图浓缩并定位时间的流动，不论故事有多长，至少在表面上必须

[①] 参见鲁迅《中国小说历史的变迁》，《鲁迅全集》第九卷，人民文学出版社1981年版，第319—327页。

[②] Patrick Hanan, "The Nature of Ling Meng-Ch'u's Fiction," In *Chinese Narrative: Critical and Theoretical Essays*, ed. Andrew Plaks, Princeton: Princeton University Press, 1977, p.87.

[③] 这一类论著以鲁迅先生与刘世德先生的著作为代表，前者以产生于先秦时代乃至上古时代的神话传说为中国叙事文学最古老的源头，并按时间发展顺序讨论了六朝志怪、唐代传奇、宋元话本小说以至明清小说的主流与支脉。后者收录了港台学者关于古典小说发展历史渊源的大量有关论文。参见鲁迅《中国小说历史的变迁》，《鲁迅全集》第九卷，人民文学出版社1981年版，第319—327页；刘世德编《中国古典小说研究》，上海古籍出版社1983年版，第30—42页。

[④] 相关论述参见赵毅衡《苦恼的叙事者》，北京十月文艺出版社1994年版，第49—65页。

让读者有种在一定的时间内戛然而止的完整感。"① 即使是清中期以来在文类上已经很成熟的文人独立撰著式长篇小说，为了对说书情境进行逼真地模仿，仍然不惜割裂叙事的自然流动，将作品人为地切分成若干章节。此外叙事者还时不时现身，对叙述进行干预或对书中的人和事发表议论——因而给叙事文本的架构带来一些不可避免的叙事"间隙"（interstice），表面上看来这些充满叙事间隙的叙述似乎消磨了所谓"文气"，损耗了西方虚构性叙事作品中强调的那种"连贯性"（architectonic）②。于是，在西方叙事学理论体系的文本比较研究背景下，很多中外学者不免失望地发现明清章回小说的形式似乎完全缺乏一种艺术上的"整体感"（unity），即西方叙事学理论框架中预设的小说叙述结构上的整体意识。这一类学者中比较具有代表性的如受西学影响颇深的胡适先生，他对于中国古典小说的鉴赏就有意识地运用了西方小说（novel）的结构标准来衡量中国古典小说。周策纵先生曾在《胡适的新红学及其得失》一文中回忆胡适先生"低估"《红楼梦》的话："胡适在美国的时候对唐德刚也说过《红楼梦》不是一部好小说，因为没有一个完整的故事（plot）。"③1922年胡适为亚东版《三国演义》作序，序言中指出该小说"只可算是一部很有势力的通俗历史讲义，不能算是一部有文学价值的书"，其中一个重要的原因在于"《三国演义》最不会剪裁，他的本领在于搜罗一切竹头木屑、破铜烂铁，不肯遗漏一点。因为不肯剪裁，故此书不成为文学的作品"④。由于《三国演义》"不精于结构的剪裁"，竟至于要将之开除文学作品之列了。著名美籍学者夏志清先生也曾经表达过类似的观点，在他的典范之作《中国古典小说史论》中曾经分析了古典小说叙事结构不精纯背后的文化原因。因为中国历代读者出于独特的史官文化心理和传统审美习惯，故而对小说中的"本事"孜孜以求地不断追索，最终形成了中国古典白话小说故事堆积性

---

① 参见［美］王德威《"说话"与中国白话小说叙事模式的关系》，《想象中国的方法：历史·叙事·小说》，生活·读书·新知三联书店1998年版，第89页。
② Andrew Plaks, "The Promblem of Structure in Chinese Narrative", *Tamkang Review*, 6.2 & 7.1（1976, joint edition）: 434.
③ 周策纵：《红楼梦大观》，世界图书出版公司2014年版，第51页。
④ 胡适：《中国章回小说考证》，大连实业印书馆1934年版，第388—389页。

的传统，从而导致这些经典作品无一例外地没有充分利用小说这一文体的艺术性。在评价《红楼梦》的文学价值时，他谈道：

> 中国的小说家由于迷恋事实，因而就很少觉得有职责把一段重要的情节发挥得淋漓尽致，直到所有的潜在意义都戏剧化为止。反之，他让好几十个角色挤在书里，有的仅有名字，并在枝节外又生枝节，高潮后再起高潮。……就写世态的现实主义水平和心理的深刻而言，《红楼梦》是一部堪与西方传统最伟大的小说相媲美的作品，但作者也免不了自讨苦吃地刻意维护故事堆积性的传统，附带叙述了许多次要的小故事，这些故事其实可以全部删除，以便把篇幅用在更充分地经营主要情节上面。①

同样在《中国古典小说史论》当中，夏志清先生也严厉地批评了《金瓶梅》在叙事结构上的松散漫漶：

> 它包括了许许多多的词曲和笑话、世俗故事和佛教故事，它们经常损害了作品的自然主义叙述的结构组织。因此从问题和结构的角度来看，它当被看作是至今为止我们所讨论的小说中最令人失望的一部。②

其实，以上学者们在论著中谈到的"结构组织的整体感"与"主要情节的充分经营"，在西方叙事学理论中指的是故事中两个以上情节（plot）之间带有必然性的因果关联（bound casual relations），这是以西方小说的情节观作为中国古典小说的批评标准得出的结论③。由是观之，以西方文艺批评的理论术语全盘嵌入文化背景与审美习惯迥异的中国古典小说，结论自难免有不尽如人意之处。

---

① ［美］夏志清：《中国古典小说史论》，陈益民译，江西人民出版社2001年版，第14—15页。
② ［美］夏志清：《中国古典小说史论》，陈益民译，江西人民出版社2001年版，第171页。
③ "情节"转译自英文"plot"一词，根据语境的不同，又有"故事"等译法。然而这个术语的确切含义及其所处的叙述层次在西方学术界目前仍时有争议，其中以形式主义和结构主义两大叙事学流派的论证最为激烈。关于两个学派各自的论点，参见本书第五章"'无事之文'与情节研究"的讨论。

然而,"他山之石,可以攻玉",西方叙事学方法的引入,让中国传统文化背景下的研究者们初步意识到了之前由于长期浸淫于本民族文化圈内、过于熟悉反致忽略的某些古典小说叙事模式的特质。其中,颇为引人注目的一点,即中国古典小说之中"无事之文"的普遍存在及其是否令小说的"结构整体性"(unity)被严重破坏。由于传统意义上我国古典小说的研究方法较为侧重人物形象分析与作者家世生平等信息的外围考证,而这些分析与考证又往往仅以文本阐释和文化背景挖掘为目的,因而中国古典小说中突出的叙事结构特质常常处于"存而不论"的状态。那么,"无事之文"是否造成了中国古典小说结构上的松散漫漶,以致最终丧失了叙事文学的艺术性呢?这个问题是无法单纯依靠传统的研究方法来解释的。而叙事学作为一门分析一切叙事文本的科学方法,正是努力构建一切叙事作品元结构的一门学科。如果我们能灵活掌握这个理论武器,使西方文艺实践中产生的文艺理论与中国古代小说研究相结合,将有助于我们运用更理论化、更具逻辑性的思想方法对中国古代小说加以科学的阐释。然而我们也应看到,中华民族独具特色的叙事习惯及审美原则是沿袭千载的客观存在,所以我们研究的一个重要前提是必须立足本国文化传统。只有立足于本国文化传统并吸收西方叙事学中的科学研究方法,我们才能从古代的小说文本中提炼出富有理论意义的叙事模式,从而更有针对性地将之投入中国古典小说叙事学的研究实践。

"叙事"(narrative)作为人类肇始于蒙昧时代的自发诉求,长久以来就是学术研究关注的热门话题,在众多学科门类中都广受关注,最终形成了一个具有跨学科意义的研究领域:"叙事学"(Narratology)。关于"中国古代叙事作品叙事方法研究"的课题在20世纪70年代前后兴起,其中的佼佼者当推美籍学者夏志清教授、韩南教授与浦安迪(Andrew Plaks)教授等人。1977年,浦安迪主编的论文集 *Chinese Narrative: Critical and Theoretical Essays*[①] 出版,发同类研究之先声,鼓舞了国内学者纷纷投入此项研究。此后,浦氏与国内学者杨义、傅修延并有

---

① Andrew Plaks, ed., *Chinese Narrative: Critical and Theoretical Essays*, Princeton: Princeton University Press, 1977.

题名为《中国叙事学》①的专著,傅修延的《先秦叙事研究》则以秦为时代断限,追溯中国叙事传统的发端与形成②,鲁晓鹏的《从史实性到虚构性:中国叙事诗学》③一书勾勒出了中国叙事思想的萌发期一直到清代以降,中国历史书写在解释叙事作品时采用的一贯策略与习俗。除了专书以外,尚有不少学位论文与期刊论文④,或者研讨其他论题时涉及"叙事"概念者,不胜枚举⑤。浦安迪《中国叙事学》一书的开篇导言为"叙事"一词下了定义:"说到底,叙事就是作者通过讲故事的方式把人生经验的本质和意义传示给他人。"⑥ 这个定义起到了提纲挈领的作用,但由于该"叙事"概念是将 narrative 一词用中文直译,所以在中国叙事学方面稍欠针对性。中国学者杨义与傅修延主张回溯中国几千年以来的史学叙事传统,分别对"回归中国化叙事"这一研究命题进行了积极的探索并取得了比较可观的成果。杨义在谈到中国化的"叙事"概念时指出:

> 那么在中国人的心目中,什么是叙事?在中国古文字中,"叙"与"序"相通,叙事常常称作"序事"……此时所谓"序事",表示的乃是礼仪上的安排,非今日特指的讲故事,但已经考虑到时间与空间上的位置顺序了。此外,"序"又可以与"绪"同音假借,"绪"字的意思是指抽丝者看得到头绪可以牵引,后来引申为凡事都有头绪可以连续和抽引。总之,由于在语义学上,"叙"与"序""绪"相通,这就赋予叙事之"叙"以丰富的内涵,不仅字面上有讲述的意思,而且暗示了时间、空间

---

① [美]浦安迪:《中国叙事学》北京大学出版社2018年版;杨义:《中国叙事学》,人民出版社1997年版;傅修延:《中国叙事学》,北京大学出版社2015年版。
② 傅修延:《先秦叙事研究:关于中国叙事传统的形成》,东方出版社1999年版。
③ [美]鲁晓鹏:《从史实性到虚构性:中国叙事诗学》,北京大学出版社2012年版。
④ 余丹:《"叙事"概念的流变——关键词研究》,硕士学位论文,华中师范大学,2009年;彭瑄维:《话语、故事和情节——从系统功能语言学看叙事学的相关基本范畴》,《外国语》2000年第6期。
⑤ 程文超:《意义的诱惑》,长春时代文艺出版社1993年版;申丹:《叙事学与小说文体学研究》,北京大学出版社1998年版;陈平原:《中国小说叙事模式的转变》,北京大学出版社2010年版。
⑥ [美]浦安迪:《中国叙事学》,北京大学出版社2018年版,第4页。

的顺序以及故事线索的头绪，叙事学也在某种意义上是顺序学或头绪学了。①

而傅修延将中国"叙事"概念中隐含的"头绪"与"顺序"等因素加以进一步推演：一切"有秩序的记述"都可以成为"叙事"②。此外，他还提出将"叙"与"事"作为两个独立的概念分别考察，指出"事"与"史"在字形上的同源关系，强调史官文化对中国叙事学的深刻影响。

对于中国叙事学概念中"叙"这个动词背后隐含的对秩序与条理的内在要求已经以上诸论详述，兹不赘述。此处，笔者将对"事"这一概念进行必要的廓清与阐释。"事"在字源上虽然与"史"同源，但是到了以中国古典小说为代表的虚构类叙事作品中，其含义也相应地发生了变化。它所指应该为叙事者（narrator）所叙述事件的来龙去脉，即整个故事发展的梗概或大纲。在西方叙事学分类中，"事"应该属于西蒙·查特曼（Seymour Chartman）与雷蒙-凯南（Raymond-Kennan）所讨论的"Story"范畴③，它是一种在作者的意念中存在的抽象事件流，尚未诉诸语言却需要倚仗叙述行为存在。这个事件流必须通过实际作品文本中无数细节的丰富支撑才能实现本身价值。

关于"事"在中国古典叙事理论中的内在涵义，早为中国古代小说评论家金圣叹所注意。金氏主张把想要讲述的故事（story）称为"事"，同时将实际作品文本中这一故事的细节部分称为"文"。如《水浒传》第二十八回"武松醉打蒋门神"一节，金圣叹批注："武松为施恩打蒋门神，其事也；武松喝酒，其文也。"④采取金圣叹的概念定义，我们在本书中将"叙事"界定为："细节丰富地按一定顺序记述一个虚

---

① 杨义：《中国叙事学》，人民出版社1997年版，第10—11页。

② 傅修延：《先秦叙事研究：关于中国叙事传统的形成》，东方出版社1999年版，第13页。

③ Seymour Chartman, *Story and Discourse: Narrative Structure in Fiction and Film*, Ithaca: Cornell University Press, 1978；[以] 施洛米丝·雷蒙-凯南：《叙事虚构作品：当代诗学》，赖干坚译，厦门大学出版社1991年版，第7—10页。

④ （明）施耐庵著，陈曦钟、侯忠义、鲁玉川辑校：《水浒传》会评本，北京大学出版社1981年版，第540页。

构的故事。"

"无事之文"（non-evental texts）即是本研究集中讨论的对象，也是中国古典小说中突出的叙事特征之一。本词意指小说主要故事情节间隙中插入的一些看似游离的细节，这类文本与叙事主干之间并无必然的关联。此前，有国外学者率先注意到了这种独特的文学现象，并试图给这一类"不相干细节"命名，如"non-events"[①] "nothing-detail" "sharpness in detail"[②] 等。如果简单地将这些英文词汇用汉语直译为"非事件""微不足道的细节"等可能会导致两个弊端：一是表意不明，如"非事件"在汉语中似不能构成一个明确的表意单位；二是概念失之笼统，如"微不足道的细节"这个词组的表意过于宽泛。结合汉语的表述习惯，我们可以诉诸中国传统的评点学批评语汇，总结出便于理解、更严密一些的定义。

在上文探讨"叙事"的概念时，我们曾经根据金圣叹的评点学得出"叙事"中的"事"相当于西方叙事学中的"story"概念：所谓的"事"（story），就要在一定的时间流之内展开一系列构成完整因果链的叙述。而围绕着一个主干的"事"展开的叙述被金圣叹称之为"文"（texts），这样的叙述可以命名为"有事之文"（events）。相反，那些并没有围绕着一定的"事"所展开的游离于主干情节外的叙述，我们也就相应地称之为"无事之文"。例如明清之际长篇小说《醒世姻缘传》的主要故事（story）是描写一段两世轮回的恶姻缘，但书中仍然不惜辞费地描述了故事发生地山东明水县的风土人情、宗教信仰以及当地乡绅、塾师乃至尼僧道人的道德沦丧等琐屑事件，这些可以看作典型的"无事之文"，因为这些叙述与主人公的婚姻生活也即主干情节并没有直接的因果联系，它们均处于"事"（story）这一因果链之外。

[①] 美国学者浦安迪、王德威均采用"non-events"这一术语来命名文中讨论的此类"细节"，详见 Andrew Plaks, "Towards a Theory of Chinese Narrative", In *Chinese Narrative: Critical and Theoretical Essays*, ed. Andrew Plaks, Princeton: Princeton University Press, 1977, pp. 312 - 314；[美] 王德威：《"说话"与中国白话小说叙事模式的关系》，《想象中国的方法：历史·叙事·小说》，生活·读书·新知书店1998年版，第90页。

[②] 荷兰学者 McMahon 采用 "nothing-detail" "sharpness in detail" 这两个术语来界定这种细节，详见 McMahon, Keith, *Causality and Containment in Seventeenth-century Chinese Fiction*, Vol. 15. Brill, 1988, p. 79。

所谓"无事之文"主要包括无明确叙事核心的静态描写，如书中人物的闲谈，外貌形态事无巨细的铺陈、叙事者无端打断叙事所插入的论断以及细微处的伏笔与指涉、脱离主题叙事的纯主观性抒情等。此外，还包括与主要故事情节进展并无根本因果联系的枝节性叙事，即在主要故事情节当中插入的琐细叙述。这些"无事之文"堂而皇之地与书中的主要故事情节错综并峙地出现，有时甚至在叙事作品中占据了大量的篇幅，由此构成了中国古典小说百科全书般的庞杂面貌。

几乎所有的中国现代批评家都注意到了文人白话小说中大量存在着的细节描写，因此涉及这方面的研究数量繁多，几乎所有研究中国古典白话小说叙事技巧的研究者都会在"叙事技巧"方面，讨论到"细节描写"这一问题。兹列举部分笔者经眼的专著：港台学者如周英雄的《小说·历史·心理·人物》[①]、谭伦杰的《俗世风情：话说〈金瓶梅〉》[②]、周中明的《中国的小说艺术》[③] 等，值得一提的是台湾学者王琼玲的《清代四大才学小说》[④] 涉及了某些明清小说中"无事之文"的现象，不过本书的重点在于探讨"才学小说"这一专门类别，并试图探讨在《燕山外史》《镜花缘》等四部小说的"无事之文"中包含的有关作者才学的部分，如酒令、谜语等，并对这些文本进行了详细的分类研究。大陆学者如周振甫的《小说例话》[⑤]、程毅中的《宋元小说研究》[⑥]、孙逊、孙菊园合著的《明清小说丛稿》[⑦]、丁夏的《咫尺千里：明清小说导读》[⑧]、齐裕焜的《明清小说》[⑨]、方正耀的《明清人情小说研究》[⑩] 与《中国小说批评史略》[⑪]、董国炎的《明清小说思潮》[⑫]、牧

[①] 周英雄：《小说·历史·心理·人物》，东大图书出版有限公司1989年版。
[②] 谭伦杰：《俗世风情：话说〈金瓶梅〉》，万卷楼图书有限公司2001年版。
[③] 周中明：《中国的小说艺术》，贯雅文化有限公司1990年版。
[④] 王琼玲：《清代四大才学小说》，台湾商务印书馆1997年版。
[⑤] 周振甫：《小说例话》，江苏教育出版社2006年版。
[⑥] 程毅中：《宋元小说研究》，江苏古籍出版社1998年版。
[⑦] 孙逊、孙菊园：《明清小说丛稿》，中国文化大学出版社1992年版。
[⑧] 丁夏：《咫尺千里：明清小说导读》，清华大学出版社2000年版。
[⑨] 齐裕焜：《明清小说》，上海古籍出版社1998年版。
[⑩] 方正耀：《明清人情小说研究》，华东师范大学出版社1986年版。
[⑪] 方正耀：《中国小说批评史略》，中国社会科学出版社1990年版。
[⑫] 董国炎：《明清小说思潮》，山西人民出版社2004年版。

惠的《中国小说艺术浅探》[①]、欧阳健的《古小说研究论》[②]、毛德富、卫绍生、闵虹合著的《中国古典小说的人文精神与艺术风貌》[③]、张俊的《清代小说史》[④]、沙日娜的《明清之际章回小说研究》[⑤]、刘世剑的《小说叙事艺术》[⑥]、刘上生的《中国古代小说艺术史》[⑦]、王平的《中国古代小说叙事研究》[⑧]、宁宗一编著的《中国小说学通论》[⑨]、韩进廉的《中国小说美学史》[⑩] 等。这些专著普遍认为细节描写是现实主义写作的表现手法。除了上述专著以外，也有大量的期刊论文阐述了类似的观点。如蒋新红发表在《名作欣赏》上的题为《关于小说人物个性细节描写的阐析》[⑪] 的论文、文智的论文《叙事的情节》[⑫]、孙春旻的文章《审美意象与小说的艺术质感》[⑬] 等。这些学者中大多数人倾向于将"无事之文"视为一种写实主义的表现手法，目的是为了塑造"典型人物"与"典型环境"而生发出来的人物描写与场面描述。方正耀在他的《明清人情小说研究》中指出：

> 人情小说浑厚蕴藉，耐人寻味，不在于情节曲折离奇，恰恰在于细节的真实、丰富和细致。从服饰、饮食到居室环境，从动作、神态到心理活动，作家总是努力选择有代表性的细节来表现，用以加强人物的真实性，使之符合生活的正常逻辑，给人以似曾相识的亲切感。
>
> 以表现日常生活为内容的人情小说，某种程度上是以汪洋似的细节取胜的。精约凝练的细节具有丰赡浑厚的内容，既说明作家不

[①] 牧惠：《中国小说艺术浅探》，海南人民出版社1987年版。
[②] 欧阳健：《古小说研究论》，巴蜀书社1997年版。
[③] 毛德富、卫绍生、闵虹：《中国古典小说的人文精神与艺术风貌》，巴蜀书社2002年版。
[④] 张俊：《清代小说史》，浙江古籍出版社1997年版。
[⑤] 沙日娜：《明清之际章回小说研究》，北京师范大学出版社2004年版。
[⑥] 刘世剑：《小说叙事艺术》，吉林大学出版社1999年版。
[⑦] 刘上生：《中国古代小说艺术史》，湖南师范大学出版社1993年版。
[⑧] 王平：《中国古代小说叙事研究》，河北人民出版社2001年版。
[⑨] 宁宗一主编：《中国小说学通论》，安徽教育出版社1995年版。
[⑩] 韩进廉：《中国小说美学史》，河北大学出版社2004年版。
[⑪] 蒋新红：《关于小说人物个性细节描写的阐析》，《名作欣赏》2010年第7期。
[⑫] 文智：《叙事的情节》，《小说评论》2002年第1期。
[⑬] 孙春旻：《审美意象与小说的艺术质感》，《当代文坛》2001年第5期。

●○ "无事之文"与中国古典白话小说

但描摹生活、笔参造化,且能洞察细微,发幽显绩,也说明了小说艺术的进一步发展。①

  这段论述是当前学者对中国古典白话小说细节性描写的主流观点,主导着当前小说细节描写研究的大方向。然而引人深思的是,这些学者似乎尚未发现小说中的细节描写除却作为烘托典型人物的写实手段之一,还承担了某些其他叙事功能。此外,这些研究中将"细节"概念笼统地混为一谈,仿佛所有的细节都承担着相同的写实作用,却并未细分某些特殊细节性叙述的存在是否具有特殊意义。这些特殊的细节,也就是在小说情节的间隙中插入的大量游离于主要情节的叙述,即"无事之文"。而"无事之文"作为一种功能性的细节描写,绝非单纯的审美因素和一般的写实手法。

  另有一类学者试图通过叩问中国古典文化传统与古典美学,寻求中国古典白话小说在叙述模式上的独特魅力之源。这方面的研究亦颇具参考价值:如石昌渝的《中国小说源流论》②、齐裕焜主编的《中国古代小说演变史》③、鲁德才的《白话小说形态发展史论》④、谭帆、杨志平的《中国古典小说文法考论》⑤、林岗的《明清之际小说评点学之研究》⑥、赵国安的《近十年来明清小说评点研究综述》⑦、吴士余的《古典小说艺术琐谈》⑧等。在这部专著之后,吴士余先生继续在古典美学领域不断探索,又发表了一系列颇有创见的论文结集出版,题为《中国文化与小说思维》,指出:中国传统文化意识对小说思维造成了深刻的制约,从而使古典小说作家有意识或无意识地通过各种精致逼真的细节栩栩如生地模仿世间人情物态,用以彰扬中华民族理想的意识形态,达到寓教于乐的实际功用。

---

① 方正耀:《中国小说批评史略》,中国社会科学出版社1990年版,第238—244页。
② 石昌渝:《中国小说源流论》,生活·读书·新知三联书店1994年版。
③ 齐裕焜主编:《中国古代小说演变史》,敦煌文艺出版社2002年版。
④ 鲁德才:《白话小说形态发展史论》,南开大学出版社2002年版。
⑤ 谭帆、杨志平:《中国古典小说文法考论》,《文学遗产》2011年第1期。
⑥ 林岗:《明清之际小说评点学之研究》,北京大学出版社1999年版。
⑦ 赵国安:《近十年来明清小说评点研究综述》,《百色学院学报》2007年第5期。
⑧ 吴士余:《古典小说艺术琐谈》,长江文艺出版社1985年版。

由于中国传统文化意识对小说思维的制约，中国小说美学有着一个明显的延伸态势：通过对人与社会的具象描述（或者说刻意模仿），以张扬具有明显功利性的民族情感与理想人格，来实现人伦道德教化的教育功能和小说形象的审美功能，这就形成了中国传统小说思维的深层机制。小说思维的物化形态——小说叙事模式，便构成了独特的文学传统：对现实社会的模拟与真实反映，对人与人的关系为基本内涵的情节表述及其艺术表现力的追求。由此，导引了中国小说文体的成熟与定型，以及小说叙事艺术的发展。[1]

这无疑为中国小说特殊叙事模式之成因，提出了一个很有说服力的解释。

近年来，另有一些学者开始尝试引入西方叙事学研究方法与中国古典叙事理论有机结合，从新的角度讨论与阐释中国传统白话小说的叙事技巧，其中也涵盖了古典长篇白话小说的细节描写。这一类研究的代表论著有：王阳的《小说艺术形式分析：叙事学研究》[2]、董乃斌的《中国古典小说的文体独立》[3]、谭君强的《叙事理论与审美文化》[4]、王成军的《纪实与纪虚——中西叙事文学研究》[5]、徐岱的《小说叙事学》[6]、罗小东的《话本小说叙事研究》[7]、高小康的《中国古代叙事观念与意识形态》[8] 等。这一批研究中对本人最具启发性的是傅修延先生的《文学叙述论》与《先秦叙事研究：关于中国叙事传统的形成》[9]，杨义先生的《中国古典小说史论》《中国叙事学》与《重绘中国文学地

---

[1] 吴士余：《中国文化与小说思维》，上海三联书店2000年版，第9页。
[2] 王阳：《小说艺术形式分析：叙事学研究》，华夏出版社2002年版。
[3] 董乃斌：《中国古典小说的文体独立》，中国社会科学出版社1994年版。
[4] 谭君强：《叙事理论与审美文化》，中国社会科学出版社2002年版。
[5] 王成军：《纪实与纪虚——中西叙事文学研究》，百花文艺出版社2003年版。
[6] 徐岱：《小说叙事学》，中国社会科学出版社1992年版。
[7] 罗小东：《话本小说叙事研究》，学苑出版社2002年版。
[8] 高小康：《中国古代叙事观念与意识形态》，北京大学出版社2005年版。
[9] 傅修延：《文学叙述论》，百花洲文艺出版社1993年版；傅修延：《先秦叙事研究：关于中国叙事传统的形成》，东方出版社1999年版。

图：杨义学术讲演集》① 以及陈平原教授的《中国小说叙事模式的转变》与《小说史：理论与实践》②。除专著之外还有许多论文将西方叙事学与中国传统叙事理论相结合来分析中国古典长篇小说。如杨义的《中国叙事学：逻辑起点与操作程式》③、李鹏飞的《古代小说研究与原创小说理论的探索》④ 与《古代小说的情节与情节研究》⑤、王阳的《叙述的无时间与时间中的故事》⑥、陈果安的《明清小说评点与叙事学研究》⑦、张宏生的《传统与现代：方法的开放与包容——韩南教授的中国小说研究》⑧、雷颐的《"私人叙事"与"宏大叙事"》⑨、刘勇强的《中国古代小说的叙事学研究反思》⑩、宁稼雨的《中国叙事文化研究为何要"以中为体，以西为用"》⑪ 等。此外，另有一些学位论文也对此问题进行聚焦，为我们的讨论提供了有价值的借鉴，如苏州大学刘志宏博士学位论文《明清传奇叙事艺术研究》⑫、山东师范大学张曙光博士学位论文《中国古代叙事文本评点理论研究：以金圣叹评点为中心的现代阐释》⑬、浙江大学张永葳博士学位论文《论明末清初小说的文章

---

① 杨义：《中国古典小说史论》，中国社会科学院出版社 2004 年版；杨义：《中国叙事学》，人民出版社 1997 年版；杨义：《重绘中国文学地图：杨义学术讲演集》，中国社会科学出版社 2003 年版。
② 陈平原：《中国小说叙事模式的转变》，北京大学出版社 2010 年版；陈平原：《小说史：理论与实践》，北京大学出版社 1993 年版。
③ 杨义：《中国叙事学：逻辑起点与操作程式》，《中国社会科学》1994 年第 1 期。
④ 李鹏飞：《古代小说研究与原创小说理论的探索》，《北京大学学报》（哲学社会科学版）2007 年第 3 期。
⑤ 李鹏飞：《古代小说的情节与情节研究》，《北京大学学报》（哲学社会科学版）2010 年第 3 期。
⑥ 王阳：《叙述的无时间与时间中的故事》，《河南师范大学学报》（哲学社会科学版）2003 年第 3 期。
⑦ 陈果安：《明清小说评点与叙事学研究》，《中国文学研究》1998 年第 1 期。
⑧ 张宏生：《传统与现代：方法的开放与包容——韩南教授的中国小说研究》，《南京大学学报》（哲学社会科学版）1998 年第 4 期。
⑨ 雷颐：《"私人叙事"与"宏大叙事"》，《读书》1997 年第 6 期。
⑩ 刘勇强：《中国古代小说的叙事学研究反思》，《明清小说研究》2001 年第 2 期。
⑪ 宁稼雨：《中国叙事文化研究为何要"以西为体，以中为用"——中国叙事文化学研究丛谈之一》，《天中学刊》2012 年第 4 期。
⑫ 刘志宏：《明清传奇叙事艺术研究》，博士学位论文，苏州大学，2008 年。
⑬ 张曙光：《中国古代叙事文本评点理论研究：以金圣叹评点为中心的现代阐释》，博士学位论文，山东师范大学，2008 年。

化现象》①、陕西师范大学王建科博士学位论文《元明家庭家族叙事文学研究》②、陕西师范大学钟海波博士学位论文《中国通俗叙事文学繁荣的先声：敦煌讲唱文学综论》③、湖南师范大学刘晓军博士学位论文《张竹坡叙事理论研究》④、复旦大学梁苑博士学位论文《才子佳人小说：从一种新小说类型到一种新文学样式》⑤ 等。另外值得注意的是复旦大学黄霖先生的两位高足2007年的两篇博士学位论文为此项研究提供了极有价值的借鉴，分别是邓百意博士的《中国古代小说节奏论》⑥与韩晓博士的《中国古代小说空间论》⑦。

上述学者的共同目标可以概括为试图建立中国小说叙事学批评的大传统。他们把西方叙事学与中国古典文化的背景结合起来，深刻地思考中国白话小说叙事模式的起源与流变。其中关于小说中的特殊文本"无事之文"的研究，以杨义先生的观点最具代表性，他提出了"参数叙事"的概念来解释这一类文本。

> 参数叙事在正常的叙事之外、之中或之旁，增加某种异质，异样的叙事附加物，使正与异之间发生相互干涉、相互对质、相互阐释和相互补充的审美效应，从而指向着或暗示着新的更深的意义可能性、审美可能性和叙事角度的可能性。因而参数叙事是一种拓展可能性的叙事策略和叙事方式，它在不同层面上提供新的美学可能。⑧

由此可见，这一部分学者已经初步注意到了小说中这一类与主干故

---

① 张永葳：《论明末清初小说的文章化现象》，博士学位论文，浙江大学，2008年。
② 王建科：《元明家庭家族叙事文学研究》，博士学位论文，陕西师范大学，2003年。
③ 钟海波：《中国通俗叙事文学繁荣的先声：敦煌讲唱文学综论》，博士学位论文，陕西师范大学，2005年。
④ 刘晓军：《张竹坡叙事理论研究》，硕士学位论文，湖南师范大学，2004年。
⑤ 梁苑：《才子佳人小说：从一种新小说类型到一种新文学样式》，博士学位论文，复旦大学，2007年。
⑥ 邓百意：《中国古代小说节奏论》，博士学位论文，复旦大学，2007年。
⑦ 韩晓：《中国古代小说空间论》，博士学位论文，复旦大学，2007年。
⑧ 参见杨义《中国古典小说史论》，中国社会科学院出版社2004年版，第694—698页。

事情节无明确因果联系之描写的意义所在,为后来的研究指引了方向并提供了难能可贵的借鉴。

第三类研究来自研究中国传统白话小说的域外学者。这一类研究中,众多学者不约而同地注意到了中国传统白话小说之中这一类特殊叙事现象的存在,但是对这一文学现象的评价褒贬不一。首先对中国小说独特叙事模式抱持否定态度的是美籍学者夏志清教授,他在专著《中国古典小说史论》中提出一个观点:中国历代读者出于独特的史官文化心理与传统欣赏习惯,因此对于小说中的"本事"不断地追索,最终形成了中国传统白话小说堆积性的传统,导致这些经典作品无一例外地无法充分利用小说这一文体特有的艺术性[①]。

美国学者浦安迪认为在小说的主要情节插入看似无关紧要的"无事之事"(non-events)使中国古典白话小说中时间结构上的方向性被削弱,反而成为一种突出的文体特质。相对于西方叙事作品大体按照事件发生的时间先后排序的方式,中国古典小说中却没有将同时叙述的事件按照时间顺序排列的意识,反而常常令各种主要和次要的事件交错重叠、齐头并进,令"有事之文"相对于"无事之文"在叙事上的优先性显著削弱。这就使中国古典叙事文学在整体上给人一种貌似静止的流动感,因为文中的叙述并没有在一条单一的主线索上发展,却在各自的独立亚叙事空间内缓慢地推进着,这种亚叙事空间的出现就是"无事之文"存在的结果。浦氏讨论中国古典白话小说叙事特征的论著中较有代表性的有:《中国叙事学》[②]《明代小说四大奇书》[③],及其编选之论文集 Chinese Narrative: Critical and Theoretical Essays 中的 "Towards a Critical Theory of Chinese Narrative"[④] 与稍晚分别发表于《新亚学刊》与《淡江评论》的 "Full length Hsiao-shuo and the Western Novel: A Generic

---

[①] 参见 Andrew Plaks, "Towards a Theory of Chinese Narrative", In *Chinese Narrative: Critical and Theoretical Essays*, ed. Andrew Plaks, Princeton: Princeton University Press, 1977, pp. 312–314。

[②] 参见 Andrew Plaks, "Towards a Theory of Chinese Narrative", In *Chinese Narrative: Critical and Theoretical Essays*, ed. Andrew Plaks, Princeton: Princeton University Press, 1977, pp. 312–314。

[③] [美]浦安迪:《明代小说四大奇书》,沈亨寿译,生活·读书·新知三联书店 2015 年版。

[④] Plaks, Andrew ed., *Chinese Narrative: Critical and Theoretical Essays*, Princeton: Princeton University Press, 1977.

Reappraisal"① "The Problem of Structure in Chinese Narrative"② 等文。上述众多研究成果均从"异邦人"的角度对"无事之文"现象进行了犀利的观察与阐释。

同样对中国古代小说中"无事之文"的存在意义进行追问的还有王德威教授。他的研究集中地讨论了中国古典白话小说对说书情景的模仿，而小说中的"无事之文"能够帮助小说作者增强这种模仿的"故事临场感"：

> 似乎传统说话人及作者都体会到，故事临场感的产生往往得力于在主线"事件"之上穿插许多无关紧要的"非事件"（non-events）。因此，所有的语言姿态、声音回响、夸大、论断、琐碎的指涉、抒情的描写、叙事格式等通常被视为阻碍作品时序流通的技巧，反变成了一个功能性的意符，达到了借说话情境造成时间流滞的效果。③

王氏对于这个问题的研究主要观点见他的文章《"说话"与中国白话小说叙事模式的关系》，收录在其名为《想象中国的方法：历史·小说·叙事》④ 的论文集中。

综上，我们的研究受上述研究的启发与指引良多。但目前学界关于明清小说中"无事之文"叙事功能的问题尚未有专论述及，故我们希冀能从这个角度出发，在前辈诸学者取得的成果之上进行更为深入的专门研究。这也是笔者不惮自身识见鄙薄，选择这个课题作为研究对象的初衷与旨归。

---

① Andrew Plaks, "Towards a Theory of Chinese Narrative", In *Chinese Narrative: Critical and Theoretical Essays*, ed. Andrew Plaks, Princeton: Princeton University Press, 1977, p. 315.
② Andrew Plaks, "Full Length Hisao-shuo and the Western Novel: A Generic Reappraisal", *New Asia Academic Bulletin*, 1 (1978): 164.
③ Andrew Plaks, "The Problem of Structure in Chinese Narrative", *Tamkang Review*, 6.2 & 7.1 (1976, joint edition): 434.
④ ［美］王德威：《"说话"与中国白话小说叙事模式的关系》，《想象中国的方法：历史·小说·叙事》，生活·读书·新知三联书店1998年版，第80—101页。

第一章 "无事之文"的研究思路与理论体系构建

对于中国古典小说叙事模式的研究已经渐渐为中国古典小说研究界所注目,这些研究使我国小说叙事学的本土化取得了显著成果。而"无事之文"这一叙事手段作为中国小说叙事中十分有特色的表现形式,投注一定的精力去研究它的产生发展及其对小说的叙事形式的影响是很有必要的。纵观目前的相关研究,研究方法主要是在中国古典小说叙事学的宏观研究中将"细节的白描"作为一种特有的文学现象,研究的视角也只限于揭示出细节白描这种叙事手法的广泛存在,对他们的意义并没有过多地涉及。这些相关研究结论只是在其他的研究课题中顺带论及,并没有形成专门研究。这一方面提醒我们从"无事之文"这一角度入手去研究中国古典小说的叙事整合具有必要性;另一方面也要求我们在涉足这一未曾被足够开垦过的学术处女地之前,必须要理顺思路、建立严密可靠的理论体系来指导我们的研究,以使我们得出的结论具有坚实的理论基础。

叙事学研究与评点学研究作为中国古代小说叙事整合研究的两种模式,前者注重严格的定量分析和精准的描述,要求研究者像手术台上的医生一样冷静地观察研究对象的每一个组织结构上的叙事学要素,精确客观地描述这些要素及其运行机制,同时用学科内的一套精密森严的术语系统进行系统化的理论阐释。后者注重将艺术化了的心理感受诉诸文字,凭借评论者的天才与敏锐的审美感悟能力将对作者写作初衷的推测、对一般读者审美取向的引导以及对小说叙事特色观察与感悟结合在一起,用诗化的语言将非系统化的文学评论以零散的观后感形式批注在书页的空白处。这种传统的文学批评形式给人以重兴会、轻理论的印象，但它轻灵、直观、感性的特征，使之更容易被一般的读者接受和认同。上述两种思路各有优势，也不免各有其局限性，我们需要对二者的利弊进行简要的分析，从而确立此项研究的专用理论体系。

第一节　宏观的叙事学研究

叙事学是20世纪60年代在结构主义学说推动下形成的一种新兴理论，代表着当代小说理论发展的新方向，具有巨大的理论潜力。20世纪70年代末80年代初，经典叙事学的引入带来了中国古典小说形式学研究的勃勃生机，改变了国内学界旧有的对叙事学研究浅尝辄止的局面。所谓的经典叙事学兴起于20世纪60年代中期结构主义盛行的法国，它的研究对象是被叙事者叙述出来之后的文本（narrated text），包括虚构类叙事文本和纪实类叙事文本。前者包括小说、诗歌、戏剧等，后者包括历史著作、学术著作以及新闻报道等。叙事学主张强调叙事作品的深层结构具有一定的规范原则，无论是古代的叙事作品，还是现代的叙事作品，都是由一定的内在结构组合而成，于是均可纳入这一套严格的理论术语体系之中。目前国内学者译注的西方叙事学理论著作都辟出大量的篇幅、章节探讨叙事时间的概念，我们认为这和叙事学本身是一门"时间性"的学问这一因素息息相关。而我们的研究对象"无事之文"又恰恰对文本的叙事时间造成了影响。于是从西方叙事学的角度来分析"无事之文"对小说叙事时间的调节作用、从而探索作者使用"无事之文"背后的"文心"，以及作者如何收到文化史背景的影响，正是我们研究中国古典小说叙事整合机制的一个重要观察角度。

一　注重时间性的叙事学理论

为何说叙事学是注重研究叙事作品时间维度的学科？我们认为，最重要的原因在于这门学科预设一切叙事作品最根本的性质都是"时间性"——这要从这门学科的基本研究对象谈起。1966年法国结构主义叙述学家托多罗夫（T. Todorov）提出了"故事"与"话语"两个概念来区分叙事作品的素材与表达形式，二者首次被正式提出，从而成为叙事学的基本研究对象。这一划分方式在叙事学界形成了重要的影响。美国叙事学家查特曼就用了《故事与话语》来命名他的一本论述叙事作品结构的专著。此后，法国结构主义叙述学家热奈特1972年在《辞格三集》中对"故事"和"话语"的两分法进行细化分析，提出了她的三分法：①"故事"（historie），指被叙述的内容；②"叙事话语"（recit），指读者读到的文本；③"叙事行为"（narration），即产生话语的行为或过程。在《叙事性的虚构作品》一书中，雷蒙-凯南效法热奈特也将叙事作品分为"故事"（story）"文本"（text）与"叙述行为"（narration）这三个层次，在定义上也基本祖述热奈特的观点。然而叙事作品中并未成为叙述对象的"叙述过程"，一般的读者对此一无所知，而叙述行为的唯一载体即是叙事文本，那么讨论这样一种隐指的、对读者而言"不存在"的概念是否还有必要？于是三分法在实际研究操作中出现了一系列的矛盾现象，最后终于在研究实践中仍回归了二分法，这也成为目前国内叙事学研究界认为比较清晰的分类方式。①

由于一切叙事作品都旨在讲述一个或一系列故事，所以"故事"是一个叙事作品的核心概念。那么为何"时间性"是"故事"的根本特征？申丹教授将《辞海》给"故事"的定义与西方叙事学者福斯特给出的定义进行比较，来解释这个问题：

> "故事"：叙事性文学作品中一系列为表现人物性格和展示主题服务的有因果联系的生活时间，由于它循环发展，环环相扣，成为有吸引力的章节，故又称故事情节。②

《辞海》定义首先强调了故事的第一要素是因果联系，其次肯定了"故事"与"情节"属于同一个概念，然而这与福斯特在《小说面面观》中的定义不尽相同：

---

① 关于叙事学研究对象与发展简史的综述，参见申丹《叙述学与小说文体学研究》第一章，"叙述学有关'故事'与'话语'的区分"。申丹：《叙述学与小说文体学研究》，北京大学出版社1998年版，第14—19页。

② 《辞海》编辑委员会编：《辞海》，上海辞书出版社1979年版，第1467页。

> 我们已将故事界定为按照时间顺序来叙述事件。情节也是叙述事件,但着重于因果关系。如"国王死了,接着王后也死去"是故事,而"国王死了,接着王后也因悲伤而死"则是情节。虽然情节也有时间顺序,但因果联系却更为重要。[1]

通过比较我们发现二者的共识是承认因果关系对于故事讲述的重要性,区别在于前者将故事与情节等同,后者将二者对立起来。虽然我们无法认同将"故事"与"情节"完全等同起来,但是我们仍然不难发现福斯特观点中值得商榷之处:按照故事在传统上对因果联系的重视,"国王死了,接着王后也死去"也是情节,只是这两个动作之间的内在因果联系被隐藏起来,需要这个故事的读者通过自己的生活经验去揣摩与建构。只能说这是一个需要稍微高明一些的叙事技巧的故事情节。暂且绕过学界至今争论不休的"情节"问题不谈,且说二者的故事定义,都隐含了时间性的因素。包括纯粹前后顺序上的时间性与因果关系中隐含的时间性。由于西方叙事文学批评中对"时间性"的高度重视,促使西方叙事学者往往从"时间性"这一单一标准出发来判定一部叙事作品的"外在表现形式"与"内部组织结构"是"整饬"还是"零散"。

受到加拿大文学批评家弗莱(Frey)原型批评理论影响的美国学者浦安迪,在《中国叙事学》一书中试图站在中国叙事文化传统角度来分析中西方叙事模式的差异。他以《史记》中的大禹治水故事与《圣经》中的诺亚方舟神话为例,分析两种叙事传统之间的差别。通过这两部中西方叙事典范的对比,他认为中国的典籍之中从来不乏充满故事性的叙事因子。然而却大多都被转换为没有叙事色彩的简单记载。以大禹治水的例子为证,作者本来可以根据这个素材写出一篇时间性很强的故事来,然而《史记》当中却连主人公大禹是人是神都语焉不详。反之,《圣经》诺亚方舟故事却正是西方叙事学标准之下一个带有明显"头、身、尾"的时间性与因果联系的故事。

---

[1] [美]爱·摩·福斯特:《小说面面观》,朱乃长译,中国对外翻译出版公司2002年版,第75—76页。

中国神话由于缺少这种"头、身、尾"的结构的原则，则逐渐发展出了一种以"非叙述性"作为自己美学原则的特殊原型。我认为正是主要由于这一区别，导致了中西几千年来叙事传统的各自分流。①

于是，他提出了西方"叙事性+时间性"与东方"非叙事性+空间性"的叙事研究范型，直指东西方文化对"事"（event）的概念理解之异趣。这一范型给了我们很大的启发，也是我们试图探讨中国古典小说"无事之文"的动因。此外，对我们很有启发的还有热奈特的"时长变形"理论，即叙述者对所叙述的事件进行时间上的加工处理。从叙事学的角度来看，小说主叙述所叙之"事"（story），是一种未经变形的自然状态下的事件流。当小说的叙述者将这一事件讲述出来，就必然通过叙述者本人的取舍与过滤，从而造成叙事的变形。但书面的叙事文本无法表征时间向度，于是只能通过页数长短来表征叙事时间的长短，同理以书页的次序来表征所叙述之事发生的次序，这就是叙事学所谓"能指时间"（signifier time）。另外，叙述者也常用特定的词句来表示时间的流逝，比如"次日""两天之前""说时迟那时快"等，这些通过书面文字的语意来表征的时间，我们称之为"所指时间"（signified time）。除此之外，叙述中还常常存在省略的现象：真实世界中发生的事件由于不从属于主要叙事线索就会被省略掉，因而形成了一个叙事时间上的空缺。当叙事时间等于0的时候，就造成了叙事的省略；叙事时间大于事件时间就是叙事上的缩写；当叙事时间等于事件的时间也就是叙述与事件的时间同步，因之形成场景的描写（最典型的如对话场景的描写）；同理，叙述时间大于事件时间会造成叙事的延长。上述几种表示叙述时间的方法结合起来，就能使叙述者对所叙述事件进行时间上的加工处理。热奈特对叙事时间变化的论述，如表1所示②。

---

① ［美］浦安迪：《中国叙事学》，北京大学出版社2018年版，第42页。
② 关于"能指时间"与"所指时间"的定义，及叙事作品中时长变化的各种情形，参见［法］热莱尔·热奈特《叙事话语·新叙事话语》，中国社会科学出版社1990年版，第50—60页。

表 1　　　　　　　　　　热奈特的叙事时间转化

省略	叙述时间（空缺）＝0＜事件时间
缩写	叙述时间＜事件时间
场景	叙述与事件的时间同步，即叙述时间＝事件时间
延长	叙述时间＞事件时间
停顿	叙述时间＞事件时间＝0（事件的流动停止）

上表中最值得我们注意的是，当事件时间小于叙述时间、叙述时间等于0与叙述时间大于事件客观发生时间的情况，这就是叙事的延长、停顿与缩略——这些"时长变形"现象和我们研究的"无事之文"紧密相关，因为中国古典小说中叙事者经常插入"无事之文"以使叙事形式形成延缓、停顿与缩略等现象，用以调节叙事作品中时间的铺排以及气氛的渲染等①。俄国形式主义批评家们提出的"叙述因子"理论在这个问题上也能给我们提供一种新的观察角度，该理论是将"叙述因子"作为叙事分析的最基本单位。"叙事因子"是从最小的叙事单位（可以是一个短语、一句话或者一段叙述）中抽象出来的"意义"，它是一个最小的表意单位，代表着叙事作品中某些行为的含义，例如"背叛""怀念""进攻"之类。这些"叙事因子"，是叙事作品中的行为得以表现的载体。那些推动小说中主干情节发展的"叙述因子"由于在作品中必不可少，因而是"必要的叙事因子"，因为它受到故事发展的约束。还有另一类"非必要的叙事因子"，它们并不是故事情节的发展所必需的，因而不受主干故事的约束，相对比较自由，它们只起到烘托气氛、提供信息等作用。一部叙事作品从形式主义的角度来看，可以认为是各种叙述因子的排列组合。中国古典小说中，有大量的场景描绘和衣饰描写等叙述因子与小说故事主干发展并无必然关联，然而这些代表着"沉闷""繁华"或"怀旧"等讯息的"叙事因子"却可以增加故事的细节化与个性化成分。② 法国文学批评家罗兰·巴特提出的将

---

① ［法］热莱尔·热奈特：《叙事话语·新叙事话语》，中国社会科学出版社1990年版，第60页。

② L. T. Lemon, M. J. Reis ed., *Russian Formalist Criticism: Four Essays*, Lincoln, Nebraska, 1965, p. 23.

叙事作品分为"功能""行动"和"叙述"三个描述层的理论，与上述俄国形式主义的分析方式有异曲同工之妙，只是在具体操作上使用了"功能性""行动性"与"叙述性"三个新的术语对叙事作品进行分层次的讨论。① 此外其他对我们的论述具有启发意义的是查特曼关于"结局性情节"与"展示性情节"②的区分理论：与主干故事发展具备因果联系的情节被本理论划分为"结局性的情节"，反之，那些充满着偶然性的与主干故事的发展无必然联系的琐碎情节，被查特曼划分为"展示性的情节"，这种情节插入文中不会造成故事结局的显著变化，而仅仅用于展示人物活动的周遭环境、人物内心世界以及帮助刻画人物性格等。我们不难发现这种所谓"展示性的情节"与我们的研究对象"无事之文"有一定的共通之处，但二者具体有何区别与联系还有待下文进一步研究讨论。

二 以叙事学角度研究"无事之文"的价值

"无事之文"之所以成为叙述文本中特殊的一部分，是由于它在叙事者的叙述中"若隐若现"的姿态。所谓"隐"是指"无事之文"在行文上并不影响叙述接受者对主干故事（story）这一事件流的理解与接受；所谓"现"是指它确实使文本的叙事形态发生了变化。这些变化体现了叙述主体的可靠性、叙述层次格局的复杂性、叙述角度的灵活性以及叙述时间调整的自由性等。叙述主体通过在叙事文本中插入"无事之文"给叙事行为施加影响，导致了叙述层次、叙述角度以及叙述时间等的变形，形成中国古典小说异彩纷呈的叙事形态。

为了理性地分析"无事之文"给中国古典小说的叙事整合机制带来的影响、科学地估量这些影响来自哪些方面以及通过何种具体的方式，我们迫切地需要一个科学性强、逻辑条理清晰、标准统一的评价机制，来探讨中国古典小说内部的叙述结构规律及特征。要达到上述目标，雪泥鸿爪、纯任性灵的中国古典小说评点学恐难当此任。西方叙事

---

① 参见［法］罗兰·巴特《叙事作品结构分析导论》，王泰来等编译《叙事美学》，重庆出版社1987年版，第67—81页。

② S. Chatman, *Story and Discourse*, Ithaca: Cornell University Press, 1978, pp. 47–48.

学以其高度抽象、系统化的理论体系，给古典小说叙事模式研究方面提供了一个宏观的研究角度，在某些具体问题的分析上也具有一定的优势。叙事学注重严密的理论结构体系构建，便于我们用清晰统一的标准对小说内部各种叙述形式进行采样分析。相对于较为零散、直观、重兴会的中国古典小说评点学而言，西方叙事学研究的前提是将一个叙事作品看作封闭自足的独立研究对象，这一学科所感兴趣的是叙事作品的普遍框架与叙述模式，最终形成理论范型。因此，一部分叙事学学者充分相信西方的小说叙事学理论完全能够全面地分析中国古代小说的叙事特征，如王平先生在《中国古代小说叙事研究》中指出：

> 西方叙事学是建立在西方叙事作品的基础上，能否拿来研究中国古代小说的叙事特征呢？答案是肯定的。就像我们运用西方的语言学理论来研究古代汉语、运用西方的美学理论来研究古典诗词一样，并不存在生搬硬套的问题。例如我们运用谓语和宾语的理论来分析古代的宾语前置现象，谁也不能说这是生硬地照搬西方的语言学理论。我们运用西方叙事学理论分析中国古代小说的叙事特征也是一个道理。或许有人会说，西方叙事学理论只适用于分析西方的叙事作品，中国应当有自己的一套叙事学理论。这就好像要求我们应当重新建立一套我们自己的语言学理论一样，实际上等于否定了语言的深层结构和普遍模式。[①]

我们必须承认，西方的叙事学理论能够帮助我们挖掘中国古典叙事作品的深层结构和某些特殊的叙述模式，这对于解决中国小说批评理论中一些悬而未决的问题确实功不可没。但仍需指出的是，我们利用西方叙事学理论来对中国古代小说叙事模式进行分析阐释的主要目的仍然是深化我们对中国古典小说文本、特别是一些经典文本的理解，而绝不仅仅是给西方叙事理论的某些论点提供依据和注脚。任何时候，理论为我们所用都是为了指导创作实践，因为只有结合具体的文本来选择恰当的理论工具才能解除思维模式上的桎梏，而理论一旦凌驾于文本之上，就

[①] 王平：《中国古代小说叙事研究》，河北人民出版社2001年版，第6页。

会造成理论的迷失。如今有不少中国学者期待着用一套整齐划一的理论框架来重写文学史，不惜提出了"消解经典"的口号，更有甚者，某些极端的西方叙事学家甚至认为叙事文学（特别是小说）中"栩栩如生"的人物与"逼真"的场景都是读者内心构建出来的"幻觉"，这就极大地忽视了作者的天才创造力，抹杀了叙事作品的高下之别。事实上，真正的经典作品是远远不能由某一套苍白的理论模式完全涵盖的。因为运用叙事学的方法研究文本也难以避免存在某些局限性。

首先，西方叙事学理论体系的构建是以伍尔芙、普鲁斯特、狄更斯、海明威等西方现代小说名家的经典作品作为文本分析的实践基础的，理论构成和研究方法都是根据西方现代小说的叙事模式总结归纳出来。虽然我们不可否认古今中外的优秀叙事作品在叙事模式上都有共通之处，但由于审美风习与文化背景的差异，并不是所有叙事作品的叙事模式问题都能用西方叙事学方法论彻底解决。陈平原先生指出：

> 小说叙事模式的转变不单是文学传统嬗变的明证，而且是社会变迁（包括生活形态与意识形态）在文学领域的曲折表现。不能说某一社会背景必然产生某种相应的小说叙事模式，可某种小说模式在此时此地的诞生，必然有其相适应的心理背景和文化背景。①

这个观点简而言之就是一时有一时之文学，一地有一地之文学。所以我们无法认同王平先生的观点：首先用语言学研究方法研究古代汉语与叙事学研究古典小说两种研究方法不可相提并论。语言学与文学是两种性质不同的学科，人类的语言虽然也不同程度地受到历史文化背景和民族审美习惯的影响，但是在漫长的时间里是一种相对稳定的研究客体。比如我国的文言文历经长达几千年的历史，直至近代一直是稳定通用的书面语言，一些语法原则和使用习惯几乎是固定下来的；而文学的发展却深受各个时代背景的影响，意旨在不断的变迁之中，所以文学的研究方法和语言学的研究方法是不能作类比的。用美学的方法来研究中国古典诗词正和用西方叙事学的放大来研究中国古典小说却颇有共通之

---

① 参见陈平原《中国小说叙事模式的转变》，上海人民出版社1988年版，第3页。

处：两种方法都是用他者的视角来解决我们的文学经典研究中某些问题，但作用是给这些问题提供新的考察角度而非提供一把万能钥匙。因为每一种理论的诞生都建立在对特定研究对象的定量分析之上，简单地说，理论是在特定的实践中产生的，所以只有完全适合一类研究对象的理论而没有适合任何研究对象的理论。我们的古典小说叙事研究应该致力于带着自觉的理论探索意识持续深入地研究经典作品，并进行系统的理论总结，从而提出针对我们自己经典作品的小说艺术理论，而非满足于为其他某种理论提供诠释与例证。

其次，"无事之文"作为中国古典小说叙事特质的体现之一，它的某些特性无法用叙事学分析完全涵盖，试看下面两例：

> 一语未了，只见李纨的丫头走来请黛玉。宝玉便邀着黛玉同往稻香村来。黛玉换上掐金挖云红香羊皮小靴，罩了一件大红羽绉面白狐狸皮的鹤氅，系一条青金闪绿双环四合如意绦，上罩了雪帽。二人一齐踏雪行来，只见众姊妹都在那里，都是一色大红猩猩毡与羽毛缎斗篷，独李纨穿一件青哆罗呢对襟褂子，薛宝钗穿一件莲青斗纹锦上添花洋线番耙丝的鹤氅。邢岫烟仍是家常旧衣，并无避雪之衣。①

> 看官听说，但凡世上帮闲子弟，极是势利小人。当初西门庆待应伯爵如胶似漆，赛过同胞弟兄，那一日不吃他的，穿他的，受用他的。身死未几，骨肉尚热，便做出许多不义之事。正是画虎画皮难画骨，知人知面不知心。②

这两段文字如按照西方叙事学的形式划分方法，在给叙事时间带来的影响方面都造成了叙事的停顿，叙事人都是从全知全能视角发出声音。前一段文字叙事者隐身，后一段引文叙事者现身并干预了叙事进程——前者相当于电影中的特写，后者相当于画外音。然而，这两段

---

① （清）曹雪芹：《红楼梦》，第四十七回，人民文学出版社2008年版，第660—661页。
② （明）兰陵笑笑生著，刘辉、吴敢辑校：《金瓶梅》会评会校本第八十回，香港天地图书有限公司1994年版，第1724页。

"无事之文"绝不仅仅只有这一点宏观上的区别,二者在行文中起到了什么作用?叙事者对人物衣饰的描述与世态炎凉的评论是出于怎样的文化心态?这些问题用统一标准衡量叙事结构的西方叙事学无法彻底解决。西方叙事学通过将研究对象的系统化标准化往往能揭示出中国古代小说的某些叙事特征与叙事功能,但这些特征如何形成以及它们在行文中如何发挥作用,还有待于我们结合本民族文化背景与审美习惯、广泛深入地研究经典文本才能得出。总之,我们除了需要借助叙事学的方法在宏观上把握古典小说叙事模式的某些特色,还需要从微观的角度切入作品的细部,寻找中国叙事传统的深刻内涵。因此,我们还需要求助于中国传统的小说评点学。

第二节 微观的评点学研究

文学评点作为一种文学批评法在中国文学史上源远流长,它缘起于唐五代时期的诗文评选,历经宋元明清,直到晚清民国时期才走完了漫长的历史进程。从文学体裁方面来讲,中国古代文学作品的任何形式几乎都有评点这一类的文学批评形式相伴随:诗词歌赋、小说戏曲,包罗万象。几乎中国文学史上所有的经典作品都接受过评点家的批阅,上至端坐文学经典殿堂上宾的《诗经》《史记》,下到通俗小说戏曲如《水浒传》《西厢记》,都留下了评点者文学批评理论思想的吉光片羽。

评点是中国古典小说批评的主体形式,关于这种小说批评形式流行的成因,谭帆教授提出过三点意见:其一,从传播形式的角度看,文学评点的兴起是以传统的"注释学"和"文选学"等传统学术文化因素为基础的创新型批评形式,传统的经注与史注一体的形式,奠定了小说评点以阅读为旨归的评点形态;其二,从批评旨趣和功能来看,评点的兴起是文学批评走向通俗化世俗化、并追求功利性与实用性的一个重要标志,为文学批评开启了新领域;其三,书坊对于通俗小说的强烈控制导致了商业传播性对于批评体式的制约从而相沿成习,评点成为小说批评的主要形式。[①] 小说评点在成为一门学问之前,尚称不上是严肃的学

[①] 参见谭帆《中国小说评点研究》,华东师范大学出版社2001年版,第7—9页。

术批评，而是书商为推销自己刊刻的小说所使用的一种促销手段，可以说带有明显的商业色彩。这与中国古代通俗白话小说在当时那个商品化社会所处的文化地位有密切的联系：书坊主通常会组织一些衣食无着的下层文人对小说中的情节进行批注评点，目的是帮助未受过高等教育的普通市民更好地理解小说的内容，有时还会假托知名文人的名义对某个版本的小说表示极力赞赏与推崇，以吸引更多的读者去购买阅读。后来，文人们开始有意识地参与到小说评点的队伍中来，这些文人未必受雇于某个书坊主，而只是热衷乃至痴迷于某一部小说，他们在小说的字里行间写下自己的阅读心得与审美体验，并非出于经济上的考虑为评点而评点，使得这一类评点具有鲜明的文人色彩与文艺理论性质。这两股小说评点思潮的合流，促使小说评点兼具了商业与学术的二元性。先是余象斗、袁无涯等书坊主，接着是叶昼、冯梦龙、李贽这一批文人或假托这些知名文士的无名文人们极力倡之，最终令小说评点成为一种立足于文学批评的名山事业。一般说来，我们认为小说评点真正的集大成者是金圣叹，自金批《水浒传》之后，又经毛氏父子、张竹坡等的进一步发展，使所谓的"序""读法""眉批""夹批"以及"回前评""回后总评"成为小说评点的固有程式。在这些林林总总的评点文字中，往往闪烁着古代文学评论家对于中国古典小说叙事的真知灼见。

一 切入文本细部的小说叙事评点理论

在中国传统小说的评点中，涉及古典小说叙事理论的文字俯拾即是，虽然与现代小说叙事节奏的研究方法相比，确乎缺少一种系统的思维，然而在那些不拘格套、纯任性灵的批评文字中，其实蕴含了中国古典叙事理论的某些精髓。在将西方叙事学与中国传统的小说评点学进行比较之后，杨义先生指出：

> 评点家的富有才情的感受，以及自由的联想、细密的剖析，使他们写得最出色的某些文字成了以细读法写成的叙事学，一种简直在那个时代堪称百读不厌的微观叙事学。[①]

[①] 杨义：《中国叙事学》，人民出版社1997年版，第340页。

可见，他敏锐地观察到了小说评点学从微观处着眼的观察方法，正好为我们研究中国古典小说的叙事整合提供了直接切入细部的研究角度，与西方叙事学理论互通有无之后，有效地解决了在西方文艺实践中产生的文艺理论运用在中国古代小说研究中产生的"水土不服"问题。

小说评点作为一种圈点文本中的关键字句并对之进行笺注的文学批评方式，能在其他早期文学批评形式中脱颖而出并最终成为中国古典小说批评的主体形式，与它本身富于民族特色的形式特征是分不开的。从批评形式上来说，小说的评点讲求高度贴近文本，一切的理论基础无不建立在对目标文本反复的细读之上。通俗地说，评点就是小说评点者写给小说读者的一种个人心得体会与对小说艺术鉴赏的详细阐发和评论，其中寄予了作者个人的好恶情感以及文学创作精神等。因为这种评点方式带有高度的个人化色彩，往往能够引起有相同经历或与评点者持相同处世态度的读者之共鸣，所以优秀的小说评点往往能够促进一部小说的销售与传播。此外，小说评点因为是对某一部特定小说的艺术鉴赏与文本分析，所以势必高度地贴近文本。评点者提出的批评理论的针对性也很强，表现出强烈的实用主义色彩。金圣叹在《读第五才子书法》中高度地赞赏了《水浒传》的人物形象塑造，用的是极有针对性的评点文字：

> 别一部书，看一遍即休，独有《水浒传》，只是看不厌，无非为他把一百八个人性格都写出来。
>
> 《水浒传》写一百八个人性格，真是一百八样。若别一部书，任他写一千个人，因为只是一样，便只写得两个人，也只是一样。
>
> 《水浒传》只是写人粗鲁处，便有许多写法。如鲁达粗鲁是性急，史进粗鲁是少年任气，李逵粗鲁是蛮，武松粗鲁是豪杰不受羁靮，阮小七粗鲁是悲愤无说处，焦挺粗鲁是气质不好。[1]

---

[1] 参见金圣叹《读第五才子书法》，黄霖、蒋凡主编，邬国平编著《中国历代文论选新编·清代卷》，上海教育出版社2008年版，第229—230页。

以对书中人物逐个分析的方式揭示了《水浒传》人物刻画的精妙之处。又如《金瓶梅》中一段评点文字赞誉《金瓶梅》对春梅这一人物丝丝入扣的批判性描写：

> 至此一回，金、瓶均已收结，故放笔写春梅之不畏人言，不虑物议，不顾羞耻，不为其夫其子留脸面，其淫乱故不在金、瓶二人之下，尚得谓之有志气哉！陈敬济一无知、无能、无行、无品之恶少年，为人世之所不容，为亲友之所不齿，侯林儿亦不过取其下体耳。春梅乃念兹在兹而寻之，三薰三沐而进之，亦无非采莳采菲……其淫视金、瓶何如哉！故金之淫以荡，瓶之淫以柔，梅之淫以纵。娇儿不能入其党，玉楼亦不可入其党，雪娥不配入其党。此三人故淫妇中之翘楚者也，李瓶儿死于色昏，潘金莲死于色杀，庞春梅死于色脱。好色者其鉴诸！贪淫者其鉴诸！①

这一段回后评，无疑为世间贪淫好色之当头棒喝。但显然这一段评论针对性极强，只能从《金瓶梅》这部小说的文本中生发出来。再如，毛宗岗评点《三国演义》时在尊刘氏为正统的思想指导下，也不乏对道学的尖锐批判、为曹氏某些被认为违背封建伦理道德的言论进行辩护，表达了一种开明的评点态度。如第四回回后总评：

> 读史者至此，无不欲食之肉寝其皮也。不知此犹孟德之过人处也。试问天下人，谁不有此心者，谁复能开此口乎？至于讲道学诸公，且反其语曰："宁使人负我，休教我负人。"非不说得好听，然察其行事，却是步步私学孟德二语者，则孟德犹不失为心口如一之小人。而此曹之口是心非，反不如孟德之直捷痛快也。吾故曰："此犹孟德之过人之处也。"②

---

① 参见兰陵笑笑生著，刘辉、吴敢辑校《金瓶梅》会评会校本第九十七回回后总评，香港天地图书有限公司1994年版，第2030页。

② 参见朱一玄编《三国演义资料汇编》，南开大学出版社2003年版，第270页。

这一段评点文字同样立足于《三国演义》特定文本的分析，可以说很多小说评点文字的价值是依附于固定的小说文本而存在的。评点的批评理论与创作实践紧密地结合，使小说评点具有针对性和实用性，但过于就事论事也可能会忽视对文艺作品系统的理论探索。

此外，中国古典小说的评点善于用生动形象的譬喻以直观地呈现小说文本的行文特点、结构布局与评者读后的观感体验等。这方面的例子俯拾即是，比如毛评在总结《三国演义》叙事节奏安排的缓急时，曾用"将雪见霰，将雨闻雷之妙""浪后波纹，雨后霢霂之妙""寒冰破热，凉风扫尘之妙""笙箫夹鼓，琴瑟间钟之妙"[①]来描摹叙事行文的跌宕起伏带给读者审美体验上的直观感受。又如，张竹坡在评述《金瓶梅》作者用对立和相互映衬的手法刻画人物的特点时形容：

> 总之为金莲作对，以便写其妒宠争妍之态也。故惠莲在先，如意儿在后，总随瓶儿与之抗衡，以写金莲之妒也。如耍狮子必抛一球，射箭必立一的，欲写金莲而不写其与之争宠之人，将何以写金莲？故惠莲、瓶儿、如意皆欲写金莲之球、之的也。[②]

上述诸例印证了一些学者的研究结论：中国古代小说评点具有"直观式""领悟式""随感式"的特征。[③] 明清小说评点中虽然含有丰富的小说叙事学思想理论，但内容上比较松散不成体系，它们或针对特定文本内容，或流于直观观察与个人经验式的阅读体会。但无论如何，我们在仔细阅读一些批评大家对于经典作品点到即止的解读后，仍然会收到可贵的理论启示。这些或阐幽抉微或纵览全局的精彩观点，对我们研究小说的叙事模式提供了理论支持，我们在此基础上通过文本分析与去

---

① 参见毛纶、毛宗岗《读三国志法》，黄霖、蒋凡主编，邬国平编著《中国历代文论选新编·清代卷》，上海教育出版社 2008 年版，第 273—275 页。
② 参见兰陵笑笑生著，刘辉、吴敢辑校《金瓶梅》会评会校本第六十五回回后总评，香港天地图书有限公司 1994 年版，第 1036 页。
③ 刘勇强：《学术研究范式的嬗变轨迹——关于二十世纪中国古代白话小说研究的谈话》，《文学遗产》1998 年第 2 期。

芜存菁，方有可能建立属于我们自己的小说叙述学批评模式。李鹏飞教授曾举例说明：

> 比如金圣叹对《水浒传》第二十二、二十三回中多次反复出现的"哨棒""帘子"等器物的注意，以及脂砚斋对《红楼梦》中大量草蛇灰线般的伏笔和隐语的暗示，都显示出评点者对文本阅读体悟的精细和敏感度已远远超出了一般人的想象……如果我们能够结合大量深细的文本研究对这些评点家的某些观点加以扩充、完善和丰富，并用现代理论语言加以表述，那么一种新的理论很可能就由此而形成了。①

二 小说评点学对虚构类叙事作品研究的理论意义

明清小说评点学与西方叙事学理论都对虚构类叙事作品的叙事技巧投以极大的关注。在史传地位高不可攀的中国文化传统里，小说评点学仍然承认并尊重叙事的虚构性。在《水浒传》十三回与二十五回的夹批中，金圣叹批道："一百八人，七十卷书，都无实事"，"一部书皆才子佳人文心捏造而出。"至于《红楼梦》的脂评，更是从各个角度揭示了叙事性虚构作品与史实类作品的差异。

明清小说评点也同样聚焦于叙事虚构类作品的结构。前述讨论谈到西方叙事学认为一部完整的叙事作品应该被看作由各种叙事因素通过一定的因果联系组合起来的、自足的多层结构组合。通过对金圣叹《水浒传》评点、张竹坡《金瓶梅》评点文字的分析，也可以找到类似的观点。如金氏认为"二千余纸只是一篇文字，中间许多事体便是文字起承转合之法"②；张竹坡评《金瓶梅》，认为"一百回是一回，必放开眼光作一回读，乃知其起尽处"③，这都与西方叙事学理论有不谋而合

---

① 李鹏飞：《古代小说研究与原创性小说理论的探索》，《北京大学学报》（哲学社会科学版）2007年第3期。
② 参见金圣叹《读第五才子书法》，朱一玄、刘毓忱编《水浒传资料汇编》，南开大学出版社2002年版，第219页。
③ 参见张竹坡《批评第一奇书金瓶梅读法》，《金瓶梅》会评会校本附录二，香港天地图书有限公司1994年版，第2120页。

●○ "无事之文"与中国古典白话小说

之处。

此外，小说评点中还有一些常见的批评术语，如"影身写法""共犯结构"等，对古典小说叙事深层结构的探讨也很有价值。通过细读小说文本不难发现相同或相类似的笔法在中国古代小说中大量存在，在西方小说中也能找到相类似的结构方式。于是一些西方小说理论家根据类似的现象提出了小说的"重复模式"理论[1]，小说的"章法反复"与"形象叠用"理论[2]等。在古代小说评点中"粗陈梗概"的叙事学现象，在西方叙事学理论中得到了系统的描述与研究。这不能不说我们在建立自己的叙事理论体系方面尚有欠缺，但这也给后学留下了足够的理论发掘空间。

中国古代小说评点学也早注意到了小说叙事行文中存在大量的"无事之文"。实际上我们的研究对象正是根据明清小说评点学的理论术语命名。明清评点家们不仅注意到了史传等文体中非虚构类的"事件"与小说这种虚构类叙事文体中的"故事"存在显著区别，更重要的是他们在评点中注意到了小说中的主干"故事"与叙述这个"故事"的"话语"之间存在区别。金圣叹在评点中将小说要叙述的"故事"称作"事"，用于叙述"故事"的"话语"则被称作"文"。申丹教授也注意到了小说评点学与西方叙事学在这方面的对应关系，于是在论述叙事学的情节观时，她特别强调："需要指出的是，'话语'与'故事'的区别大体上相当于中国传统上对'文'与'事'的区分。"[3] 金圣叹在第二十八回"武松醉打蒋门神"一节批道："武松为施恩打蒋门神，其事也；武松喝酒，其文也。"[4] 按照故事线索推进的需要，其实小说中只写一行字"武松替施恩去打蒋门神，武松一路豪饮"即可，而作者却不慌不忙地抓住这样一个细节极力渲染一场恶斗之前周遭的环境与气氛，他不厌其烦地描写"酒客""酒场""酒令""酒筹""下酒菜"等一系列琐碎的细节，恰恰展现了作者的"朱玉锦绣之心"。

从中国古代小说评点学的观点出发，我们可以得出结论：围绕着一

---

[1] 申丹：《叙述学与小说文体学研究》，北京大学出版社1998年版，第168—169页。
[2] [美]浦安迪：《中国叙事学》，北京大学出版社1996年版，第90页。
[3] 申丹：《叙述学与小说文体学研究》，北京大学出版社1998年版，第44页。
[4] （明）施耐庵：《水浒传》会评本，北京大学出版社1981年版，第540页。

定的"事"所展开的描写，即"文"，我们可以称之为"有事之文"，而中国古典小说中普遍存在的游离于所叙故事以外的"文"，我们便可以称之为"无事之文"，关于这个概念的认识与分类，我们将在后文详述。因为叙事虚构类作品中，主流的话语往往围绕着所叙述的故事展开，所以它们在世界文学中属于共性的一面，而唯有那些与故事推进关系不密切的"边缘性"话语，或者说"无事之文"一流文字才是东西方文学中各具特色的部分。因为从文学鉴赏的角度来看，这些没有被故事的发展束缚住的"无事之文"才最能代表作家的艺术创作特征，从而反映出叙事作品所根植的文化传统。

我们的研究目的正是要从"无事之文"的研究入手，以期在研究中发现中国古典小说叙事传统模式之特质。

综上所述，在中国古代小说理论已经渐渐从以往的社会历史学研究与文本阐释经过理论的引进消化，过渡到形成独立的小说批评学这一专门学科之际，我们在建立新的理论体系之前，同样不能忽视对现有的中国古代小说理论之中关于小说叙事模式的要素进行爬梳与整理，认清前人研究的优势与空白，然后再借助于西方叙事学系统、严密、客观的理论优势帮助我们厘清思路，让二者优势互补、相辅相成，从而构建一个适合中国古代小说批评研究实际情况的叙事模式分析理论框架。

第三节 "无事之文"叙事研究 理论框架与思路

小说文本中的"无事之文"，是一个范围广阔内容庞杂的概念。一般来说，从广义上讲主要包括以下三个方面。第一，小说作者开篇的自序或弁言等，多是描述此书的缘起以及作者动笔书写此书的原因；第二，与小说文本的故事主干并无明确因果联系的插入性文字，在这一类目下尚可分出若干子类，我们将在下一章中详述；第三，小说文本之后所加的附录、人物关系表等。如《红楼梦》脂批中透露出来的末回"情榜"就是一例。这三方面是一个整体，都是古典小说"无事之文"体系的一个组成部分，其中第二类作为影响小说叙事结构的功能性文字，成为古典小说"无事之文"体系中最核心的部分，也就是狭义上的"无事之文"。狭义的"无事之文"对叙事结构的影响最大,因而成为我们这项研究的主要对象。

关于我们此项研究的主要对象——与小说文本的故事主干并无明确因果联系的插入性文字这个问题的探讨,主要涉及作家的创作意识及其所处的文化背景给其带来的思维方式、作家在创作中对各类"无事之文"的运用和取舍、"无事之文"的运用方式及其给文本结构带来的影响,等等。相对于文本中的故事主体与一般细节描写,"无事之文"在概念上具有一定的复杂性和独特性。所以,作为理论构建的必要条件,我们对"无事之文"的探讨需要树立一个相对客观的内涵范畴与参考指标。

为了更好地阐释本文中研究对象的内涵,我们有必要将"无事之文"与小说研究中含义相近的概念"情节"与"细节"加以比较分析。首先,"情节"是小说描写的"三要素"之一,韦勒克也在他的书中肯定了这一观点:"小说的分析批评通常把小说区分出三个构成部分,即情节、人物塑造和背景。"[①] 任何文艺作品的叙事过程都离不开情节的展示。"情节是小说中人物生活和斗争的演变过程,由一组以上能显示人物和人物、人物和环境之间的错综复杂关系的具体事件和矛盾冲突所构成。"[②] 由上述论断可以看出,"情节"是一个综合性的概念,它包含具体的"事件"与相应的"矛盾冲突",由"事件"之间错综复杂的关系相互作用下造成的一系列"矛盾冲突"推进"情节"的发展。我们认为"无事之文"是与"事件"并不存在必然联系的文字,它们存在于情节之中、事件之中以及事件叙述的间隙。理论上"无事之文"并不能造成"情节"推进的必要元素"矛盾冲突",但是它们有时加剧、延缓或者对这些矛盾冲击造成反讽与消解,在极端的情况下它们的存在对情节不造成任何影响,只具备美学上的意义。"无事之文"存在价值的重要因素在于读者的观感,他们通过自己的判断、阅读经验和审美风习对"无事之文"之于小说文本的作用进行接受、欣赏甚至排斥。这也是为何有的评论者认为"无事之文"的存在突出了作者的写作理念

[①] [美] 韦勒克·沃伦:《文学理论》,刘象愚等译,生活·读书·新知三联书店1984年版,第242页。
[②] 周振甫:《主要的思想倾向·情节·细节·作法》,《小说例话》卷一,五南图书出版有限公司1994年版,第45页。

与文本的审美取向，而有的评论者则认为插入大量"无事之文"令文本的结构变得松散、琐碎，破坏了故事的完整性。下面我们再来看看"细节"这个文学概念：

> 细节是文学作品中细腻地描绘人物性格、事件发展、社会环境和自然景物的最小组成单位。社会环境和人物性格的完整描写是由许多细节描写所组成的，细节描写要服从艺术形象的塑造和主题思想的表达，以具体生动地反映事物的特征、增强艺术感染力为目的。①

由上述概念可见，"细节"的作用是刻画人物性格，促进事件发展以及描摹事件发展的历史环境、社会环境以及自然环境等。所以，"细节"是一个广义上的概念，包括与小说故事发展中一切情节的完整与详细地描写。所以，我们倾向于认为"无事之文"与"细节"是一种交叉的概念。其中一类白描性质的"无事之文"属于"细节"描写的范畴，如小说中对宴饮、人物服饰、民风民俗一类的描写。但值得注意的是，并不是所有"无事之文"都属于"细节"描写，比如古典小说叙述者突然宕开一笔对某一事件和人物进行评论或给读者提供的某些暗示、指导等。另外，并不是所有的"细节"描写都属于"无事之文"之列，比如那些直接推进主干故事发展的情节中一些关键性的细节描写。试举一例：武松打虎过程中哨棒断成两截的细节，直接引起了后文武松徒手搏虎的情节。这一类细节是推进情节发展的关键性要素，万不可以"无事之文"目之。

综上所述，我们初步厘清了"无事之文"与其相类的两个概念"情节""细节"在范围与定义上有哪些区别和联系。关于"无事之文"的进一步定义及其类别与功能的探讨，我们将在下一章详细讨论。

"无事之文"的存在虽然不会影响主干情节的发展，但是它们会间接地影响小说文本的面貌。首先，"无事之文"可以加速或延缓文本叙

---

① 周振甫：《主要的思想倾向·情节·细节·作法》，《小说例话》卷一，五南图书出版有限公司1994年版，第101页。

述的节奏。中国古典小说在处理小说的节奏上有一定的规律可循。在时间跨度较大的历史演义小说当中，为了将漫长的历史和社会背景简要地交代出来，会采用简洁的语言几笔带过，既节省了相应的笔墨，也造成一种沧海桑田、风云变幻的文势。但在描述家庭生活琐事的世情小说中，作者不惜花费大量笔墨来描绘日常闲情和世俗生活。由此，我们似乎可以得出这样一个结论：作者在处理与主干情节发展有重大关联的时间与素材时，往往会令叙述时间延长以详尽地描摹；相反，在处理非中心、非主要的事件之时往往会加快叙事时间，几笔一带而过。我们注意到，中国古典小说中文本叙事时间无论是缩短，还是延长，都有"无事之文"参与其中，间接地影响了叙事时间的长短变化。先举一例"无事之文"辅助叙事时间缩短的情况：

> 贾母等如何谢恩，如何回家，亲朋如何来庆贺，宁荣两处近日如何热闹，众人如何得意，独他一个皆视有如无，毫不曾介意，因此众人嘲他越发呆了。

这一段是《红楼梦》第十六回元春获得册封之后的补叙，删去并不影响主干故事的发展，从侧面刻画了宝玉淡泊功名富贵的性格。贾府繁复的谢恩礼、各种庆贺与应酬活动连用五个"如何"一笔带过，极大地缩短了叙事时间。无怪乎脂砚斋夹批评道：

> 大奇至妙之文，却用宝玉一人连用五个如何，隐过多少繁华势利等文，试思若不如此，必至种种写到，其死板、拮据、琐碎、杂乱何不胜哉！故只借宝玉一人如此一写，省却多少闲文，却有无限烟波。①

另有一种特殊情况，即叙事者为了维护故事的完整性，将没有故事发生的时间空隙一笔带过补出来，以示故事发生时间像现实时间一样延

---

① 《脂砚斋重评石头记》甲戌本第十六回回评，参见朱一玄《红楼梦脂评校录》，齐鲁书社1986年版，第214页。

续流逝。这是"无事之文"辅助叙事时间缩短的特殊情况。如：

> 光阴迅速，日月如梭，西门庆刮剌那妇人将两月有余。一日，将近端阳佳节，但见：绿杨嫋嫋垂丝碧，海榴点点胭脂赤。微微风动幔，飒飒凉侵扇。处处过端阳，家家共举觞。①

如上例所示，西门庆与潘金莲的情事延续两月有余，但直至端阳节之前并未发生值得记述的故事，故一笔补出时光流逝——这是"无事之文"的一种常见作用。另外，更常见的是"无事之文"对叙事时间的延长所起到的作用，如一些琐细的外貌、衣饰、宴饮的描写等。

除了对叙事时间产生影响之外，"无事之文"对叙事的空间也有某些影响。这方面表现最突出的是场景描写，以及用骈文或诗词组成的景物描写等。如下面这个场景描写的例子：

> 宋江听了这婆娘说这几句，心里自有五分不自在，只得勉强上得楼去。本是一间六椽楼屋，前半间安一副春台、凳子；后半间铺着卧房，贴里安一张三面棱花的床，两边都是阑干，上挂着一顶红罗幔帐；侧首放个衣架，搭着手巾；这边放着个洗手盆，一个刷子；一张金漆桌子上，放一个锡灯台；边厢两个杌子；正面壁上挂一幅仕女；对床排着四把一字交椅。②

该文中间有金圣叹夹批："上得楼来，无端先把几件铺陈说一遍，到后文中或用着，或用不着，恰好虚实间杂成文，真是闲心妙笔。"③可见，场景的设置并非完全旨在与后文的故事发展产生紧密的关联，但中国古典小说的作者仍然习惯于严格遵守时空秩序，按照现实中的方向位置，将场景中的任何部分一一铺陈出来，制造一个令读者身临其境的逼真空间。此外，"无事之文"还可以以评论的形式出现，帮助叙事者

---

① （明）兰陵笑笑生：《金瓶梅》会评会校本，香港天地图书有限公司1994年版，第168页。
② （明）施耐庵：《水浒传》会评本，北京大学出版社1981年版，第382—383页。
③ （明）施耐庵：《水浒传》会评本，北京大学出版社1981年版，第383页。

发声表达自己的观点、对书中人物进行道德评判以及对"列位看官"进行一些例行公事的训诫，这些评论有的颇有新意，有的不啻陈词滥调。我们更倾向于这一类"无事之文"的存在是基于古典小说读者的审美习惯，以及所受到的教育和文化背景熏陶，这是中国古典小说思想倾向层面的问题，我们将在后文中进行深入探讨。

如何衡量"无事之文"在文本中造成的上述影响？前者对文本的叙事时间与节奏产生的影响，我们可以通过一个时间轴来衡量"叙事时间"如何使"故事时间"发生变化。故事时间是一种立体的时间，我们在研究中假定它与该故事在现实中自然推进的时间一致，并用"故事时间"来衡量"无事之文"给"叙事时间"带来的扭曲变形，我们认为这是一种相对客观的标准。后者对叙事作品的情节与思想层面带来的影响，我们将参照读者的接受心理进行衡量。由于不同的读者可能对相同的文本在阅读和心理接受上稍有差异，我们必须承认这是一个相对主观的衡量标准。

由此，我们可以给"无事之文"的研究圈定一个大致可行的理论范围："无事之文"不同于文学理论研究中的"情节"与"细节"的概念，它是运行于文本之中，对故事的主干情节没有影响，但却间接地改变了小说文本面貌的一类特殊文字。"无事之文"会对小说文本在叙事时序、叙事情节以及思想层面带来诸多影响，我们将在后文从叙事时间的改变、读者的阅读接受等方面来衡量上述影响。本文对中国古典小说"无事之文"的研究将按照以下步骤展开：

（一）追溯中国古典小说"无事之文"的历史渊源，梳理中国古代虚构类长篇叙事作品的"无事之文"及其对叙事文本所产生的影响

这项工作的目的在于追本溯源，给中国古典小说中普遍存在的"无事之文"提供历史背景与逻辑依据。中国古代的"小说"概念，西方文学中"novel"概念的意义颇有不同。小说出现之初并不是一个成熟独立的文体，而属于一种间有杂谈性质的街谈巷议或稗官野史。《汉书·艺文志》曰：

> 小说家者流，盖出于稗官，街谈巷语，道听途说者之所造也。
> 孔子曰："虽小道，必有可观者焉，致远恐泥，是以君子弗为也。"

然亦弗灭也。闾里小知者之所及,亦使缀而不忘。如或一言可采,此亦刍荛、狂夫之议也。①

中国古代对小说这一文体的定位是略"有可观者"的正史的补充。这种定位影响了千百年来小说作者写作的姿态:将正史作为他们写作的典范。于是在写作手法上也受到史传的深刻影响。于此我们不难理解为什么中国古典小说中会有不少记述具体日期和人物日程的"无事之文",恐怕这与编年史的写法有一定的渊源。除了与正史的紧密联系,古典小说中的"无事之文"也广受兄弟门类艺术形式的影响。如书中叙事人直接跳出小说文本与"诸位看官"直接对话,这无疑受到了说书人姿态的影响。此外在景色的点染、人物衣饰的刻画上又不同程度地受到中国画、戏曲等的影响。我们需要梳理这些历史渊源,勾勒出"无事之文"形成并发展的脉络,从而为总结出中国古典小说叙事特质提供参照与辅助。

(二)对古典小说中"无事之文"的内涵予以进一步界定,解决关于"无事之文"概念的一些基本问题

研究"无事之文"的构成要素并对其进行归类与分析。这是为研究"无事之文"对于小说文本的价值与影响提供必要基础。

(三)侧重于分析"无事之文"对小说文本产生的影响

这个工作大体可分为两个部分:其一,"无事之文"对小说叙事时间产生的影响;其二,"无事之文"对小说的情节结构产生的影响。关于这一部分的研究范围已经与上一部分"研究框架的设定"中进行了粗略介绍,兹不赘述。

(四)从作品的思想层面解读"无事之文",系统地阐述"无事之文"与作品的思想倾向、审美价值之间的关联

"无事之文"这一类看似影响故事主干结构整饬的衍生文本,长期存在于中国古典小说的创作实践与文本之中,除了我们将在后面的研究中提到的一些显性的作用和影响以外,已经成为中国读者审美接受习惯的一部分。大量"无事之文"的存在,有其深远的文化因素,它不仅

---

① (汉)班固:《汉书·艺文志》,中华书局1962年版,第1745页。

有助于叙事的时间与空间设置，也对寓意的表达、反讽效果的形成以及作者本人的审美情趣、处事态度的展现起到重要作用。所以，需要从思想层面考察"无事之文"存在的意义。

至此，本书对"无事之文"的研究，起步于对"无事之文"的概念及其历史渊源的探究，经过"无事之文"对小说文本的时间与情节结构上之影响的探讨，终结于对"无事之文"与作品思想内涵、审美特征之间关联的考察。这就形成了对文本从理论到结构、从结构到思想的升华。

在本研究的过程中，我们将尽力遵循两个原则：其一，立足于中国古典叙事传统的同时，积极借鉴西方文艺理论中对研究有帮助的部分，使二者有机结合。中国古典小说中的"无事之文"，作为比较有本土特色的一类研究对象，我们必须在研究中立足于本土的小说研究理论与文艺思想。同时，为系统化地研究这一现象在小说叙事中的影响，我们也必须积极地借鉴西方文艺理论精华，特别是小说叙事学、修辞学、结构主义的小说批评理论等。在立足中国古典文艺理论的同时，也从其他的文学体裁和艺术形式当中获取灵感，这样更有助于我们触类旁通地解决研究中遇到的某些问题，开拓研究视野，令我们的研究向纵深发展。

其二，理论指导与文本分析不可偏废其一。对于"无事之文"的研究，我们将围绕中国古典小说评点在西方叙事学理论的指导下依次展开，注重理论与实证相结合。在文本的分析过程中，以几部经典名著为典型范例进行研究，同时适当补充其他古典通俗白话小说作为例证的补充。这是因为《水浒传》《三国演义》《金瓶梅》《红楼梦》等经典小说在艺术成就上属于中国古典小说中最高的几部作品。我们运用这些具有代表性的古典小说名著进行研究和分析，研究结果比较具有典型性和代表性，更有参考价值。同时，在对"无事之文"的具体研究实践中，我们也会兼顾其他的一些长篇白话小说、文言小说与话本小说作品。通过仔细地分析梳理几部古代经典小说作品，对它们作出新的诠释。

总之，由以上两节的内容分析我们得知，以小说评点为首的中国古典小说批评理论中蕴含着古代文艺批评理论家的丰富理论智慧与美学旨趣，时常在研究中给我们以醍醐灌顶的启发。但中国古典小说批评理论的一大弱点在于随性而发，缺乏理论的系统性和严密性。因此，我们要结合以系统性著称的西方叙事学理论相关学说来探讨相关的问题。在两个理论资源优势互补、彼此交融的基础上，辅以我们细致的文本分析与整体把握，从而建立起一种研究框架。以"无事之文"为切入点对中国古典小说的叙事艺术进行探讨仍不失为一个新的研究视角，具备一定的开拓意义。每思及此，使命感顿生。愿我们初步的研究成果能给后来者提供绵助与参照。

第二章 "无事之文"的定义与分类

这一节我们想要解决的问题是：如何进一步定义"无事之文"，尝试对其进行初步的分类并举例说明。在开始关于"无事之文"的定义与分类的讨论前，我们将引入一个新的概念，这个概念是中国古典长篇叙事作品在叙述中表现出的一种特质，即"叙事的韧性"。所谓"叙事的韧性"，并不是一个既有的文学批评术语，而是我们对中国古典长篇白话小说叙事特征的一种概括性描述。这个批评语汇的来源可以追溯到日本学者中野美代子的著作《中国人的思维模式》[①]，书中谈到了两位日本著名作家的论争。1927年前后，日本著名的作家、文论家谷崎润一郎与芥川龙之介就"日本小说的显著特征"展开了一场论证。二人在论证中提到了中日小说特色之比较，结论十分精辟。谷崎润一郎在杂文《饶舌录》中提出小说情节要营造出"建筑性的美感"，认为"情节的生动，换而言之，便是题材的组合方式、结构的灵活变动，是建筑性的美感"[②]。他指出：

> 大凡在文学世界里，我深信最为大量地获得构造学上的美感的便是小说。抛开情节的生动有趣，就等于舍弃了小说这一形式所拥有的特权。而日本小说最为欠缺的，窃以为便在于这一构架的力度，跟形形色色的纷乱无序的故事情节加以几何学式组构的才能……中国人同日本人相比，我以为特别富于架构的力度（至少在

[①] "韧性"这一概念的提出，受到了日本学者中野美代子的启发，参见［日］中野美代子《中国人的思维模式》，北雪译，中国广播出版社1992年版，第34页。

[②] ［日］谷崎润一郎：《饶舌录》，汪正球译，中国文联出版社2000年版，第53页。

文学方面如此）。这一点，只要阅读一下中国的小说与故事，谁都会明白。在日本，自古以来并非没有情节生动有趣的小说，只是稍长的作品或是变异的作品基本上都是模仿中国之作。①

这种观点很快得到了芥川龙之介的回应，1927年，他在自己创办的《改造》杂志中撰写了《文艺的，过于文艺的》② 一文，反驳了谷崎润一郎的论断：

> 关于"小说的结构能力"，我认为我们日本人不亚于中国人。不过中国人絮絮不休地写出了《水浒传》《西游记》《金瓶梅》《红楼梦》《品花宝鉴》等长篇小说的那种体力，我认为我们日本人实不及也。③

虽然两位作家在中国小说最卓越之处是否在于"小说的构架"这个问题上持不同意见，但双方都承认中国小说在叙事方面的一个显著特质是"力度"或"体力"，或者说在于一种能够滔滔不绝地组织叙事语言的"韧性"。

由此可知，"叙事韧性"指的是中国古典长篇小说的叙事者能将叙事情节（或场景）的过渡连缀起来的一种铺陈敷衍的能力，也是中国古典小说叙事模式的特质之一。所谓"叙事的韧性"同时也是中国古典小说作者特别醉心于叙述行为本身这种特殊文学现象的折射。中国古典长篇小说作者往往沉浸在叙述行为之中，深会这种行为带来的游戏文字的愉悦与自我修养的满足，甚至将"叙"这一行为措之于"事"这一对象之上。然而中国长篇白话小说的叙事是通过何种叙事手段实现富有"韧性"的叙事结构这一问题，我们认为这种叙事结构的形成与时时处处存在的"无事之文"的应用具有十分密切的关系。因此我们专

---

① ［日］谷崎润一郎：《饶舌录》，汪正球译，中国文联出版社2000年版，第54页。
② 芥川龙之介的文论《文艺的，过于文艺的》，［日］芥川龙之介《芥川龙之介全集》第四卷，揭侠、林少华、刘立善译，山东文艺出版社2005年版，第327—394页。
③ ［日］芥川龙之介：《芥川龙之介全集》第四卷，揭侠、林少华、刘立善译，山东文艺出版社2005年版，第331页。

●○ "无事之文"与中国古典白话小说

辟一章来讨论"无事之文"的概念与分类的问题。

第一节 "无事之文"的义界重定

对于中国古典长篇白话小说叙事结构的探讨，美国学者浦安迪在他的论文中提供了关于中国古典小说叙事传统的一种洞见，启发了本文将"无事之文"作为研究对象进行详细考察。他指出：

> 相较于把具体的事件作为一个叙事单位而言，中国叙事传统更倾向于将事件、事件与事件的重叠处、事件与事件的间隙置于同等重要的位置，以事件与"无事之事"的并置来模拟人类经验随着时间流动的情况。事实上，中国古典叙事作品的读者们很快就会发现，这些在叙事文本中被明确定义的"事件"，几乎总是与一些纷繁芜杂的"无事之事"错综并置在一起。这些"无事之事"包括：静态的描写，老生常谈的对话，脱离主题的议论，以及其他的非叙事性因素等。[①]

浦氏在他的中文论著《中国叙事学》中，进一步集中阐明了上述观点。他认为中国古代叙事作品中出现的大量游离于叙事的基本单位"事"之外的其他叙事类描写，与中国传统叙事观中对"事"的空间化感受息息相关：

> 我们知道，古今中外，叙事研究的基本单位都是"事"或者

[①] Plaks, Andrew H., "Toward a Critical Theory of Chinese Narrative", In *Chinese Narrative: Critical and Theoretical Essays*, Princeton: Princeton University Press, 1977, p. 315. 这一段的原文为："In contrast to this general reification of the event as a narrative unit, the Chinese tradition has tended to place nearly equal emphasis on the overlapping of events, the interstitial spaces between events, in effect on non-events alongside of events in conceiving of human experience in time. In fact, the reader of the major Chinese narrative works soon becomes conscious of the fact that those clearly-defined events which do stand out in the text are nearly always set into a thick matrix of non-events: static description, set speeches, discursive digressions, and a host of other non-narrative elements." 中文翻译为笔者试译。

"事件"（event）。如果没有一个个这样的基本"事件"单位，整个叙事就会变成一条既打不断也无法进行分析的"经验流"。然而，研究叙事的基本单位"事件"并为它下定义，看似容易，其实很难。在西方文学理论中，"事件"是一种"实体"，人们通过观察它在时间之流中的运动，可以认识到人生的存在。与西方文学理论把"事"作为实体的时间化设计相反，中国的叙事传统习惯于把重点或者是放在事与事的交叠处（the overlapping of events）之上，或者是放在"事隙"（the interstitial space between events）之上，或者是放在"无事之事"（non-events）之上。细心的读者不难发现，在大多数中国叙事文学的重要作品里，真正含有动作的"事"，常常是处在"无事之事"——静态的描写——的重重包围之中。饮宴的描写就是"无事之事"的一种典型，我们只要试想一下明清章回小说里有多少游离于情节之外的宴会描写，就会明白古人的心目中对"事"的空间化感受，是如何的强烈了。①

浦安迪总结出中国叙事传统中"非叙述性＋空间化"的叙事原型，认为中国古典叙事传统之中有三个最具特色的部分：其一，"事与事的交叠处"，我们将之理解为小说中所叙述故事的两个或多个事件线索交叉时，叙述主体对这些线索的处理方式；其二，"事隙"，我们将之理解为两个事件或多个事件之间的过渡性文字，值得强调的是这些文字却未必与这些事件的任何一件有必然的因果联系；其三，"无事之文"，据上面这段论述，我们可以总结出浦安迪对"无事之事"的定义可以总结为"游离于情节之外的"、并不"含有动作的""静态的描写"。关于这个结论我们产生了以下几点思考：首先，这三个并列的特点描述在叙述概念上有所重叠，"事与事的交叠处"和"事隙"是从故事中一系列事件结构的空间安排出发立论，而第三点"无事之事"却是从单一事件的性质"是否属于游离于情节之外的静态描写"这一角度出发立论。事实上，这个概念中的"无事之事"既可以安排在"事与事的

---

① ［美］浦安迪：《中国叙事学》，北京大学出版社2018年版，第56—57页。

●○ "无事之文"与中国古典白话小说

交叠处"以便叙事主体更有条不紊地处理多条相互交叠的事件线索，又可以安排在"事隙"处作为主干故事空隙之间的过渡性文字。而且，在中国古典小说的叙事实践中，广泛地存在着上述现象。试看《金瓶梅》第六十五回中的一个例子——西门庆打算为李瓶儿下葬后的五七设道场念经，正巧彼时忽然接到宋御史责成他在同一时间预备酒宴接待京里来的黄太尉。西门庆给李瓶儿葬礼善后的事件（主人公家庭琐事的线索）与他领命招待黄太尉的事件（主人公追求事业飞黄腾达的线索）就此交叠在一处。此时叙述主体通过西门庆本人之口点出了两个事件的交叠所产生的叙事时间冲突之感，西门庆道："不是此说，我承望他到二十已外也罢，不想十八日就迎接，忒促急促忙。这日又是他（李瓶儿）五七，我已与了吴道官写法银子去了，如何又改！不然，双头火杖都挤在一处，怎乱得过来？"① 在这段话之后，张竹坡评道："却不知行文者偏乱得过来。"妙在两个事件像"双头火仗挤在一处"一般紧锣密鼓地同步进行之时，作者却看似不经意地插入了一段完全游离于主干情节之外的"无事之事"：

　　西门庆打发伯爵去讫，进入后边。只见吴月娘说："贲四嫂买了两个盒儿，他女儿长姐，定与人家，来磕头。"西门庆便问："谁家？"贲四嫂子领他女儿，穿着大红缎袄儿、黄裙子，带着花翠，插烛向西门庆磕了四个头。月娘在旁说："咱也不知道，原来这孩子，与了夏大人房里抬举，昨日才相定下。这二十四日就娶过门，只得了他三十两银子。论起来，这孩子倒也好身量，不相十五岁，到有十六七岁的。多少时不见，就长的成成的。"西门庆道："他前日在酒席上和我说，要抬举两个孩子学弹唱，不知你家孩子与了他。"于是让月娘让至房内，摆茶留坐。落后，李娇儿、孟玉楼、潘金莲、孙雪娥、大姐都来见礼陪坐。临去，月娘与了一套重绢衣服、一两银子，李娇儿众人都有花翠、汗巾、脂粉之类。晚上，玳安回话："吴道官收了银子，知道了。黄真人还在庙里住，

---

① （明）兰陵笑笑生著，刘辉、吴敢辑校：《金瓶梅》会评会校本，香港天地图书有限公司1994年版，第1317页。

46

过二十头才回东京去。十九日早来铺设坛场。"①

这一段中有张竹坡夹批："偏有闲笔，真闲得极矣。却又是文锦中一时花样，则又忙笔也。"②贲四嫂带女儿来西门庆家磕头这一事件，与上述两个交叠在一起的两条主干线索（西门庆为李瓶儿葬礼善后与西门庆接待黄太尉以求仕途通达）都没有关联，却在统一叙事时间内欲起冲突的两条线索中闲闲插入一笔，起到舒缓叙事节奏的作用。这一段最后一句轻描淡写地点出了西门庆改变了原定给李瓶儿设道场念经的时间安排，交叠的事件造成的冲突就此被不动声色地消解了。而这一"闲笔"的插入如家常絮语，这件琐事本是西门一家众多细琐的事务中最平常不过的一件，因此一般的读者读来极其自然熨帖，很难感受到它与上下文中提到的两个主干故事并没有因果联系。这正是中国古典小说中"无事之文"被安插在"事与事的交叠处"的实例。至于"无事之事"处于"事与事的间隙"之中的例子，更是俯拾即是。比如浦安迪先生自己提出的书中宴饮类描写的例子，以及一些非主要人物所经历的琐事等，都是比较典型的在"事隙"中插入无因果联系之事件的写法，我们将在下一节详细举例说明。

除了"无事之事"可以用以插入"事与事交叠处"与"事隙"之中，还有一些琐屑的指涉、叙述者的介入对叙述造成的干预——包括交代背景、发表议论、提供与所述事件相关的知识；纯静态的景物与人物服饰描写乃至叙述主体所插入的抒情状物的韵文或诗词等，不一而足。可见，除了"无事之事"外，仍有其他很多在主干叙述中插入的各类叙事话语，我们必须用一个指涉范围更广的术语来取代它。由是，我们提出了"无事之文"的概念。"无事之文"的"文"在西方叙事学里大体上相当于"话语"这个术语，它代表的是叙事文本中所有用于完满地叙述整个故事的各种形式技巧之总和。而"无事"则可以解释为"与主干故事无关的""不包含主干故事情节的"，"无事之文"的含义

---

① （明）兰陵笑笑生：《金瓶梅》会评会校本，香港天地图书有限公司1994年版，第1318—1319页。

② （明）兰陵笑笑生：《金瓶梅》会评会校本，香港天地图书有限公司1994年版，第1318页。

也就是指与叙述主干故事无明确因果关系的属于小说叙述形式方面的叙事文本之概括。

第二节 "无事之文"的基本分类

在中国古典小说中，一般来说叙事者完全掌控整个叙事进程，他们绝大部分时间以无所不知的姿态描述他们所叙述的世界中各个角落发生的细微事件。有时他们也会中断叙述并插入一段不相关的细节或对话来调整叙事线索的铺排与叙事的节奏。除此之外，他们还在自己的叙事世界里居高临下地对书中人物与事件发表道德以及价值上的主观判断等——不论他们的观点是否在读者看来已经陈腐不堪。这些在小说主干故事中插入"无事之文"的写作方法已经成为中国古典小说叙述形式技巧的一部分，在很多情况下我们也可以删除这些看似"枝蔓"的细节，结果是故事的发展并没有发生多大的变化，却大大降低了中国古典小说叙事体制的独特性与审美趣味。为了能够比较清晰地研究"无事之文"这一类中国古典小说、特别是长篇白话小说中普遍存在的形式技巧，我们认为应该对其进行严格而详细的分类，使之以类相从便于讨论。于是，我们初步将"无事之文"这一类叙事文本划分为以下几类：

一 "无事之事"：在"事与事的交叠处"或"事隙"中间插入的前后无明确因果联系的一个或多个事件

关于"无事之事"在"事与事的交叠处"所起的作用，我们已经在上一节做了必要说明，兹不赘述。此处再增补一个例子，说明"无事之事"的叙事功能。在《金瓶梅》十八回"赂相府西门脱祸　见娇娘敬济销魂"一节中，主要有两条并行的线索：一条是西门庆派人去东京行贿以免于受亲家陈氏牵连的线索，另一条是西门庆与李瓶儿的婚姻线索。李瓶儿因等不及西门庆娶她进门，以为她已经失宠于西门庆，情急之下招赘了根基财势都远不及西门庆的蒋竹山。这一回开头写道："话分两头，不说蒋竹山在李瓶儿家招赘，单表来保、来旺二人上东京打点。"这就暗示着两件事情在同一时间发生。待西门庆行贿成功不再闭门谢客之后，故事便转入对李瓶儿那条线索的描写。但是如何让两件事衔接的自然得体呢？作者在两条线索交叠之处不慌不忙地插入了一段应伯爵、谢希大约西门庆去妓院喝酒一小节文字：

> 一日，七月中旬，金风淅淅，玉露泠泠。西门庆正骑马街上走着，撞见应伯爵、谢希大两个，叫住下马，唱喏问道："哥一向怎的不见？兄弟到府上几遍，见大门关着，又不敢叫，整闷了这些时。端的哥在家做甚事！嫂子娶进来不曾？也不请兄弟们吃酒。"西门庆道："不好告诉的。因舍亲陈宅那边，为些闲事，替他乱了几日。亲事另改了日期了。"伯爵道："兄弟们不知哥吃惊。今日既撞见哥，兄弟二人肯空放了，如今请哥同到里边吴银姐那里吃三杯，权当解闷。"不由分说，把西门庆拉进院中来。正是：
> 　　高树樽开歌姬迎，漫夸解语一含情。
> 　　纤手传杯分竹叶，一帘秋水浸桃笙。
> 当日西门庆被二人拉到吴银儿家，吃了一日酒，到日暮时分，已带半酣，才放出来，打马正走到东街口上，撞见冯妈妈从南来，走得甚慌……①

在这段文字中，张竹坡评道："又作一小波出瓶儿。"说明了这段文字的铺垫作用，下文西门庆在街上巧遇冯妈妈，道出了李瓶儿转嫁蒋竹山一事，从而引出了下文西门庆的一系列报复事件。因为插入了这一段饮酒文字，使后文西门庆听说李瓶儿改嫁之事的衔接显得自然无痕，可谓天衣无缝。

至于"无事之事"在"事与事的间隙"出现的情况，在叙事中更为常见。如《红楼梦》十五回"王熙凤弄权铁槛寺"一节的事件间隙当中插入了一段描写村姑二丫头的故事：

> 一时凤姐进入茅堂，因命宝玉等先出去顽顽。宝玉等会意，因同秦钟带了小厮们各处游顽。凡庄农动用之物，俱不曾见过。宝玉

---

① （明）兰陵笑笑生：《金瓶梅》会评会校本，香港天地图书有限公司1994年版，第391—392页。

●○ "无事之文"与中国古典白话小说

一见了锹、镢、锄、犁等物,皆以为奇,不知何项所使。小厮在旁一一的告诉了名色,说明原委。宝玉听了,因点头叹道:"怪道古人诗上说:'谁知盘中餐,粒粒皆辛苦',正为此也。"一面说,一面又至一间房前,见炕上有个纺车,宝玉又问小厮们:"这又是什么?"小厮们又告诉他原委。宝玉听说,便上来拧转作耍,自为有趣。只见一个约有十七八岁的村庄丫头跑了来乱嚷:"别动坏了!"众小厮忙喝断拦阻。宝玉忙丢开手,陪笑说道:"我因为没见过这个,所以试他一试。"那丫头道:"你们那里会弄这个,站开了,我纺与你瞧。"秦钟暗拉宝玉笑道:"此卿大有意趣。"宝玉一把推开,笑道:"该死的!再胡说,我就打了。"说着,只见那丫头纺起线来。宝玉正要说话时,忽听那边老婆子叫道:"二丫头,快过来!"那丫头听见,丢下纺车,一径去了。

宝玉怅然无趣。只见凤姐打发人来叫他两个进去。凤姐洗了手,换衣服抖灰,问他换不换。宝玉道不换,只得罢了。家下仆妇们将带着行路的茶壶茶杯、十锦屉盒、各样小食端来,凤姐等吃过茶,待他们收拾完备,便起身上车。外面旺儿预备下赏封,赏了本村主人。庄妇等来叩赏。凤姐并不在意,宝玉却留心看时,内中并无二丫头。一时上了车,出来走不多远,只见迎头二丫头怀里抱着他小兄弟,同着几个小女孩子说笑而来。宝玉恨不得下车跟了他去,料是众人不依的,少不得以目相送,争奈车轻马快,一时展眼无踪。[①]

此后文中再也没有提到"二丫头"这个女孩子发生了什么故事,她的出现与消失同王熙凤弄权铁槛寺的主干故事也没有发生必然联系,却真正是"一时电卷风驰,回头已无踪迹了"。但叙事者在主干叙事中忽然补入这一段文字,更有助于突出贾宝玉养尊处优却温柔多情的个性特点,为本章文字增色不少。

"无事之文"中出现的次要人物往往也会成为串联前后情节与主要人物行为的必要叙事线索。比如《红楼梦》中周瑞家的就充当过这样

[①] (清)曹雪芹著,无名氏续:《红楼梦》第十五回,人民文学出版社2008年版,第194—195页。

的角色：

> 话说周瑞家的送了刘姥姥去后，便上来回王夫人话，谁知王夫人不在上房，问丫鬟们时，方知往薛姨妈那边闲话去了。周瑞家的听说，便出东角门过东院，往梨香院来。刚至院门前，只见王夫人的丫鬟金钏儿，和那一个才留了头的小女孩儿站在台阶坡上顽。见周瑞家的来了，便知有话回，因往内努嘴儿。
>
> 周瑞家的轻轻掀帘进去，见王夫人正和薛姨妈长篇大套的说些家务人情等语。周瑞家的不敢惊动，遂进里间来。①

周瑞家的在前文引导了刘姥姥第一次进贾府。在送走刘姥姥这个关键人物之后，叙事者巧妙地借助周瑞家的向王夫人回禀此事的机会见到了薛宝钗，造成了宝钗在书中的第一次正式亮相。从周瑞家的角度来描绘宝钗的风姿比起叙事者的直接描述更真实生动。又如《红楼梦》第三十三回"手足耽耽小动唇舌　不肖种种大承笞挞"一章中，因宝玉与蒋玉菡交好惹来忠顺王府寻人，加之贾环向其父亲进谗言说贾宝玉逼得王夫人的丫鬟金钏儿投井自尽，这两件事令贾政恼羞成怒要家法处置贾宝玉。正在这山雨欲来的危急时刻，作者却不乏幽默感地插入了一段读来令人发噱的文字：

> 那宝玉听见贾政吩咐他"不许动"，早知多凶少吉，那里承望贾环又添了许多的话。正在厅上干转，怎得个人往里头去捎信，偏生没个人，连焙茗也不知在那里。正盼望时，只见一个老姆姆出来。宝玉如得了珍宝，便赶上来拉他，说道："快进去告诉：老爷要打我呢！快去，快去！要紧，要紧！"宝玉一则急了，说话不明白，二则老婆子偏生又聋，竟不曾听见是什么话，把"要紧"二字只听做"跳井"二字，便笑道："跳井让他跳去，二爷怕什么？"宝玉见是个聋子，便着急道："你出去叫我的小厮来罢。"那婆子道："有什么不

---

① （清）曹雪芹著，无名氏续：《红楼梦》第七回，人民文学出版社2008年版，第103页。

●○ "无事之文"与中国古典白话小说

了的事？老早的完了。太太又赏了银子，怎么不了事的！"①

这段文字正处于"小动唇舌"与"大承答挞"这两个主干事件之间，在故事情节即将发生重大冲突之时，叙述主体反而不慌不忙地插入一些带有喜剧效果的文字用以舒缓读者紧张的神经，这与上文中谈到西门庆办丧礼与接待黄太尉的两件事同时进行之际忽转入贲四娘携女来西门庆家磕头的一段情节有异曲同工之妙，二者都是为了调节一触即发的紧张叙述节奏，使读者在一张一弛的叙述过程中完成愉快的阅读体验。

二 "套语"引导的叙事：与中国古典小说叙事形式有关的程式化文字

古典小说中程式化的叙述文字往往是叙述人介入叙述当中的显要标志。具体做法是叙事者往往用一些"套语"来引导一段与主干故事发展无明确关联的"无事之文"，这也是中国古代小说叙事传统的重要特质之一。这些程式化的文字在话本小说与拟话本小说中尤为普遍，即使在《金瓶梅》《水浒传》这一类长篇章回体白话小说中也保留了大量程式化的"无事之文"。在《红楼梦》《儒林外史》《醒世姻缘传》这些文人独立撰著的小说中，"无事之文"的出现相对较少，我们可以理解为这些小说在写作形式上受到说书技巧的影响逐渐减少的缘故。我们可以将这些多数由"套语"所引导的程式化的叙述文本在叙事功能上做一个大致的分类。

（一）小说回目的开场白或结尾的程式化总结文字

这类文字除了模仿说书艺人每一节故事的开头与结束方式之外，还在叙事中起到了预叙的作用，在古典小说中十分常见。如以下几个例子：

列位看官：你道此书从何而来？说起根由虽近荒唐，细按则深有趣味。待在下将此来历注明，方使阅者不惑。②

---

① （清）曹雪芹著，无名氏续：《红楼梦》，人民文学出版社2008年版，第443页。
② （清）曹雪芹著，无名氏续：《红楼梦》，人民文学出版社2008年版，第2页。

第二章 "无事之文"的定义与分类

今日听在下说一桩俞伯牙的故事。列位看官们，要听者，洗耳而听；不要听者，各随尊便。正是："知音说与知音听，不是知音不与谈。"①

说话的，只说西湖美景，仙人古迹。俺今日且说一个俊俏后生，只因游玩西湖，遇着两个妇人，直惹得几处州城，闹动了花街柳巷。有分教才人把笔，编成一本风流话本。单说那子弟，姓甚名谁？遇着甚般样的妇人？惹出甚般样事？②

童奶奶合调羹因寄姐害病，出不得房门，瞒了她把小珍珠开了锁，照常吃饭穿衣，收在童奶奶房里宿歇。不惟小珍珠感激，狄希陈也甚是顶戴。但只时光易过，寄姐这活病不久就要好来。不知小珍珠后来如何结果，再看后回结说。③

小说开头和结尾这种程式化文字更为套语化的表现形式，就是在小说每回开头出现的定场诗或韵文，结尾也往往以诗歌或韵文告终。这方面最典型的一部小说是《金瓶梅》，我们来看第二十四回的开场诗：

诗曰：
银烛高烧酒乍醺，当筵且喜笑声频。
蛮腰细舞章台柳，素口轻歌上苑春。
香气拂衣来有意，翠花落地拾无声。
不因一点风流趣，安得韩生醉后醒。
话说一日，天上元宵，人间灯夕。西门庆在厅上张挂花灯，铺陈绮席……④

---

① （明）冯梦龙编，严敦易校注：《警世通言》，人民文学出版社1956年版，第1页。
② （明）冯梦龙编，严敦易校注：《警世通言》，人民文学出版社1956年版，第421页。
③ （清）西周生：《醒世姻缘传》，联经出版事业公司1991年版，第909页。
④ （明）兰陵笑笑生：《金瓶梅》会评会校本，香港天地图书有限公司1994年版，第506页。

53

本回的重要关目是西门庆家众姬妾元宵之夜大摆宴席、赏花灯走百病的故事，故此在本回的起首处插入一首定场诗，这首诗中似乎暗示了本回之中预计会出现的香艳情节，但并不是出自书中人物之手，而仅仅是一种说书人预言姿态的展示。

再看第二十五回回末的两句韵文，这回以潘金莲教唆西门庆将来旺儿置于死地以长期霸占来旺儿媳妇宋惠莲这样一段主干情节作为收尾，本回末的两句诗写道：

（潘金莲）一席话儿说得西门庆如醉方醒。
正是：数语拨开君子路，片言提醒梦中人。①

（二）为填充叙事中造成的时间空白而插入的带过性文字

这类文字的主要作用是填补由于缺乏主干故事相关的细节所造成的叙事时间空当，这些带过性文字往往由"闲言少叙""闲话不提""话休絮烦"这一类的套语来引导。这些"无事之文"在叙事上能起到缩短叙事时间的作用，中国古典白话小说中倾向于用这一类"无事之文"填满几乎任何叙事间隙，关于古典小说的这一叙事特点我们将在第四章"无事之文"与叙事时间中详论。举例说明：

话休絮烦。自从武松搬来哥家里住，取些银子出来，与武大买饼馓茶果，请那两边邻舍。都斗分子来与武松人情。武大又安排了回席，不在话下。②

秦氏等谢毕，一时吃过了饭，尤氏、凤姐、秦氏等抹骨牌，不在话下。③

凡这七日之内，建醮行香，出丧担祭，有了这宗光伯、金亮公两个倡议，这些人所以都来尽礼。到了二十五日，宗金两个自己原

---

① （明）兰陵笑笑生：《金瓶梅》会评会校本，香港天地图书有限公司1994年版，第534页。
② （明）兰陵笑笑生：《金瓶梅》会评会校本，香港天地图书有限公司1994年版，第93页。
③ （清）曹雪芹著，无名氏续：《红楼梦》，人民文学出版社2008年版，第111页。

有体面，又有这五十两银子，于是凡百都是像一个丧仪，不必烦说。①

这一类带过性文字在整个故事中似乎可有可无，然而一旦插入这些文字就给整个故事制造了一种"备忘录"式的时间序列，而这正是古典小说家在叙述中孜孜以求的效果，这也是由中国古典小说的时间审美取向决定的。

（三）文本中插入的程式化的诗词与韵文

这一类文本在小说中极为常见，而且其中有一小部分与上面谈到的小说开头与结尾的程式化文字有重叠之处。我们可以将文本中插入的程式化诗词或韵文分作三个子类来讨论：

（1）上文中所提到的开场诗与收尾诗或者功能相近的韵文也属于这种"无事之文"的一类，但由于上文已经谈到，此处不再赘述。

（2）景物或人物外貌等描写性的诗词与韵文，这是小说文本中最常见的韵文表现形式。这种用赋诗来写景状物的描写方式所根源的叙事传统来源比较复杂，可能受到了通俗叙事传统与古典诗歌的抒情传统之双重影响，下面试举几例。

比如《红楼梦》第五回对于警幻仙子出场时的外貌以韵文形式进行描写：

> 歌音未息，早见那边走出一个美人来，蹁跹娜娜，与凡人大不相同。有赋为证：
>
> 方离柳坞，乍出花房。但行处鸟惊庭树，将到时影度回廊。仙袂乍飘兮，闻麝兰之馥郁；荷衣欲动兮，听环佩之铿锵。靥笑春桃兮，云髻堆翠；唇绽樱颗兮，榴齿含香。纤腰之楚楚兮，风回雪舞；耀珠翠之的的兮，鸭绿鹅黄。出没花间兮，宜嗔宜喜；徘徊池上兮，若飞若扬。蛾眉欲颦兮，将言而未语；莲步乍移兮，欲止而仍行。羡美人之良质兮，冰清玉润；慕美人之华服兮，闪烁文章。爱美人之容貌兮，香培玉篆；比美人之态度兮，凤翥龙翔。其素若

---

① （清）西周生：《醒世姻缘传》，联经出版事业公司1991年版，第484页。

何，春梅绽雪；其洁若何，秋蕙披霜。其静若何，松生空谷；其艳若何，霞映澄塘。其文若何，龙游曲沼；其神若何，月射寒江。远惭西子，近愧王嫱。生于孰地？降自何方？若非宴罢归来，瑶池不二；定应吹箫引去，紫府无双者也。①

《金瓶梅》中描写端阳时节景物的韵文：

光阴迅速，日月如梭，西门庆刮剌那妇人将两月有余。一日将近端阳佳节。但见：
绿杨袅袅垂丝碧，海榴点点胭脂赤；
微微风动幔，飒飒凉侵扇。
处处过端阳，家家共举觞。②

再如《三国演义》中以一首七言诗描写诸葛亮卧龙岗的景致。

玄德谢之，策马前行。不数里，遥望卧龙冈，果然清景异常。后人有古风一篇，单道卧龙居处。诗曰：
襄阳城西二十里，一带高冈枕流水；
高冈屈曲压云根，流水潺潺飞石髓；
势若困龙石上蟠，形如单凤松阴里；
柴门半掩闭茅庐，中有高人卧不起。
修竹交加列翠屏，四时篱落野花馨；
床头堆积皆黄卷，座上往来无白丁；
叩户苍猿时献果，守门老鹤夜听经；
囊里名琴藏古锦，壁间宝剑挂七星。
庐中先生独幽雅，闲来亲自勤耕稼；
专待春雷惊梦回，一声长啸安天下。③

---

① （清）曹雪芹著，无名氏续：《红楼梦》，人民文学出版社2008年版，第72—73页。
② （明）兰陵笑笑生：《金瓶梅》会评会校本，香港天地图书有限公司1994年版，第168页。
③ （明）罗贯中：《三国演义》，人民文学出版社2002年版，第310页。

第二章 "无事之文"的定义与分类

又如《红楼梦》"王熙凤毒设相思局"一节中写凤姐带众人游赏宁府花园,叙事者从凤姐的视角插入了一段韵文形容花园中恍似仙境一般的景致。

> (凤姐)于是带着跟来的婆子媳妇们,并宁府的媳妇婆子们,从里头绕进园子的便门来。只见:
>
> 黄花满地,白柳横坡。小桥通若耶之溪,曲径接天台之路。石中清流滴滴,篱落飘香;树头红叶翩翩,疏林如画。西风乍紧,犹听莺啼;暖日常暄,又添虫语。遥望东南,建几处依山之榭;近观西北,结三间临水之轩。笙簧盈座,别有幽情;罗绮穿林,倍添韵致。
>
> 凤姐看着园中景致,一步步行来……①

需要解释说明的是,我们为何将这一类景色描写的文字列为"无事之文"。我们认为关键在于这一类文字在叙事中呈现出的模式化面貌。就是说,这些诗歌或韵文中的景色描写并缺乏针对性与个性化差异,即使我们把这样的描写摘抄到其他文学作品中描述其他花园的美景也不为过。试想一下哪个富家花园会没有"小桥通若耶之溪,曲径接天台之路"这种千篇一律的景色呢?所以,针对这一类韵文的程式化或者说更近似于某种"套路"的性质,我们将之划分为"无事之文"。

(3)对人物或事件进行评价的一类诗词或韵文,古典小说中的叙事者多半采用全知全能的视角,所以他们通过吟诗作赋对小说中的人物与事件发表意见便顺理成章了。如叙事者如此评价西门庆与潘金莲的私情:

> (初时西门庆恐邻舍瞧破,先到王婆那边坐一回,落后带着小厮,竟从妇人家后门而入。自此和妇人情沾意密,常时三五夜不归去,把家中大小,丢得七颠八倒,都不欢喜。)正是:

---

① (清)曹雪芹著,无名氏续:《红楼梦》,人民文学出版社2008年版,第154—155页。

○ "无事之文"与中国古典白话小说

>色胆如天不自由,情深意密两绸缪。
>贪欢不管生和死,溺爱谁将身体修。
>只为恩深情郁郁,多因爱阔恨悠悠。
>要将吴越冤仇解,地老天荒谁歇休?①

再如《三国演义》中叙事者对诸葛亮一生功业的评价,引用了杜甫、白居易描写诸葛丞相的咏史诗。

>后杜工部有诗叹曰:
>长星昨夜坠前营,讣报先生此日倾。
>虎帐不闻施号令,麟台唯显著勋名。
>空余门下三千客,辜负胸中十万兵。
>好看绿阴清昼里,于今无复雅歌声!

>白乐天亦有诗曰:
>先生晦迹卧山林,三顾那逢圣主寻。
>鱼到南阳方得水,龙飞天汉便为霖。
>托孤既尽殷勤礼,报国还倾忠义心。
>前后出师遗表在,令人一览泪沾襟。②

上述三类基本上涵盖了由程式化"套语"引导的韵文与诗歌的各种情况。

三 对场景或人物外貌衣饰进行静态描写的文字

这一类文字多以散文形式出现,属于"无事之文"中十分典型的一类,而且在中国古典小说当中这种例子比比皆是。如《金瓶梅》中写到西门庆从旁观看潘金莲与孟玉楼对弈一节中潘、孟二妾装扮之具体描写:

---

① (明)兰陵笑笑生:《金瓶梅》会评会校本,香港天地图书有限公司1994年版,第167—168页。
② (明)罗贯中:《三国演义》,人民文学出版社2002年版,第865页。

第二章 "无事之文"的定义与分类

> 西门庆恰进门槛，看见二人家常都带着银丝鬏髻，露着四鬓，耳边青宝石坠子，白纱衫儿，银红比甲，挑线裙子，双湾尖趫，红鸳瘦小，一个个粉妆玉琢，不觉满面堆笑，戏道："好似一对儿粉头，也值百十两银子。"①

又如某些不厌其详的叙事场景描写体现了小说作者的审美和生活情趣，这一类文字多以散文出现，小说作者借全能叙事者之眼细致精妙地描绘花园里的朱栏玉砌、春花秋月等，笔调之细实已经超过了简单地给主干叙事提供场景的需要，从而上升为小说作者传统文化修养与生活品位的一种有意无意的展示。所以，我们将这一类场景描写的文字也列入"无事之文"范畴。比如西门庆与应伯爵一干人等游赏花园的描写：

> 西门庆赞叹不已，道："好景致。"下轿步入园来。应伯爵和常峙节出来迎接，园亭内坐的。先是韩金钏儿磕了头，才是两个歌童磕头，吃了茶。伯爵就要递上酒来，西门庆道："且住，你先陪我去瞧瞧景致来。"一面立起身来，揽着韩金钏儿手同走。伯爵便引着慢慢地步出回廊，循朱栏，转过垂杨边，一曲荼蘼架。楚过太湖石、松风亭，来到奇字亭。亭后是绕屋梅花三十树，中间探梅阁。阁上名人题咏极多，西门庆备细看了。又过牡丹台，台上数十种奇异牡丹。又过北是竹园，园左有听竹馆、凤来亭，匾额都是名公手迹。右是金鱼池，池上乐水亭。凭朱栏俯看金鱼，却像锦被也是一片浮在水面。西门庆正看得有趣，伯爵催促，又登一个大楼，上写"听月楼"。楼上也有名人题诗，对联也是刊板砂绿嵌的。下了楼，往东一座大山。山中八仙洞，深幽广阔。洞中有石棋盘，壁上铁笛铜箫，似仙家一般。出了洞，登山顶一望，满园都是见的。②

---

① （明）兰陵笑笑生：《金瓶梅》会评会校本，香港天地图书有限公司1994年版，第251页。

② （明）兰陵笑笑生：《金瓶梅》会评会校本，香港天地图书有限公司1994年版，第1066页。

有时景物或场面描写还与人物衣饰的描写相互融合在一起。如《红楼梦》中"芦雪广即景联句"一节开始之前,从宝玉眼中所见的一片皑皑白雪以及他本人的衣着装扮:

> 到了次日清早,宝玉因心里惦记着,这一夜没好生得睡,天亮了就爬起来。掀起帐子一看,虽然门窗尚掩,只是窗上光辉夺目,心内早踌躇起来,埋怨定是晴了,日光已出。一面忙起来揭起窗屉,从玻璃窗内往外一看,原来不是日光,竟是一夜的雪,下的将有一尺厚,天上仍是搓绵扯絮一般。宝玉此时喜欢非常,忙唤起人来,盥漱已毕,只穿一件茄色哆罗呢狐狸皮袄,罩一件海龙小鹰膀褂子,束了腰,披上玉针蓑,带了金藤笠,登上沙棠屐,忙忙的往芦雪庭来。出了院门,四顾一望,并无二色,远远的是青松翠竹,自己却似装在玻璃盆内一般。于是走至山坡之下。顺着山脚刚转过去,已闻得一股寒香扑鼻,回头一看,却是妙玉那边栊翠庵中有十数枝红梅如胭脂一般,映着雪色,分外显得精神,好不有趣。宝玉便立住,细细地赏玩了一回方走。[①]

四 叙事者的主观评论文字

叙述主体插入叙述之中对某些内容进行解说与评价,亦是中国古典小说中常见的叙事模式,叙事者通过这样的解说与评价提供对书中人物或事件的意见看法,即使这些评价绝大多数是保守甚至陈腐不堪的。这一类"无事之文"可以进一步分为四个子类,下面我们可以来作详细的分类说明。

(一) 对叙述方法、内容的解说与干预

叙述主体往往以知情者身份直接介入自己的叙述,提供一些自己叙事的方法技巧。这种手段是模拟了书场说书人的叙述形式,通过事先对自己叙述手法的交代,就后文的架构有一个简要的说明以免阅读者茫然摸不到头绪。如上文中我们提到的《金瓶梅》叙事者对于叙事线索的

[①] (清)曹雪芹著,无名氏续:《红楼梦》,人民文学出版社2008年版,第662—663页。

明确交代：

> 话分两头，不说蒋竹山在李瓶儿家招赘，单表来保来旺二人上东京打点。①

在后来逐渐成熟的文人独立撰著的长篇白话小说当中，也仍然残存着类似的叙述手法：

> 且说荣府中一宅人合算起来，从上至下，也有三百余口人，一天也有一二十件事，竟如乱麻一般，没个头绪可作纲领。正思从那一件事那一个人写起方妙，却好忽从千里之外，芥豆之微，小小一个人家，因与荣府略有些瓜葛，这日正往荣府中来，因此便就这一家说起，倒还是个头绪。②

这种叙述方法与内容的介绍，有助于将读者也拉入叙述的情境之中，造成叙述者与隐含读者互动的效果。

（二）对风土人情或书中所涉及的某些知识的普及性介绍

作者对书中所涉及的风物和掌故向读者进行简要介绍，有时为了烘托作品中要表现的具体而微的场景与气氛，常有大段的名物与掌故的描述。这一类文字虽然属于叙事文本中的一部分但实际上与主干故事的叙述关系并不紧密。有时甚至是小说作者为了展示自己涉猎广泛而故意引入的叙述片段，故也可以归入"无事之文"行列。这方面比较著名的例子如《红楼梦》中贾母为众人解说"软烟罗"的来历一节，隐隐透出作者祖上江宁织造的家学渊源：

> 贾母因见窗上纱颜色旧了，便和王夫人说道："这个纱新糊上好看，过了后儿就不翠了。这院子里头又没有个桃杏树，这竹子已

---

① （明）兰陵笑笑生：《金瓶梅》会评会校本，香港天地图书有限公司1994年版，第388页。
② （清）曹雪芹著，无名氏续：《红楼梦》，人民文学出版社2008年版，第91页。

是绿的，再拿绿纱糊上，反倒不配。我记得咱们先有四五样颜色糊窗的纱呢。明儿给他把这窗上的换了。"凤姐儿忙道："昨儿我开库房，看见大板箱里还有好几匹银红蝉翼纱，也有各样折枝花样的，也有'流云蝙蝠'花样的，也有'百蝶穿花'花样的，颜色又鲜，纱又轻软，我竟没见这个样的，拿了两匹出来，做两床绵纱被，想来一定是好的。"贾母听了笑道："呸，人人都说你没有没经过没见过的，连这个纱还不能认得，明儿还说嘴。"薛姨妈等都笑说："凭他怎么经过见过，怎么敢比老太太呢！老太太何不教导了他，连我们也听听。"凤姐儿也笑说："好祖宗，教给我罢。"贾母笑向薛姨妈众人道："那个纱，比你们的年纪还大呢，怪不得他认作蝉翼纱，原也有些像。不知道的都认作蝉翼纱。正经名字叫'软烟罗'。"凤姐儿道："这个名儿也好听，只是我这么大了，纱罗也见过几百样，从没听见过这个名色。"贾母笑道："你能活了多大？见过几样东西？就说嘴来了。那个软烟罗只有四样颜色：一样雨过天青，一样秋香色，一样松绿的，一样就是银红的。要是做了帐子，糊了窗屉，远远的看着就和烟雾一样，所以叫做'软烟罗'。那银红的又叫做'霞影纱'。如今上用的府纱也没有这样软厚轻密的了。"薛姨妈笑道："别说凤丫头没见，连我也没听见过。"凤姐儿一面说话，早命人取了一匹来了，贾母说："可不是这个！先时原不过是糊窗屉，后来我们拿这个做被做帐子试试，也竟好。明日就找出几匹来，拿银红的替他糊窗户。"凤姐答应着。众人看了，都称赞不已。①

有些情况下我们可以明显看出叙述者透过人物之口炫耀才学的痕迹，如宝钗为惜春画大观园所开列的作画工具清单就明显具备这个性质，当然也属于典型的"无事之文"：

惜春道："我何曾有这些画器？不过随手的笔画画罢了。就是颜色，只有赭石、广花、藤黄、胭脂这四样。再有不过是两支着色

---

① （清）曹雪芹著，无名氏续：《红楼梦》，人民文学出版社2008年版，第532—533页。

的笔就完了。"宝钗道："你何不早说？这些东西我却还有，只是你用不着，给你也白放着。如今我且替你收着，等你用着这个的时候我送你些。也只可留着画扇子，若画这大幅的，也就可惜了。今儿替你开个单子，照着单子和老太太要去。你们也未必知道的全，我说着，宝兄弟写。"宝玉早已预备下笔砚了，原怕记不清白，要写了记着，听宝钗如此说，喜的提起笔来静听。宝钗说道："头号排笔四支，二号排笔四支，三号排笔四支，大染四支，中染四支，小染四支，大南蟹爪十支，小蟹爪十支，须眉十支，大着色二十支，小着色二十支，开面十支，柳条二十支，箭头朱四两，南赭四面，石黄四两，石青四两，石绿四两，管黄四两，广花八两，铅粉十四匣，胭脂十二帖，大赤二百帖，青金二百帖，广匀胶四两，净矾四两。矾绢的胶矾在外，别管他们，只把绢交出去，叫他们矾去。这些颜色，咱们淘澄飞跌着，又玩了，又使了，包你一辈子都够使了。再要顶细绢箩四个，粗箩二个，担笔四支，大小乳钵四个，大粗碗二十个，五寸碟子十个，三寸粗白碟子二十个，风炉两个，沙锅大小四个，新磁缸二口，新水桶二只，一尺长白布口袋四个，浮炭二十斤，柳木炭一二斤，三屉木箱一个，实地纱一丈，生姜二两，酱半斤——"黛玉忙笑道："铁锅一口，铁铲一个。"宝钗道："这做什么？"黛玉道："你要生姜和酱这些作料，我替你要铁锅来，好炒颜色吃啊。"众人都笑起来。宝钗笑道："颦儿你知道什么！那粗磁碟子保不住不上火烤，不拿姜汁子和酱预先抹在底子上烤过，一经了火，是要炸的。"众人听说，都道："这就是了。"[1]

此后这种在写作中乐于展示才学的写作方法被文人独立撰著的长篇白话小说所继承，最终出现了以《镜花缘》《野叟曝言》等为代表作的"才学小说"，这一类小说因为大量在文中采用上述写作手法导致文本被削弱了叙事性，甚至具有了一种百科全书的倾向。除了展示才学之外，另外一类情况是叙事者为了给故事提供一个建立在写实记录的客观

---

[1] （清）曹雪芹著，无名氏续：《红楼梦》，人民文学出版社2008年版，第571页。

背景以增强主干故事的可信度,而在文本中加入一些风土人情等背景介绍的"无事之文"。比如《醒世姻缘传》中素姐与狄希陈登蒿里山打醮一节,叙事者便提供了一段关于此山历史文化背景的介绍:

> 这蒿里山离泰安州有六七里远,山不甚高,也是个大庙。两廊塑的是十殿阎君,那十八层地狱的苦楚无所不有。传说普天地下,凡是死的人,没有不到那里的。所以凡是香客,定到那里,或是打醮超度,或是烧纸化钱。看庙的和尚道士,又巧于起发人财,置了签筒,签上写了某司某阎王位下的字样。烧纸的人预先讨了签寻到那里,看得那司里是个好所在,没有甚么受罪苦恼,那儿孙们便就喜欢。若是甚么上刀山、下苦海、碓捣、磨研的恶趣,当真就象那亡过的人在那里受苦一般,哭声震地,好不凄惨!"天象起于人心"。这般一个鬼哭神嚎的所在,你要他天晴气朗,日亮风和,怎么能勾?自然是天昏地暗,日月无光,阴风飒飒,冷气飕飕,这是自然之理。人又愈加附会起来,把这蒿里山通成当真的酆都世界。①

(三)叙事者对情节的简要回顾或对后文情节的预测与解说

叙事者可以随时干预叙述中的事件发展进程,对所叙述故事中已经发生的情节做简要回顾,或对后文即将发生的事情进行预言或解说。前文谈到,中国古典小说中有将所有时间空隙都填满的倾向,因此,叙事者常在叙述主干故事之时极其简略地将与主干故事无关的次要叙述也一并提及以实现叙事时间的完整性。所以,叙事者经常要对某些次要情节做一个内容提要式的回顾,这些全景式的内容回溯也是一种常见的"无事之文"。

> (宝玉)一月之后,方才渐渐的痊愈。
> 贾母命好生保养过百日,方许动荤腥油面,方可出门行走。这百日内,院门前皆不许到,只在屋里顽笑。四五十天后,就把他拘

---

① (清)西周生:《醒世姻缘传》,联经出版事业公司1991年版,第793页。

第二章 "无事之文"的定义与分类

的火星乱迸,那里忍耐的住?虽百般设法,无奈贾母王夫人执意不从,也只得罢了。因此,和些丫鬟们无所不至,恣意耍笑。

……少不得潜心忍耐,暂同这些丫鬟们厮闹释闷,幸免贾政责备逼迫读书之难。这百日内,只不曾拆毁了怡红院,和这些丫头们无法无天,凡世上所无之事,都玩耍出来,如今且不消细说。①

有时叙事者为了加强其主观评论的说服力或出于调整叙事时序的考虑,还会采用预叙的方式对尚未发生的故事作一个预言,如《金瓶梅》三十一回:

陈敬济拿着一百两银子出来,交与吴主管,说:"吴二哥,你明日只还我本钱便了。"那吴典恩拿着银子,欢喜出门。看官听说:后来西门庆死了,家中时败势衰,吴月娘守寡,被平安儿偷盗出解当库头面,在南瓦子里宿娼,被吴驿丞拿住,教他指攀吴月娘与玳安有奸,要罗织月娘出官,恩将仇报。此系后事,表过不题。②

小玉薰的被窝香喷喷的,两个洗澡已毕,脱衣上床。枕上绸缪,被中缱绻,言不可尽。这也是吴月娘该有喜事,恰遇月经转,两下似水如鱼,便得了子了。③

除了在叙述中对已发生情节的简要回顾与未发生情节的预测与展望,叙事者还经常在自己的叙述中作一些解释说明的工作,以帮助读者更好地理解情节的发展以及叙事者的叙述意图。如《金瓶梅》中比较常见的对人物关系与人情世故的解说:

话说西门庆家中。一个卖翠花的薛嫂儿,提着花厢儿,一地里

---

① (清)曹雪芹著,无名氏续:《红楼梦》,人民文学出版社2008年版,第1122页。
② (明)兰陵笑笑生:《金瓶梅》会评会校本,香港天地图书有限公司1994年版,第639页。
③ (明)兰陵笑笑生:《金瓶梅》会评会校本,香港天地图书有限公司1994年版,第1056页。

●○ "无事之文"与中国古典白话小说

寻西门庆不着。因见西门庆贴身使的小厮玳安儿，便问道："大官人在那里？"玳安道："俺爹在铺子里，和傅二叔弄账。"原来西门庆家开生药铺，主管姓傅，名铭。字自新，排行第二，因此称呼他做傅二叔。①

孟玉楼道："论起来，男子汉死了多少时儿？服也还未满，就嫁人，使不得的！"月娘道："如今年程，论的甚么使的使不的。汉子孝服未满，浪着嫁人的，才一个儿？淫妇成日和汉子酒里眠酒里卧的人，他原守的甚么贞节！"看官听说：月娘这一句话，一棒打着两个人——孟玉楼潘金莲都是孝服不曾满再醮人的，听了此言，未免各人惭愧归房，不在话下。②

两个例子中，前者是对人物关系与背景的交代，后者是对小说中人物语言里弦外之音的一种注解，二者都是叙事者干预叙事进程的一种表现。

（四）叙事者对人物与事件的道德评判

此外，另一类典型的"无事之文"还有叙事者对书中人物的言行根据叙事主体的道德标准进行判断。虽然这些判断评价有偏颇甚至陈腐之嫌，但却被作为一种固定的格套被保留下来，因为这些评论与主干的叙述进程无关，故而称为"无事之文"的另一种突出表现形式。叙事者打破叙事进程对所叙述的故事进行主观的道德评价与判断这一叙事特色，在《醒世姻缘传》中表现得尤为突出。这篇小说的叙事者十分善于突然中断叙事开始长篇大论的说教，而这些说教的内容却早已是人所共知的道理。如小说中叙述者用一段超长的议论表达了他对如何做一个合格教书先生的看法，甚至主观臆断地将北方先生与南方先生简单地划分出了高下之别。此篇议论甚长，节录如下：

却说往日与人做先生的人毕竟要那学富道高，具那胸中的抱

---

① （明）兰陵笑笑生：《金瓶梅》会评会校本，香港天地图书有限公司1994年版，第183页。
② （明）兰陵笑笑生：《金瓶梅》会评会校本，香港天地图书有限公司1994年版，第394页。

负，可以任人叩之不穷，问之即对；也还不止于学问上可以为师，最要有德、有行、有气节、有人品，成一个模范，叫那学生们取法看样。学生们里边有富厚的，便多送些束修，供备先生，就如那子弟们孝顺父兄一般，收他的不以为过；有那家里寒的，实实的办不起束修，我又不曾使了本钱，便白教也成器，有何妨碍？"一日为师，终身为父"，可见这师弟的情分也不是可以薄得的。

但如今的先生就如今日做官的心肠一样。往时做官的原为"致君泽民"，如今做官的不过是为"剥民肥己"，所以不得于君，不觉便自热中。往日的先生原为"继往开来"，如今做先生的不过是为"学钱糊口"，所以束修送不到，就如那州县官恨那纳粮不起的百姓一般；学生另择了先生，就如那将官处那叛逃的兵士一样。若是果真有些教法，果然有些功劳，这也还气他得过，却是一毫也没有帐算。

不止一个先生为然，个个先生大约如此。不似那南边的先生，真真实实的背书，真真看了字教你背，还要连三连五的带号，背了还要看着你当面默写；写字真真看你一笔一画，不许你潦草，写得不好的，逐个与你改正，写一个就要认一个。讲学的时节，发出自己的性灵，立了章旨，分了节意，有不明白的，就把那人情世故体贴了譬喻与你，务要把这节书发透明白才罢；讲完了，任你多少徒弟，各人把出自己的识见，大家辩难，果有甚么卓识，不难舍己从人。凡是会课，先生必定要自做一首程文，又要把众学生的文字随了他本人的才调与他删改，又还要寻一首极好的刊文与他们印正。这样日渐月磨，循序化诲，及门的弟子，怎得不是成才？怎得不发科发第？所以这南边的士子尽都是先生人力的工夫。北人见那南人的文字另是一段虚灵，学问另是一般颖秀，都说是那名山秀水，地灵人杰，所以中这样文人；从古以来，再没有一个晓得这北人的天资颖异，大过于南方，真真不愧于生知。

看官自想：我这话不是过激的言语。北边每一乡科，每省也中七八十个举人；每一会场字，一省也成二三十中了进士，比那南方也没有甚么争差。那南方中的举人进士不知费了先生多少陶成，多少指点，铁杵磨针，才成正果；这北方中的举人进士，何尝有那先生的一点功劳,一些成就?全是靠了自己的八字,生成是个贵人;有几个淹贯的文人,毕竟前生是个宿学悟性,绝不由人。若把这样北人换他到南方去,叫那南方的先生象弄猢狲一般的教导,你想,这伙异人岂不个个都是孙行者七十二变化的神通?若把那南人换到北边,被北方先生的赚误,这伙凡人岂不个个都是猪八戒只有攘饭的伎俩?这分明不是自己的人工不到,却说甚么南北异宜?①

此外,还有《金瓶梅》中叙事者在评论李瓶儿与西门庆私通时的主观评论,这一番"夫唱妇随"的陈腐议论可谓毫无新意,然而作为一种夹叙夹议的格套,这类评论仍然作为一种无关宏旨的"无事之文"被保留下来。

看官听说:大凡妇人更变,不与男子汉一心,随你咬折铁钉般刚毅之夫,也难测其暗地之事。自古男治外而女治内,往往男子之名都被妇人坏了者为何?皆由驭之不得其道。要之在乎容德相感,缘分相投,夫唱妇随,庶可保其无咎。②

同理,书中还有叙事者对于帮闲子弟品性的简短道德评判,摘录如下:

看官听说,但凡世上帮闲子弟,极是势利小人。当初西门庆待应伯爵如胶似漆,赛过同胞弟兄,那一日不吃他的,穿他的,受用他的。身死未几,骨肉尚热,便做出许多不义之事。正是画虎画皮难画骨,知人知面不知心。③

以上是我们对"无事之文"的初步分类,其中有一些是程式化的

---

① (清)西周生:《醒世姻缘传》,联经出版事业公司1991年版,第402—403页。
② (明)兰陵笑笑生:《金瓶梅》会评会校本,香港天地图书有限公司1994年版,第321页。
③ (明)兰陵笑笑生:《金瓶梅》会评会校本,香港天地图书有限公司1994年版,第1724页。

叙事格套，有一些是对人物衣饰、名物风土等不厌其详地反复摹写，它们或起到了烘托气氛、渲染人物性格特征的作用，或能够提供与主干故事相关的背景知识，另有一些叙事者发出的主观道德评价虽然看上去老生常谈，却起到了为通俗小说提供道德"保护伞"的作用——毕竟通俗小说作为不入流的文学形式必须要借助道德的包装才能得以刊刻流传。下面我们将以一篇短篇拟话本小说为例分析说明"无事之文"的类型及其在小说文本中的表现形式。

第三节 "无事之文"的分类作用例说

上一节中总结了"无事之文"在叙事文本中的几个基本类型，并从明清通俗小说中举出了相应的例子作了初步的解释说明。这一节中论者试图选取一篇小说为例来分析各种类型的"无事之文"在小说文本中表现形式，以及该类型的"无事之文"在叙事中所起的作用。由于篇幅所限，为了能让读者一目了然地了解"无事之文"的表现形式，我们拟选择篇幅较短的话本体小说作为小说分析的范本。但由于话本小说的故事来源复杂，叙事文本多为后人根据平话表演的底本辑录而成，可能要面临这样一个问题：经过多人编辑的口述叙事文本在叙事的风格上也往往是杂糅式的，有可能是对瓦肆书场口头表演艺术的一种抄本。所以我们决定选取文人独立撰著的拟话本小说来分析"无事之文"在叙事中的表现形式问题。拟话本小说的故事题材一部分是通过改写前代文言小说或文人笔记得来，一部分来自小说作家的独立创作，由于是出于同一个作家之手，故更便于我们分析文本中采用的"无事之文"在叙事中产生的风格化影响。

下面以凌濛初的拟话本小说《初刻拍案惊奇》卷十一《恶船家计赚假尸银　狠仆人误投真命状》[①]为例，试分析这篇小说中出现的"无事之文"及其作用。这篇故事的主干讲的是儒生王杰因偶与一个外乡卖姜客发生口角，不慎将其打昏。待其醒来，王生连忙赔情道歉，并奉

---

① （明）凌濛初著，王古鲁编注：《初刻拍案惊奇》，古典文学出版社1957年版，第193—211页。

上白绢一匹作为赔偿。卖姜客回嗔作喜告辞而去，在离去的船上把这件意外之事讲给了摆渡的船家周四。不料周四顿起贪财讹诈之心，买下了姜客的竹篮与白绢并捞起河岸边一具浮尸假作姜客之尸，谎称姜客因王生殴打引发旧疾暴毙船上。王生大惊，遂花钱收买船家周四令其不要声张，一面命家奴胡阿虎暗中掩埋了假姜客的尸体。祸不单行，王家独女由于胡阿虎酒后耽误了就医的时机，王生杖责胡阿虎引起其怨恨，遂向官府首告王生伤人害命。王生被逮下狱，身染重疾气息奄奄。幸得此时那外乡姜客来拜访王生，得知此事心下愧疚，遂投状替王生诉冤，终于真相大白。刁奴胡阿虎与恶船家周四都受到了应有的惩罚。这个故事的开端，叙事者并没有急于进入主题，而是遵循旧时书场说书的旧例开场，先引入一段定场诗，以点出这个故事的主旨：

  诗曰：
  杳杳冥冥地，非非是是天。
  害人终自害，狠计总徒然。

  开场诗点明所叙述故事的主题之后，发表了一长篇议论表明"善恶终有报，天道不予欺"，这一段议论是为了解释开场诗的含义，更是为了劝诫读者天道轮回、报应不爽的"真理"，希望能借此引导众位"看官"向善：

  话说杀人偿命，是人世间最大的事，非同小可。所以是真难假，是假难真。真的时节，纵然有钱可以通神，目下脱逃宪网，到底天理不容，无心之中，自然败露；假的时节，纵然严刑拷掠，诬伏莫伸，到底有个辩白的日子。假若误出误入，那有罪的老死牖下，无罪的却命绝于囹圄刀锯之间，难道头顶上这个老翁，是没有眼睛的么？所以古人说得好：
  湛湛青天不可欺，未曾举意已先知。
  善恶到头终有报，只争来早与来迟。

  议论的末尾仍然以劝讽的诗歌收束，进一步强化了故事的道德寓意。接下来在小说的叙事行文中出现了戏剧性的一幕：为了营造书场说书人表演的逼真场景，小说叙事者甚至虚拟了一个提出不同意见的"看官"形象，以怀疑的口吻对叙事者传达的道德训诫提出疑问与挑战：

> 说话的，你差了。这等说起来，不信死囚牢里，再没有个含冤负屈之人？那阴间地府也不须设得枉死城了！

此后，叙事者再度恢复说书人口吻，反驳拟想中"看官"的观点：

> 看官不知，那冤屈死的，与那杀人逃脱的，大概都是前世的事。若不是前世缘故，杀人竟不偿命，不杀人倒要偿命，死者、生者，怨气冲天，纵然官府不明，皇天自然鉴察。千奇百怪的，却生出机会来了此公案。所以说道："人恶人怕天不怕，人善人欺天不欺。"又道是："天网恢恢，疏而不漏。"
> 古来清官察吏，不止一人，想得人命关天，又且世情不测，尽有极难信的事，偏是真的；极易信的事，偏是假的。所以就是情真罪当的，还要细细体访几番，方能够狱无冤鬼。如今为官做吏的人，贪爱的是钱财，奉承的是富贵，把那"正直公平"四字撇却东洋大海。明知这事无可宽容，也将来轻轻放过；明知这事有些尴尬，也将来草草问成。竟不想杀人可恕，情理难容。那亲动手的奸徒，若不明正其罪，被害冤魂何时瞑目？至于扳诬冤枉的，却又六问三推，千般锻炼，严刑之下，就是凌迟碎剐的罪，急忙里只得轻易招成，搅得他家破人亡，害他一人，便是害他一家了。只做自己的官，毫不管别人的苦，我不知他肚肠阁落里边，也思想积些阴德与儿孙么？如今所以说这一篇，专一奉劝世上廉明长者，一草一木，都是上天生命，何况祖宗赤子？须要慈悲为本，宽猛兼行，护正诛邪，不失为民父母之意。不但万民感戴，皇天亦当佑之。

故事开头的开场诗与叙事者的这一番关于"天网恢恢，疏而不漏"的长篇大论，因为并没有在主干故事情节发展中承担推动作用，故我们

●○ "无事之文"与中国古典白话小说

都可以将之看作是"无事之文"。开场诗与议论中插入的诗歌属于与叙事形式有关的程式化文字一类，属于一种叙事的固定格式。因为拟话本小说为模仿口头讲说形式，会在叙事之前规则地引入开场诗作为小说开头的固定成例。后文叙事者对于善恶到头终有报大发一通议论，属于叙事主体对所叙述之人物或事件的主观评论文字。这一类评论之所以成为"无事之文"，是因为叙事者对所叙述的事件之议论并没有什么新鲜的见解，而往往是出于道德训诫的目的发出的程式化的议论，可谓名副其实的"老生常谈"。如上述这一段议论，先是极力从因果轮回的角度来证明报应不爽的结论，后又宕开一笔转而议论为官之道最要紧是"慈悲为本、宽猛兼行、护正诛邪"。只有做到上述几点，才能收到"万民感戴，皇天佑之"的成效。而这些所谓的"为官之道"实属人人皆知的常识，可见只是一种为议论而议论的"无事之文"。

在这段议论之后，叙事者并没有急于开始正文故事的叙述，而是模仿说书艺术与话本小说开头的模式，在叙述正文之前插入一段与正文故事类似或相反的小故事。这种小故事在书场中本是在正式开场之前为招徕听众而准备的，俗称为"头回"或"入话"，故事本身与主体故事的叙述并无直接关联，故也可视作一种"无事之文"，应该隶属于在叙事中无端插入的"无事之事"这一类别。本篇小说在主体故事叙述之前所讲的与主干情节相反：前者是"将真作假"，凶手侥幸逃脱的公案公式，而主干故事正相反讲的是"将假作真"结果主人公无辜被陷冤狱的故事。"入话"故事的主要内容是讲：苏州府人士李乙某日晚间被仇家富人王甲杀死，因王甲事先狡猾的以赤色涂面伪装，故虽然案发当时被躲在床下的李乙妻子认出，却苦于无证据指证。加之王甲家境豪富，买通了讼师为他替身脱罪，最终竟能翻案逍遥法外。然而李甲虽然侥幸逃过法律制裁，却逃不过李乙的冤魂索命，最终遭到了鬼神的判决。[①]

入话故事之后，叙事再一次以有些俗套的"无事之文"式议论开始切入正题：

  前边说的人命是将真作假的了，如今再说一个将假作真的。只

---

① （明）凌濛初：《初刻拍案惊奇》卷十一，古典文学出版社1957年版，第194—197页。

为些些小事，被好人暗算，弄出天大一场祸来。若非天道昭昭，险些儿死于非命。正是：

　　福善祸淫，昭彰天理。
　　欲害他人，先伤自己。①

在后文的主干故事中，叙事者也插入了大量的"无事之文"，这些无事之文大体上可以分作三类：

第一类即插入文本中的程式化的韵语或俗语，这一类"无事之文"在话本小说和拟话本小说之中，被普遍的运用。在这一篇小说的主干故事中，也十分常见。现将这篇小说正文中所出现的程式化韵语或俗语列举如下：

1. 身如五鼓衔山月，命似三更油尽灯。（描写姜客被王生打昏时的情景）

2. 只因这一去，有分教：双手撒开金线网，从中钓出是非来。（叙事者先用散文插入自己的观点与评论，再用韵文提示后文，起到了预叙的作用）

3. 得他心肯日，是我运通时。（描写王生急于买通船家保守"杀人"秘密）

4. 金风吹柳蝉先觉，暗送无常死不知。（描写王生独女之死）

5. 势败奴欺主，时衰鬼弄人。（描写刁奴胡阿虎筹备告发主人）

6. 湖商自是隔天涯，舟子无端起祸胎。指日王生冤可白，灾星换做福星来。（描写姜客来拜访，王生沉冤得雪）

7. 雪隐鹭鸶飞始见，柳藏鹦鹉语方知。（描写王生得知被船家讹诈的真相）

第二类"无事之文"是叙事中为填充事件空白而插入的带过性文字。关于这一类文字在行文中的作用上一节中已经有所论述，它们的主

---

① （明）凌濛初：《初刻拍案惊奇》卷十一，古典文学出版社1957年版，第197—210页。

要作用在于维护叙事时间的完整性,关于"无事之文"与叙事时间的关系下面将专章讨论。现将这篇小说主干故事中所有的第二类"无事之文"列举出来:

  1.……整整弄了一夜,渐渐东方已发亮了,随即又请船家吃了早饭,作别而去。王生教家人关了大门,各自散讫。(王生受骗埋了自己"杀掉"的尸体后)
  2.……当时又讨些茶饭与王生吃了,各各安息不题。(王生向妻子诉苦后)
  3.……当时天色已黑,就留亲眷吃了晚饭,自别去了。(亲眷来探王生独女之病,并告知王生有个名医专治其女之病后)
  4.……不觉又哭了一场,凄凄惨惨睡了不题。(王生妻在丈夫被官府逮去后)
  5.刘氏别了王生,出得县门,乘着小轿,吕大与僮仆随了,一同径到家中。刘氏自进房里,教家僮们陪客人吃了晚食,自在厅上歇宿。(姜客与王生妻去狱中探望王生并要为王生诉冤之后)

第三类是叙事者凭空打断叙述,在叙事中插入的所述人物或事件的评论。这一类的评论有时也承担调整叙事时序的作用。如本篇小说正文中的插入式评论包括:

  1.原来人生最不可使性,况且这小人卖买,不过争得一二个钱,有何大事?常见大人家强梁僮仆,每每借着势力,动不动欺打小民。到得做出事来,又是家主失了体面。所以有正经的,必然严行惩戒。只因王生不该自己使性,动手打他,所以到底为此受累。这是后话。(关于人不可意气用事的点评议论同时起到了预叙的作用)
  2.若是王生有未卜先知的法术,慌忙向前拦腰抱住,扯将转来,就养他在家半年两个月,也是情愿,不到得惹出飞来横祸。(中断叙述的评论,起到了预叙的作用)
  3.看官听说,王生到底是个书生,没甚见识。当日既然买嘱船家,将尸首载到坟上,只该聚起干柴,一把火焚了,无影无踪,

却不干净？只为一时没有主意，将来埋在地中，这便是斩草不除根，萌芽春再发。（对王生的行为进行判断和评论，起预叙作用）

此外，还有一类在以往话本小说中比较少见的"无事之文"，也在文人独立撰著的拟话本小说中出现了——描写人物衣饰容貌或景物描写的"闲笔"类"无事之文"，这一类"无事之文"可韵可散形式多变，后来在长篇白话小说中逐渐增多。在这篇小说中，我们也找到了一个类似的例子，可以算作是日后长篇白话小说"闲笔"类无事之文的一个萌芽。

（忽一日，正遇暮春天气，二三友人扯了王生往郊外踏青游赏。）
但见：
迟迟丽日，拂拂和风。紫燕黄莺，绿柳丛中寻对偶；狂蜂浪蝶，夭桃队里觅相知。王孙公子，兴高时无日不来寻酒肆；艳质娇姿，心动处此时未免露闺容。须教残醉可重扶，幸喜落花犹未扫。

以上这段景物描写与故事展开毫无关联，可见只是出于叙事者的审美情趣在文中加上了这一笔。在主干故事叙述完之后，叙事者仍然没有忘记自己的职责，即在叙述末尾再度重申这篇故事的主题，劝谕为官之道本不可视人命如草芥：

所以说为官做吏的人，千万不可草菅人命，视同儿戏！假如王生这一桩公案，惟有船家心里明白，不是姜客重到温州，家人也不知家主受屈，妻子也不知道丈夫受屈，本人也不知自己受屈。何况公庭之上，岂能尽照覆盆？慈祥君子，须当以此为鉴！

在议论的结尾则照例附上一首总结性的诗文：

囹圄刑措号仁君，结网罗织最枉人。
寄语昏污诸酷吏，远在儿孙近在身。

既简洁有力地收束了评论，又与开头之评论遥相呼应。以上我们以一篇短篇的拟话本小说为例分析了"无事之文"在小说文本中的表现形式，并简要地分析了其作用。通过短篇拟话本小说的考察可知，在文人独立撰著的短篇小说中已经比较熟练地运用"无事之文"来发表议论、调整叙事时间或抒情达意。这个发现也促使我们想要进一步探索如下问题："无事之文"是如何产生的，它的历史渊源与文本演进的过程又是如何。如果说拟话本小说以及后代文人独立撰著的长篇小说中大量运用的"无事之文"源于话本小说的叙事规范，那么话本小说中的这一类文字的渊源又由何而来？关于"无事之文"的历史渊源及其对叙事行为与叙事文本具体产生了哪些影响，我们拟在下一章详细讨论。

第三章 "无事之文"的历史渊源

考察"无事之文"在中国古典小说叙事模式中所起到的影响，需要追本溯源地探究"无事之文"形成的历史渊源。首先我们从中国通俗小说的历史源流入手，找到"无事之文"这一类叙述文字的成因及其在长篇通俗小说的创作中是如何自如地运用与发展。

关于中国通俗长篇小说的源流，学界主要持两种意见。一种是"本土生成说"，另一种是"体裁舶来说"。前者的主要观点是将中国通俗小说看作整个中国古典文学传统自身发展的产物。1924年鲁迅先生去西安讲学时，将他的相关研究成果总结成六节讲义名为《中国小说史略》，该书简明扼要地描述了中国小说历史的沿革：从上古神话传说到六朝的志怪志人小说，从唐代传奇到宋代话本小说，从元末讲史演义进而到明清通俗长篇小说。在他的研究体系之中，着重强调了中国古代小说发展的"变迁"：第一次变迁是唐代传奇写作中"作意好奇"的自觉写作思潮；第二次变迁是宋人话本开始的使用白话写作的新尝试，将二者并称中国小说发展的两大里程碑[1]。鲁迅先生在《中国小说史略》中虽然采取了分期论述的研究方法，但颇重视文学转型的流变和演化。在该书的第十四、十五篇对元人平话至明清讲史类长篇小说的过程进行了梳理和溯源的工作。鲁迅先生对中国古典小说历史发展的研究是宏观的，但从其研究框架的构造来看，他认为中国古典小说文体和叙事方法的发展乃是中国小说在传统文化影响下自行"变迁"的结果，并未将目光注目于外来文化的影响。

---

[1] 参见程毅中《20世纪通俗小说研究回顾》，陈平原主编《现代学术史上的俗文学》，湖北教育出版社2004年版，第248—249页。

●○ "无事之文"与中国古典白话小说

　　坚持中国小说的叙事特质来源于本土生成这一观点的代表性人物还有美国女作家赛珍珠（Pearl S. Buck），她在《中国早期小说源流》①一文中，初步探讨了中国古典小说素材的来源及其体裁的形成。赛珍珠认为中国小说最早的素材源于从黄帝时代所确立的"左史记言，右史记事"的历史传统。②此外，中国故事的素材也可能来源于稗官与"说客"在民间的见闻，以及孔子所搜集的在他的时代看来有道德价值的故事、道教方术对中国超自然题材故事的深刻影响等。更为重要的是，她对中国古代小说的形式来源提出了自己的看法，反对元明以来的白话小说形式是由外邦传入这一论点。她认为小说的文学形式并非突兀地出现在中国文学史当中，而是早在古代的故事中已经萌芽，并提出三个论据来证明她的观点：首先，随着文学史的发展，故事中的情节和人物明显地复杂化，从单一情节到多情节多场景，从单一的人物到多个性格复杂的人物及其对话，从叙事松散的短故事到逐渐将故事集中到一个主要人物身上，直到宋代以来发展出人物贯穿始终的长篇故事；其次，中国的长篇小说中的许多故事与情节与前代的故事情节有承继的关系，有的甚至是将前代的题材进行润色和改写；最后，研读过这些小说作品可以看出中国小说形式从传统的故事中脱胎，元代以前的各个朝代的叙事作品都对小说形式的发展完善起到过推动作用。③

---

①　[美] 赛珍珠著，张丹丽译，姚君伟校：《中国早期小说源流》，《镇江师专学报》（社会科学版）2001年第2期。

②　赛珍珠认为，"中国的著作中很早就开始包含故事素材。除开说书人和巡回演出的艺人，多少世纪以来，也一直有写下来的故事。中国史学家认为，这些故事最早的记录可追溯到传说中的黄帝时代（公元前2704—公元前2595年）。黄帝尽管是个传说人物，但很了不起，因为似乎是他正式设立了史官机构，并把它分为左右两史，就此朝故事的形式正式迈出了第一步。右史负责编纂国史，不管他们写什么，人们都认为他们作了调查并确证是真实的。其结果被称为'正史'，或真实的材料。这一部分演变成历史。左史负责记录所有国内奇闻逸事，这些可能是完全真实的，也可能不是，记录超自然的或者非同寻常的事件，还有就是关于奇人的描写，这样的著作被称为'野史'或外史，最早的故事就源于野史。早期把正史与野史区分开来，这很有趣，因为这也许导致了日后视小说为不真实的作品这一歧视小说的情况的出现。"参见[美] 赛珍珠著，张丹丽译，姚君伟校《中国早期小说源流》，《镇江师专学报》（社会科学版）2001年第2期。

③　[美] 赛珍珠著，张丹丽译，姚君伟校：《中国早期小说源流》，《镇江师专学报》（社会科学版）2001年第2期。

第三章 "无事之文"的历史渊源

强调中国虚构叙事类文学作品的主要源头来自中国文学传统本身的另一位代表人物是浦安迪（Andrew H. Plaks），他提出了"奇书文体"概念，主张中国明清时期长篇通俗小说的写定本出自受过良好教育的文人之手，而非一般意义上的俚俗文化消费品，实际上这些作品可以称之为"文人小说"，他指出：

> 我认为，中国明清奇书文体的渊源与其说是在宋元民间的俗文学里，还不如说应该上溯到远自先秦的史籍，亦即后来"四库"中的"史部"。众所周知，从传统的目录学角度，经、史、子、集既是中国传统的书目体系，又代表了中国传统文化的分类纲目。经、史、子、集各部中都有叙事，经书中如《尚书》里有叙事；子部、集部中的叙事因素，更是显而易见。然而，我们这里要强调的是，在"四部"之中，"史"部相当庞大，在浩如烟海的古籍中占有不容忽视的地位。这不仅因为二十四史卷帙浩繁，而且因为其他三部中也不乏"史"的影子，如《春秋》为六经之一，同时是史。我认为，明清奇书作为一种16世纪的新型虚构性叙事文体，与"史"的传统（特别是野史和外史）有着特别深厚而复杂的渊源。①

持第二种观点的学者强调口传的通俗文学读物对长篇虚构类叙事小说形式的影响，更重要的一点是，他们认为中国长篇小说的形式源自外来文化的影响，其中最具影响力的是印度佛教的东传对中国古代讲唱文

---

① ［美］浦安迪：《中国叙事学》，北京大学出版社2018年版，第33—34页。为了进一步证明中国虚构类叙事文学根源于中国的史传传统，浦安迪先生提出了两方面的理由进一步论述了这个问题："首先，明清长篇章回小说中有很大的一部分是所谓'演义'体历史小说（historical novel），其主人公在历史上往往实有其人，故事情节亦间或合乎史实，如《三国演义》《说岳全传》和《东周列国志》等都是。其次，明清奇书文体的形式和结构技巧也明显地师法于'史文'笔法，它包括'列传'体（biographical form），叙述的多重视角（multiple foci of narration）和叙述母题（narrative topoi and motifs）（详参拙作'Towards a Critical Theory of Chinese Narrative'，见 Chinese Narrative，第309—335页。——原注补。）等。可见中国旧称小说为'稗史'并非无根之谈，它一语道破了'历史叙述'（historical narrative）和'虚构叙述'（fictional narrative）之间的密切关联。"

学的繁荣起到的关键性作用,以及讲唱文学对中国长篇白话小说叙事形式所造成的影响。

大多数研究宋代及宋代以来各种韵散结合的俗文学体裁的著名学者都将这些体裁的源头追溯至变文。郑振铎曾经描述了变文对中国讲唱文学整体发展产生影响的大致情况。郑振铎在他的名著《中国俗文学史》里也开宗明义地提出,明清长篇通俗小说的源头来自民间通俗讲唱文学,特别是唐五代时期盛行的变文。在《中国俗文学史》中郑振铎先生辟专章讨论了这种通俗佛教叙事文学体裁对后世中国文学的发展有至关重要的作用。他在书中谈道:

> 盛行于明清二代的宝卷、弹词及鼓词到底是近代的产物呢?还是"古已有之"的?许多文学史上的重要问题都成为疑案而难于有确定的回答。但自从三十年前史坦因把敦煌宝库打开了而发现了变文的一种文体之后,一切的疑问我们才渐渐地可以得到解决了。我们才在古代文学与近代文学之间得到了一个连锁。我们才知道宋元话本和六朝小说及唐代传奇之间没有什么因果关系。我们才明白许多千余年来支配着民间思想的宝卷、鼓词、弹词一类的读物,其来历是这样的。这个发现使我们对于中国文学史的探讨面目为之一新,这关系是异常的重大。①

日本学者小川环树同样认为中国通俗文学的直接源头是佛教文学特别是变文,他的意见更加旗帜鲜明:

> 中国的通俗小说并不是从自身内部产生的,其文学形式也不是独立发展起来的。相反,它是在印度的影响下产生的。换句话说,我们可以公正地认为,它的源头在印度。时至今日,这种外来影响的痕迹在许多方面已经模糊不清了。但是,如果我们提出这样一种假说,即在中国本身,通俗小说的直接源头是佛教文学尤其是变文,那么尽管会有一些不同的观点,但我们仍然相信这是一个正确

---

① 郑振铎:《中国俗文学史》,上海书店 1984 年版,第 180—181 页。

的解释。①

此外，台湾学者谢海平、乐蘅军等也充分肯定了变文在中国通俗小说发展史上的重要意义："讲史类变文"和元末明初以来的讲史小说的关系密切；没有变文，也就无法理解话本小说的诞生。② 这些学者关于变文与后世通俗小说之关系的意见，为后文要进行的通俗白话小说"无事之文"的起源研究，提供了一个很值得重视的立足点和观察角度。

明清长篇小说中的"无事之文"在叙事中俯拾即是。它们是否在中国文学发展史上早前的其他文学形式中就具备了某种雏形？如果"无事之文"的产生是来自前代文学作品的影响，那又是何种形式的影响？我们决定从上述关于中国古典长篇小说源流的两种意见出发来探讨这个问题。

第一节 "无事之文"与唐前之文言小说

中国的叙事传统迥异于欧美已经成为一种学界共识。欧美的叙事传统有一个完整的序列，即从神话到史诗、到罗曼史、再到小说的发展阶段，中国则在神话和小说之间没有史诗与罗曼史的发展阶段，中国的叙事传统中最早且始终处于统摄地位的是史传文学。先秦时期，"小说"一词虽然已经出现③，但其与今天叙事文学意义上的小说概念尚有很大的区别。中国古典文学早期主要的叙事作品当推记录言语为主的《尚书》《国语》《左传》《史记》，其中，《左传》《史记》在中国古典叙

---

① ［日］小川环树：《"变文与讲史"——中国白话小说的形式与起源》，收入《中国小说史的研究》，岩波书店1968年版，第127页。

② 相关论述参见乐蘅军《宋代话本研究》，《国立台湾大学文史丛刊》二十九，商务印书馆1969年版，第11页；谢海平：《讲史性之变文研究》，硕士学位论文，台湾政治大学，1970年。

③ "小说"一词最早见于《庄子·外物》篇："饰小说以干县令，其于大达亦远矣。""县"通"悬"字，有"高"的意思。此句是说靠修饰琐屑的言论以求高名美誉，那和治国安邦的大道理相比就差太多了，这里的"小说"，是指琐碎浅薄的言论、小道理，与作为文学体裁的"小说"并不相同。

事传统中处于双峰并峙的地位。魏晋南北朝以降，在正史之外才有了志人志怪的"野史"以广博当时读书人的见闻，聊备正史之补。此后，唐人不再满足于"残丛小语"式简单故事梗概的记录，开始有意识并饶有兴致地创造一种新的文体——传奇。但即使是语言丰赡华美、想象绚丽瑰奇的唐传奇也仍然奉史传的叙事传统为圭臬。即使到唐以后的宋元明时期的文言小说，仍然在史传之"传"的叙事形式与题材上大做文章。虽然我们不能笼统地认为史传文学是中国所有小说形式（包括文言与白话）的母体与源头，但我们必须承认中国古代的文学家、史学家往往将小说视作史传的附庸并非毫无道理，在中国叙事文学的发展历程中具有极其特殊的地位，它开启了中国叙事文学源头的重要一脉，并且在相当长的一段历史时期居于中国叙事传统的主流。史传叙事的影响笼罩着中国小说，特别是文言小说一脉。因此我们对于"无事之文"的研究必须要特别重视史传文学传统及其对叙事文学作品的影响，并对其作出适当的评价。

在中国古代叙事作品初产生的汉魏两晋时代，因为用于书写的竹简、绢帛等材料的匮乏以及受到史传写作规范的制约，早期的叙事文学多短小精悍，往往用几句话介绍一个简单的故事并描绘一两个主要的人物。唐代以后，随着叙事文学的进一步发展，故事的篇幅逐渐加长，"作意好奇"的唐人开始有意识地从事文学创作且不吝于在作品中炫示他们的写作技巧与文化素养，传奇故事自然成为我们观察古代叙事文学发展走向的一个坐标。从两个时代对同一个故事题材的表述中我们不难发现这种由简练走向丰满的叙事风格转变，同时故事文本的延长也给"无事之文"的产生提供了一个重要契机。我们不妨以"倩女离魂"这一故事题材的两个文本为例作出对比分析。"离魂"题材的故事，在六朝志怪小说中是比较常见的题材，后代也不乏对这类故事题材进行不断改写的现象。比如李剑国先生就曾经指出："离魂之说滥觞于刘义庆《幽明录》之《庞阿》。"[①]《幽明录》中的《庞阿》故事极为简短，原文只有293字，却将故事的来龙去脉描写得清楚明晰，歌颂了庞阿与石氏女之间富有浪漫传奇色彩的美好爱情：

---

① 李剑国：《唐代志怪传奇叙录》，南开大学出版社1993年版，第264页。

第三章 "无事之文"的历史渊源

钜鹿有庞阿者，美容仪。同郡石氏有女，曾目睹阿，心悦之。未几，阿见此女来诣阿。阿妻极妒，使婢缚之，送还石家，中路遂化为烟气而灭。婢乃直诣石家说此事，石氏之父大惊曰："我女都不出门，岂可毁谤如此！"阿妇自是加意伺察之。居一夜，方值女在斋中，乃自拘执以诣石氏。石氏之父见之，愕眙曰："我适从内来，见女与母共作，何得在此？"即命婢仆于内唤女出，向所缚者奄然灭焉。父疑有异，故遣其母诘之。女曰："昔年庞阿来厅中，曾窃视之。自尔仿佛即梦诣阿，及入后，即为妻所缚。"石曰："天下遂有此奇事！"夫精神所感，灵神为之冥著，灭者盖其魂神也。既而女誓心不嫁。

经年，阿妻忽得邪病，医药无征。阿乃授币石氏女为妻。①

《庞阿》讲述了石家少女因倾慕庞阿姿容俊美，常常陪伴在他左右。庞妻妒忌，遂捆缚之还石家令其父母好生管束女儿。岂知石氏之父言其女根本未出家门，探究之下乃知庞阿身边的"石氏女"乃是因思慕心上人而灵魂脱窍在梦中追随而去。最后，善妒的庞妻一病而亡，庞阿与发誓不嫁他人的石氏女终成眷属。这段故事极其富于传奇色彩和浪漫情怀，其主干情节经过唐代作家陈玄祐的改写润色，成为一篇缠绵悱恻的更加完整的故事，这就是唐传奇中的名篇《离魂记》：

天授三年，清河张镒因官家于衡州。性简静，寡知友。无子，有女二人。其长早亡，幼女倩娘端妍绝伦。镒外甥太原王宙，幼聪悟，美容范。镒常器重，每曰："他时当以倩娘妻之。"后各长成，宙与倩娘常私感想于寤寐，家人莫知其状。后有宾僚之选者求之，镒许焉。女闻而郁抑，宙亦深恚恨。

托以当调，请赴京，止之不可，遂厚遣之。宙阴恨悲恸，决

---

① [南朝] 刘义庆：《幽明录》，王根林等校点《汉魏六朝笔记小说大观》，上海古籍出版社1999年版，第734页。

●○ "无事之文"与中国古典白话小说

别上船。日暮,至山郭数里。夜方半,宙不寐,忽闻岸上有一人行声甚速,须臾至船。问之,乃倩娘徒行跣足而至。宙惊喜发狂,执手问其从来。泣曰:"君厚意如此,寝梦相感。今将夺我此志,又知君深情不易,思将杀身奉报,是以亡命来奔。"宙非意所望,欣跃特甚。遂匿倩娘于船,连夜遁去。倍道兼行,数月至蜀。

凡五年生两子。与镒绝信。其妻常思父母,涕泣言曰:"吾曩日不能相负,弃大义而来奔君。向今五年恩慈间阻,覆载之下,何颜独存也?"宙哀之曰:"将归,无苦。"遂俱归衡州。

既至,宙独身先至镒家首谢其事。镒曰:"倩娘病在闺中数年,何其诡说也?"宙曰:"见在舟中。"镒大惊,促使人验之。果见倩娘在船中,颜色怡畅。讯使者曰:"大人安否?"家人异之,疾走报镒。室中女闻喜而起,饰妆更衣,笑而不语。出与相迎,翕然而合为一体,其衣裳皆重。

其家以事不正,秘之。惟亲戚间潜有知之者。后四十年间,夫妻皆丧。二男并孝廉擢第,至丞尉。

玄祐少尝闻此说而多异同,或谓其虚。大历末,遇莱芜县令张仲规,因备述其本末。镒则仲规堂叔,而说极备悉,故记之。[①]

《离魂记》本出《庞阿》,写张倩娘与表兄王宙从青梅竹马,倩娘父张镒也曾有意以倩娘许配王宙。倩娘成年后,张镒竟食言以倩娘另许他人。倩娘遂抑郁成疾,王宙也伤心欲绝遂诀别倩娘托故赴长安。岂知倩娘星夜赤足徒步追来船上,二人私奔出走蜀地,同居五年,育有二子。后因倩娘思念父母,王宙带其还乡探望。王宙先至张镒家说明倩娘私奔事,岂料张父言倩娘一直卧病在家,出奔的是倩娘的魂魄。两个倩娘人魂合一,融为一体。本篇故事情节浪漫离奇,曲折地反映了当时青年男女要求婚恋自主的愿望,歌颂了他们为争取爱情与礼教所做的斗争,是唐传奇中文辞皆美的一篇优秀作品。同一题材的故事中减少了善

---

① 鲁迅校录:《唐宋传奇集》,文学古籍刊行社1956年版,第28—30页。

妒的庞妻这个人物，故事的内容却更丰满，字数也增加到603字，是《庞阿》故事字数的两倍。下面我们来列表分析一下在一个较短的故事敷演成较长篇作品的过程中，加入了哪些叙事因素，使相同题材故事的细节和情感更加丰满生动，以及这些叙事的因素与"无事之文"的产生是否有关。《离魂记》虽然比《庞阿》的叙述更详细，但毕竟仍然是一篇短篇故事，因为很难找到后世明清长篇小说之中那种大段的"无事之文"。首先，"无事之文"的第一类，在"事与事的交叠处"或"事与事的间隙处"插入的与上下文无明确因果关系的一个或多个事件，在短篇故事中是不大可能产生的，因为一篇传奇作品大多自始至终讲述同一个故事，不太可能存在所谓"事与事的交叠或间隙"。其次，唐传奇的形成过程比较复杂，是士人们便于"史才、诗笔、议论"的一种略为驳杂的文体，以今天的叙事学角度来看并非所谓"成熟"的短篇小说，所以我们在行文中很难找到与故事的叙事形式有关的程序化文字，即使在行文中偶尔插入诗词及少量韵文，却很难判定这是传奇文体规范下插入文本的程式化韵文，故而我们所分析的只能包括"无事之文"的后两类：对场景或人物外貌进行静态描写的文字，属于"无事之文"中典型的一类；叙事者插入文本中的背景介绍或某些主观评论文字。

表2　　　　　《庞阿》与《离魂记》叙述文本对照

叙述文本类别	《庞阿》	《离魂记》
场景与外貌描写	1. 钜鹿有庞阿者，美容仪。 2.（石氏女魂魄）中路遂化为烟气而灭	1. 其长早亡，幼女倩娘端妍绝伦。镒外甥太原王宙，幼聪悟，美容范 2. 日暮，至山郭数里。夜方半，宙不寐，忽闻岸上有一人行声甚速，须臾至船 3. ……倩娘徒行跣足而至。宙惊喜发狂，执手问其从来 4. 果见倩娘在船中，颜色怡畅 5.（倩娘）出与相迎，翕然而合为一体，其衣裳皆重

续表

叙述文本类别		《庞阿》	《离魂记》
背景介绍与主观评论	叙述方法与内容解说	无	天授三年，清河张镒因官家于衡州。性简静，寡知友。无子，有女二人
	风土人情或书中知识的普及性介绍	无	无
	对所叙述故事情节的简要回顾、预言与解说	既而女誓心不嫁。经年，阿妻忽得邪病，医药无征。阿乃授币石氏女为妻	其家以事不正，秘之。惟亲戚间潜有知之者。后四十年间，夫妻皆丧。二男并孝廉擢第，至丞尉
	对人物与事件的主观评价	无	玄祐少尝闻此说而多异同，或谓其虚。大历末，遇莱芜县令张仲规，因备述其本末。镒则仲规堂叔，而说极备悉，故记之

由表2可以直观地观察到同一题材的故事在叙事上由简略到详细的演化。在人物外貌的描写上，由只用"美容仪"三个字简述男主角庞阿俊秀的外貌到《离魂记》中相对比较详细地描写了男女主角出众的姿容；由《庞阿》中对石氏女与庞阿的身世背景只字不提，到《离魂记》中将故事发生的时代背景主角二人的身世与亲缘关系都清楚地加以介绍；由《庞阿》中男主角对这段传奇爱情的态度暧昧不明，到《离魂记》中明确地描写男女主人公两情相悦共同争取婚恋自主的过程等。在细节描写方面最值得注意的是《离魂记》开始着意渲染倩娘肉体与灵魂合一之时奇幻的景象"翕然而合为一体，其衣裳皆重"，较之《庞阿》中描写石氏女魂魄的"化为烟气而灭"一句简单陈述，后者更能给人一种曼妙的身临其境感。

其次，除了上面指出的唐传奇《离魂记》中开始有意识地详尽描写人物的容貌、幻化的场景之外，还在离魂故事讲述完之后补上一笔夫妻二人及其子嗣日后的生活："后四十年间，夫妻皆丧。二男并孝廉擢第，至丞尉。"这就已经比较接近我们要讨论的"无事之文"概念了，因为"后四十年间"张倩娘与王宙的日常生活以及他们的儿子举孝廉与否都不再与"离魂"这一奇幻故事有关,这仅仅是作者为了维护故事的完整性所做的补充叙事。更具有"无事之文"典型特征的是,叙事者在叙述完整个故事之后,突然使用作者的真实姓名站出来表明自己的故事所言非虚:

> 玄祐少尝闻此说而多异同,或谓其虚。大历末,遇莱芜县令张仲规,因备述其本末。镒则仲规堂叔,而说极备悉,故记之。

这显然受到史传传统中要求写作"信史"这一规范很深的影响,以至于在一个虚构的故事结束之后还一再试图证明故事的真实性。类似的说明与评论性文字,在其他的传奇作品中也十分常见,我们可以将之视为"无事之文"的萌芽。

试再举一例进一步分析同题材故事文本的演化与"无事之文"产生的关系。西晋张华在《博物志》卷三"异兽"条中记载了"猕猴夺妻"的故事,讲蜀地出产一种类人的猕猴,善于埋伏于道旁伺机盗娶美貌女子为妻,产子后送还女家令其养育长大的神怪故事:

> 蜀山南高山上,有物如猕猴。长七尺,能人行,健走,名曰猴玃,一名马化,或曰猳玃。伺行道妇女有好者,辄盗之以去,人不得知。行者或每遇其旁,皆以长绳相引,然故不免。此得男子气,自死,故取女不取男也。取去为室家,其年少者终身不得还。十年之后,形皆类之,意亦迷惑,不复思归。有子者辄俱送还其家,产子皆如人,有不食养者,其母辄死,故无敢不养也。及长,与人无异,皆以杨为姓,故今蜀中西界多谓杨率皆猳玃、马化之子孙,时时相有玃爪也。[1]

张华的"猕猴夺妻"故事属于"粗陈梗概"式的简短陈述,只有208字。这个故事经过唐代文人改写增饰后,成为唐传奇中的名篇《补

---

[1] (西晋)张华:《博物志》卷三,《汉魏六朝笔记小说大观》,上海古籍出版社1999年版,第196页。

●○ "无事之文"与中国古典白话小说

江总白猿传》,已经完全演进为一个活灵活现的神猴故事,甚至有的学者认为这篇传奇中展现的白猿形象直接影响了小说《西游记》中的孙悟空形象,《补江总白猿传》虽然脱胎于张华《博物志》的"猕猴夺妻"故事,但却已经成为叙事性更强、文学技巧更复杂的传奇作品:

梁大同末,遣平南将军蔺钦南征,至桂林,破李师古、陈彻。别将欧阳纥略地至长乐,悉平诸洞,深入险阻。纥妻纤白,甚美。其部人曰:"将军何为挈丽人经此?地有神,善窃少女,而美者尤所难免,宜谨护之。"纥甚疑惧,夜勒兵环甚庐,匿妇密室中,谨闭甚固,而以女奴十余伺守之。尔夕,阴风晦黑,至五更,寂然无闻。守者怠而假寐,忽若有物惊悟者,即已失妻矣。关扃如故,莫知所出。出门山险,咫尺迷闷,不可寻逐。迨明,绝无其迹。纥大愤痛,誓不徒还。因辞疾,驻其军,日往四遐,即深凌险以索之。既逾月,忽于百里之外丛筱上,得其妻绣履一双。虽浸雨濡,犹可辨识。纥尤凄悼,求之益坚。选壮士三十人,持兵负粮,岩栖野食。

又旬余,远所舍约二百里,南望一山,葱秀迥出,至其下,有深溪环之,乃编木以度。见人皆慢视迟立。至则问曰:"何因来此?"纥具以对。相视叹曰:"贤妻至此月余矣。今病在床,宜遣视之。"

入其门,以木为扉。中宽辟若堂者三。四壁设床,悉施锦荐。其妻卧石榻上,重茵累席,珍食盈前。纥就视之。回眸一睇,即疾挥手令去。诸妇人曰:"我等与公之妻,比来久者十年。此神物所居,力能杀人,虽百夫操兵,不能制也。幸其未返,宜速避之。但求美酒两斛,食犬十头,麻数十斤,当相与谋杀之。其来必以正午。后慎勿太早,以十日为期。"因促之去。纥亦遽退。

遂求醇醪与麻犬,如期而往。妇人曰:"彼好酒,往往致醉。醉必骋力,俾吾等以彩练缚手足于床,一踊皆断。尝纫三幅,则力尽不解,今麻隐帛中束之,度不能矣。遍体皆铁,唯脐下数寸,常护蔽之,此必不能御兵刃。"指其傍一岩曰:"此其食廪,当隐于是,静而伺之。酒置花下,犬散林中,待吾计成,招之即出。"

如其言，屏气以俟。日晡，有物如匹练，自他山下，透至若飞，径入洞中，少选，有美髯丈夫长六尺余，白衣曳杖，拥诸妇人而出。见犬惊视，腾身执之，披裂吮咀，食之致饱。妇人竞以玉杯进酒，谐笑甚欢。

既饮数斗，则扶之而去，又闻嬉笑之音。良久，妇人出招之，乃持兵而入，见大白猿，缚四足于床头，顾人蹙缩，求脱不得，目光如电。竞兵之，如中铁石。刺其脐下，即饮刃，血射如注。乃大叹咤曰："此天杀我，岂尔之能？然尔妇已孕，勿杀其子。将逢圣帝，必大其宗。"言绝乃死。

搜其藏，宝器丰积，珍羞盈品，罗列案几。凡人世所珍，靡不充备。名香数斛，宝剑一双。妇人三十辈皆绝其色，久者至十年。云："色衰必被提去，莫知所置。又捕采唯止其身，更无党类。旦盥洗，着帽，加白袷，被素罗衣，不知寒暑。遍身白毛，长数寸。所居常读木简，字若符篆，了不可识。已，则置石蹬下。晴昼或舞双剑，环身电飞，光圆若月。其饮食无常，喜啖果栗。尤嗜犬，咀而饮其血。日始逾午即倏然而逝，半昼往返数千里，及晚必归，此其常也。所须无不立得。夜就诸床嬲戏，一夕皆周，未尝寐。"言语淹详，华旨会利。然其状即猱玃类也。今岁木叶之初，忽怆然曰："吾为山神所诉，将得死罪。亦求护之于众灵，庶几可免。"前月哉生魄，石瞪生火，焚其简书，怅然自失曰："吾已千岁而无子。今有子，死期至矣。"因顾诸女汍（泛）澜者久，且曰："此山复绝，未尝有人至。上高而望不见樵者。下多虎狼怪兽。今能至者，非天假之，何耶？"

纥即取宝玉珍丽及妇人以归，犹有知其家者。纥妻周岁生一子，厥状肖焉。后纥为陈武帝所诛，素与江总善，爱其子聪悟绝人，常留养之，故免于难。及长果文学善书，知名于时。[①]

下面我们同样采用列表的方式分析，同样的故事主干在叙述文本延长之后对"无事之文"的产生造成了哪些影响：

[①] 鲁迅校录：《唐宋传奇集》，文学古籍刊行社1956年版，第24—28页。

表3 　　　《博物志·异兽》与《补江总白猿传》叙述文本对照

叙事文本类别		《博物志·异兽》	《补江总白猿传》
场景与外貌描写		1. （猕猴）长七尺，能人行，健走…… 2. （妇女）十年之后，形皆类之，意亦迷惑，不复思归。 3. （猕猴之子）及长，与人无异，皆以杨为姓，故今蜀中西界多谓杨率皆猳猵、马化之子孙，时时相有猵爪也	1. 纥妻纤白，甚美 2. 又旬余，远所舍约二百里，南望一山，葱秀迥出，至其下，有深溪环之，乃编木以度 3. 入其门，以木为扉。中宽辟若堂者三。四壁设床，悉施锦荐 4. 有物如匹练，自他山下，透至若飞，径入洞中，少选，有美髯丈夫长六尺余，白衣曳杖，拥诸妇人而出。见犬惊视，腾身执之，披裂吭咀，食之致饱 5. 搜其藏，宝器丰积，珍羞盈品，罗列案几。凡人世所珍，靡不充备。名香数斛，宝剑一双
背景介绍与主观评论	叙述方法与内容的解说	无	梁大同末，遣平南将军蔺钦南征，至桂林，破李师古、陈彻。别将欧阳纥略地至长乐，悉平诸洞，深入险阻
	风土人情描写或背景知识的普及性介绍	蜀山南高山上，有物如猕猴。长七尺，能人行，健走，名曰猴猵，一名马化，或曰猳猵	无
	对所叙故事情节的简要回顾、预言与解说	（猕猴之子）皆以杨为姓，故今蜀中西界多谓杨率皆猳猵、马化之子孙，时时相有猵爪也	后纥为陈武帝所诛，素与江总善，爱其子聪悟绝人，常留养之，故免于难。及长果文学善书，知名于时

　　从表3中可以比较直观地对比得出，《补江总白猿传》在对景物和人物的摹写上远远超过了它的原始版本。白猿的形象由于作者细致的刻画简直呼之欲出。这些细腻的景色与人物容貌衣饰的描写，极可能为后来长篇小说中大篇幅描写场景和人物的"无事之文"提供了范例。至少，原文中大量静态的铺陈描写为后来的长篇通俗小说的叙事形式带来了某种叙事灵感。

　　此外，我们注意到《补江总白猿传》中虽然也存在故事结束后对结局的补写——白猿之子为江总收养，长大成人后聪明颖悟云云。但是

第三章 "无事之文"的历史渊源

我们注意到《离魂记》那种叙事者在文末进行的主观评论并没有在《补江总白猿传》的末尾出现，这说明了"无事之文"式的叙事者议论尚未在唐传奇中形成程式化的规范。

值得一提的是，"猕猴夺妻"这一故事母题到唐传奇并没有止步。在宋以后的话本小说中，同一题材屡屡被改写，目前已知的改写包括明代洪楩所编《清平山堂话本》中的《陈巡检梅岭失妻记》，以及晚明冯梦龙在《喻世明言》中的改写版《陈从善梅岭失浑家》。从《陈巡检梅岭失妻记》开始，详细阅读改写后的话本小说，我们可以看到这个故事母题经过几番改写后成为一篇充满了"无事之文"的叙事文本：它不但具有规范的开场诗与散场结束语，如开场诗：

> 独坐书斋阅史篇，三真九烈古来传。
> 历观天下崄岖峤，大庾梅岭不堪言。
> 君骑白马连云栈，我驾孤舟乱石滩。
> 扬鞭举棹休相笑，烟波名利大家难。[1]

以及明显从口头文学沿袭来的模式化的散场诗结束语：

> 虽为翰府名谈，编作今时佳话。话本说彻，权作散场。[2]

话本小说中不乏为了保持叙事时间完成性插入的大量程式化的文字。这些叙述非常简略地一笔带过，给读者以"备忘录"式的观感，如描写陈巡检在沙角镇任上寻访妻子未果的那一段时间，虽然并未发生值得记述的主干事件，但仍然被叙事者简要地交代出来：

> 陈巡检在沙角镇做官，且是清正严谨。光阴似箭，正是：窗外日光弹指过，席前花影坐间移。倏忽在任，不觉一载有余，差人打

---

[1] （明）洪楩：《清平山堂话本》卷三，上海古籍出版社1992年版，第68页。
[2] （明）洪楩：《清平山堂话本》卷三，上海古籍出版社1992年版，第75页。

听孺人消息，并无踪迹，端的：好似石沉东海底，犹如线断纸风筝。①

这个故事被改编成话本小说的过程中，叙事者在叙述中采用了大量的铺陈式叙事法并插入了少量与主干故事关系游离的情节等。这种叙事文本的转变与演化形成的过程，正是大量程式化的"无事之文"衍生而来的过程。通过我们对唐朝以前的叙事作品的分析可见，大量的"无事之文"唐传奇及其以前的叙事作品并未形成一种规模化的叙事原则。所以我们要把研究重点聚焦在唐以后的叙事作品特别是明清时期的通俗叙事类作品，以便进一步探讨"无事之文"形成的历史渊源。

第二节 "无事之文"与唐五代以后的通俗小说

唐代及以前的同题材文言小说在作品文本的改写增饰过程中，篇幅不断延长的同时叙事细节也更加真实生动，这个由略及详的过程同时也是"无事之文"产生的过程。然而，虽然唐传奇对唐代之前的文言叙事文学进行了显著的改写与细节扩充，但限于文言的表达形式与题材上的要求，在篇幅上看仍属于短篇叙事作品，字数介于今日的"小小说"与"短篇小说"之间。一个短小的故事里很难设置特别复杂的叙事结构，更很难谈到在叙事结构的间隙插入相当文字容量的"无事之文"，因此我们只能在这些作品中找到"无事之文"的雏形与萌芽。如景物与人物外貌特征的铺陈描写与少量的时代背景与相关知识的介绍，还有叙事者中断叙事开始对所叙述故事发表的主观评论与解说等。

综上所述，在唐传奇及唐以前的短篇文言叙事作品中很难发现后世明清通俗长篇小说叙事过程中俯拾即是的各类程式化的文字或一笔带过的叙述，更不要说在主干叙事的间隙中存在的那种与主要故事无明显因果关系的游离性琐事，上述几类都是典型的"无事之文"。既然在唐之前的短篇叙事文学难觅"无事之文"的踪迹，下面我们按照事件顺序

---

① （明）洪楩：《清平山堂话本》卷三，上海古籍出版社1992年版，第72—73页。

继续分析唐五代以后的通俗白话叙事文学，以进一步探索"无事之文"的历史渊源。

本章开端我们讨论了当前学术界对中国通俗长篇小说叙事模式源流的两种主要意见。在通俗白话小说出现之前，中国漫长的史传传统对文言小说叙事形式的启发及其对文言短篇叙事作品中"无事之文"初步形成的影响。明清长篇白话小说作为一种通俗叙事文学作品，正如前辈学者研究成果揭示的那样，还受到了前代通俗文学，乃至口头讲唱文学叙事方法的深刻影响。从话本小说到通俗长篇白话小说，我们可以看到中国古典白话小说有一套完整成熟的规范化叙事模式。如果我们只就通俗白话小说叙事形式本身进行考察，就会发现似乎这种叙事形式自从受到口头文学深刻影响的话本小说甫一出现就迅速的形成了一种相对成熟的固定模式。中国古典长篇白话小说的叙事形式来源于短篇话本小说，而话本小说中大量"无事之文"的来源是受到既有的文学体裁的影响，还是长篇白话小说叙事者的独立创造？

20 世纪初敦煌石室重开，数万卷敦煌遗书的发现和研究，才为这个问题的解答提供了新的思考方向。学者们在敦煌写卷中发现了一种业已失传的通俗讲唱文学的写本——变文。正如郑振铎先生所说，变文的发现揭开了从"平话"到"弹词""宝卷"乃至"诸宫调"等一系列通俗讲唱文学发展的完整脉络，它们拥有的那一套成熟的叙事模式绝不是近代才产生的。变文这一中古通俗叙事文体的发现，使我们在"古代文学与近代文学之间得到了一个连锁"，使我们"对中国文学史的探讨，面目为之一新"[①]。

变文起源于佛家的"唱导"，即释家传经的一种方式。佛教传入中国之后，大量传来的佛经虽然被翻译成中文，但仍难免艰深晦涩。唐五代之时，为了能广泛地普及佛教教义以便使之更好地为普通民众接受，遂产生了"俗讲"，即用通俗的语言演说佛经。这种"俗讲"以经论为依据，但目的并不在于对经义作高深的讨论，而只以日常生活中的事件来通俗地举例说明佛教精义，故贩夫走卒、愚夫冶妇俱能解之。为了能吸引更多听众的兴趣，讲者往往在通俗的言词中辅以韵语、佐以演唱并

[①] 参考郑振铎《中国俗文学史》第六章"变文"，上海书店 1984 年版，第 180—250 页。

配合图画，成为一种具有娱乐性的民间文化活动。邱振京先生据巴黎图书馆藏伯希和（M. Paul Pelliot）二二九二号《维摩诘经》讲经文卷尾跋"年至四十八岁，于州中应时寺开讲，极是温热。"推断认为所谓的"变文"即是当日僧人开坛"俗讲"的底本①。

变文表演方式新颖独特、故事内容通俗生动的两个突出特征深刻地影响了后代叙事文学。后来的宝卷、诸宫调、鼓词、弹词等文艺形式都是受到"变文"讲唱方式的影响而较偏重于歌唱表演方面的一系列文学体裁，而话本小说则是以叙述故事内容为重，而稍偏重"讲"方面的另一系列文学体裁。说话艺术是宋元时期开始流行的民间娱乐，它的写本经过后世文人不断地润饰模仿，至明朝遂演变为鸿篇巨制的章回体白话通俗小说。因此话本小说和长篇白话小说在某种程度上可以说是同源的，在体制上都受到了变文深刻的影响。南宋耐得翁在《都城记胜》"瓦舍众伎"条中记载了宋代说话的几种门类，即"说话四家"。四家之中仍保留着"说经"一类，可见话本小说与变文、俗讲间关联之紧密。

> 说话有四家，一者小说，谓之银字儿，如烟粉、灵怪、传奇、说公案，皆是搏（朴）刀赶（杆）棒及发迹变态之事；说铁骑儿谓士马金鼓之事。说经，谓演说佛书。说参请，谓宾主参禅悟道等事。讲史，讲说前代史书文传兴废战争之事。②

唐五代变文故事的内容，主要分两种：一种演说佛经故事，一种讲说佛教教义以外的历史与传说等。有的变文以历史为题材，如《汉将王陵变》《伍子胥变文》等，这是讲史；有的变文如《孟姜女变文》《舜子变》《董永变文》等，这是传奇小说；有的如《唐太宗入冥记》等，带有神魔小说的色彩，至于《张义潮变文》《张淮深变文》则是在演说当时人们眼前正在发生的时事新闻，这种描述金戈铁马的战争故事，又与宋代的"说铁骑儿"相类。"变文"的表演，由单纯的佛经宣

---

① 邱振京：《敦煌变文述论》，台湾商务印书馆1970年版，第10页。
② （宋）耐得翁：《都城记胜》（外八种），上海古籍出版社1993年版，第9页。

传进而发展为通俗故事的讲唱,内容更丰富、形式更生动,至此奠定了中国白话小说的基础。

关于唐代变文对中国通俗白话小说在叙事体制上的影响,梅维恒先生曾经在《唐代变文》一书中分析变文的五个叙事特征:"独特的引导韵文的套用语""插入式的叙事铺陈""语言的一致性""与图画的明显或不明显的联系"以及"韵散相间的结构。"值得我们注意的是,其中"叙事套语""插入式的叙事铺陈"与"韵散结合的结构"①,都与我们的研究对象"无事之文"的形成过程密切相关,所以我们有必要详细地分析讨论唐代变文的叙事体制与中国古典通俗白话小说中"无事之文"形成的源流关系。我们采取的研究方法是在变文的叙事文本中找出符合"无事之文"的概念与分类的文字或含有"无事之文"因素的文字与后代的白话小说中的"无事之文"进行对比,找出二者可能存在的联系。

与叙事形式有关的程序化文字

程式化的叙事形式,无论在唐代变文中,还是在后世的短篇与长篇白话小说中,都十分普遍,它是指在叙事过程中反复出现的某些特定的表达方式和描写手法。从唐代变文以来的通俗文学作品中,存在着大大小小的程式化的表达方式,大到韵散结合的叙事形式,小到一些固定的情节中语言的表达方法等。这种表达方式对于口头文学时期的说唱表演者很有益处,当他们掌握了固定的"套语"式表达方法之后就能在临

---

① [美]梅维恒(Victor H. Mair):《唐代变文》,杨继东、陈引驰译,中西书局2011年版,第90页。后文中,他进一步论述了"引导韵文的套用语"与"韵散相间的结构"两种变文中较为突出的叙事特征:"诗前套语任何情况下都是图画——故事讲述者对实际语汇的习惯性的而非强制性的反映和规范,故事讲述者的这些语句在明清通俗话本中,甚至比变文中的诗前套语和较发达完善的讲经文的引述套语更为刻板严格。通过由诸如此类的技法以构成虚拟口述情境的自觉努力,可以见出这些书面短篇小说的真正本质……'变文'第二个基本特征是韵散结合的说唱体制。敦煌变文的典型形式是散文和诗体的交错。不同变文作品韵散比例和运用方式或有不同。例如目连变中,诗体较散文多。散文部分导出故事的基本情节,而诗体部分则重述、扩展、渲染细节。……无论敦煌变文中韵、散的数量如何,两者间关系怎样,韵散交错的体制是绝大多数变文的基本特征,最为重要的大概是,这种体制也是变文之后的许多中国俗文学体制的特点。"参见[美]梅维恒(Victor H. Mair)《唐代变文》,杨继东、陈引驰译,中西书局2011年版,第104页。

●○ "无事之文"与中国古典白话小说

场表演时更完整地组织语言,同时这些重复的套语也有利于及时使听众的注意力得到放松,缓解高度集中注意力听故事的疲劳,这种循环往复的讲说形式也符合大众的审美习惯。

如果这些程式化的"套语"在口头文学中具有某种实用性,我们在已经向书面文学过渡的话本小说乃至后来由文人独立撰写的通俗白话小说中一再的发现这类文字现象便值得注意了。梅维恒先生敏锐地指出了这种程式化的"套语"在变文中表现出的强烈的文学规范性而非即兴口述性,因为他发现这些程式化的套语只在简单的讲经文中偶尔出现,而越是完善、整饬的变文,这种套语的出现就越为规则:

> 我深以为变文中诗前套语是直接由口述演说脱变而来的证据,因它出现得很规则。就我所知,世上没有一个地方有哪种故事讲述形式如此规则地运用这类套语。事实是,它具有如此强的文学规范性而不是即兴口述性。①

由此可见,在变文中程式化套语已经从口头演说中的权宜之计转变为文学作品叙事中的固定表现形式,这种形式在叙事中一再出现,却与所叙故事情节的发展与结局不构成必然的联系——也就是说,"无事之文"就此在变文中产生了。下文中我们将尝试举例,试图证明变文中的"无事之文"与后世通俗白话小说中的"无事之文"乃是同源之水、同本之木。

(一) 程式化的开场与结尾

变文中有所谓"押座文"或"缘起",即在正文开始之前插入一段说辞,引起正文中的故事。这一类文字带有很强的程式化倾向,未必与正文中的故事有必然的联系,而且往往包含着道德劝诫的目的,这与"变文"兴起之初劝导人们信仰佛教经义的初衷颇为相合。如《董永变文》的"缘起":

---

① 参见 [美] 梅维恒(Victor H. Mair)《唐代变文》,杨继东、陈引驰译,中西书局 2011 年版,第 104 页。

96

第三章 "无事之文"的历史渊源

> 人生在世审思量，暂时吵闹有何妨。大众志心须静听，先须孝顺阿耶孃。好事恶事皆抄录，善恶童子每抄将。①

再如《伍子胥变文》的开篇，将东周列国争雄的历史以浓厚的神话色彩演述了一遍，并突出了楚平王的励精图治、神威远振，给下文的伍子胥故事提供了一个浪漫主义倾向的历史远景：

> 昔周国欲末，六雄竞起，八□诤（争）侵。南有楚国平王，安仁（人）治化者也。王乃朝庭万国，神威远振，统领诸邦。外典明台，内昇宫殿。南与（以）天门作镇，北以淮海为关，东至日月为边，西与佛国为境。开山川而□地轴，调律吕以辩（辨）阴阳。驾紫极以定天阙，撼（感）黄龙而来负翼。六龙降瑞，地像嘉和（禾），风不鸣条，雨不破块。街衢道路，济济锵锵，荡荡坦坦然，留名万代。②

《汉将王陵变》的结尾，用一段韵文总结王陵一生的功绩：

> 呜呼苦哉将军母，受气之心如（茹）辛苦。寡人何幸得如斯，常得忠臣相借助。是时王陵哭母说：遥望楚营青郁郁，昨日投项为招儿，天下声明无数众。王陵在后莫须忧，必拜王陵封万户。③

同样地，《四兽姻缘》的末尾，以一篇《四兽恩义颂》作结：

> 奇哉四兽，能结好事。敬大识小，以树为类。布义行恩，低心下意。动止相随，匪辞重累。连襟缀袖，陈雷莫比。感世清平，灾殃不起。风雨顺时，吉祥呈瑞。迦尸国人，无不欢喜。圣教称扬，诸天赞美。后得成佛，福因由此。④

---

① 项楚：《敦煌变文选注》，中华书局2006年版，第295页。
② 项楚：《敦煌变文选注》，中华书局2006年版，第3页。
③ 项楚：《敦煌变文选注》，中华书局2006年版，第180页。
④ 项楚：《敦煌变文选注》，中华书局2006年版，第2008—2009页。

我们可以看到在话本讲唱之前，也经常引用诗文一段，以为"入话"。如《清平山堂话本》《风月瑞仙亭》中在叙述司马长卿故事之前，题了一首开场诗：

夜景瑶台月正圆，清风淅沥满林峦。朱弦慢促相思调；不是知音不与弹。①

《快嘴李翠莲记》正文之前，亦有入话：

出口成章不可轻，开言作对动人情；虽无子路才能智，单取人前一笑声。②

长篇白话小说中也不同程度地继承了这种程式化的开头和结尾，如《三国演义》开篇引用了一首杨慎的《临江仙》：

词曰：滚滚长江东逝水，浪花淘尽英雄。是非成败转头空。青山依旧在，几度夕阳红。白发渔樵江渚上，惯看秋月春风。一壶浊酒喜相逢。古今多少事，都付笑谈中。③

如果说《三国演义》是从《三国志平话》改写而来，还难以摆脱口头讲唱文学的行文习惯，但是仍然可以看到很多文人独立撰著的小说中保留了这种叙述程式。如崇祯本的《金瓶梅》也保留了开场诗与定场诗的固定模式，试录开场诗其中一首如下：

豪华去后行人绝，箫筝不响歌喉咽。
雄剑无威光彩沉，宝琴零落金星灭。

---

① （明）洪楩：《清平山堂话本》卷一，上海古籍出版社1992年版，第24页。
② （明）洪楩：《清平山堂话本》卷一，上海古籍出版社1992年版，第31页。
③ （明）罗贯中：《三国演义》，人民文学出版社2002年版，第1页。

第三章 "无事之文"的历史渊源

玉阶寂寞坠秋露，月照当时个无处。
当时歌舞人不回，化为今日西陵灰。①

同理，《金瓶梅》的定场诗也遵循了变文的旧例，在末尾作者也表明了道德训诫的意图：

阀阅遗书思惘然，谁知天道有循环。
西门豪横难存嗣，敬济颠狂定被歼。
楼月善良终有寿，瓶梅淫佚早归泉。
可怪金莲遭恶报，遗臭万年作话传。②

由上述例子可见，变文中的"押座文"与"缘起"和后世白话小说中的"入话"和开场诗相类，均是用一首与故事内容有某种联系的诗词或韵文来引导后面的故事正文，变文和明清白话小说的末尾，也都经常采用一首或多首诗词、韵文来总结故事的内容，提出叙事者对书中人物或事件的简单评价。

（二）为填充叙事时间的空白而插入的带过性文字

在中国古典叙事文学作品中，叙事者为了在一段相对完整的叙事时间内将书中人物的全部活动交代给听众或读者，常常在文本中插入一些填充时间的带过性"无事之文"以维护叙事的完整性，由下面的几个例子我们可以看到，这种情况在变文中已经开始出现。如《秋胡变文》中描写秋胡离家读书、出仕与后文秋胡还乡之间的一段时光，用一笔简要带过，而实际上这一段时间与主干故事毫无关联：

又经三载，通前六秋，忽成九载。③

《张义潮变文》中描写张义潮率领军队与回鹘交战和与匈奴交战两

---

① （明）兰陵笑笑生：《金瓶梅》，香港天地图书有限公司1994年版，第1页。
② （明）兰陵笑笑生：《金瓶梅》，香港天地图书有限公司1994年版，第2089页。
③ 项楚：《敦煌变文选注》，中华书局2006年版，第377页。

个事件之间的带过性文字：

（仆射与犬羊决战一阵，回鹘大败……我军大胜，疋骑不输。）遂即收兵，即望沙洲而返。既至本军，遂乃朝朝秣马，日日练兵，以备凶奴，不曾暂暇。①

再如《叶净能诗》中一笔带过皇帝向叶静能问道的情景，以表现皇帝对其如何崇敬与信任，这和叶静能的传奇故事无甚联系，但仍然简要地交代一句：

皇帝每日亲问叶净能道法，净能时时进法，皇帝每事不遗。②

这种维护叙事时间完整性的带过性"无事之文"发展到后世的话本小说乃至通俗长篇白话小说中，变得更为普遍和灵活。如《警世通言·杜十娘怒沉百宝箱》概述人物行程：

不一日，行至瓜州，大船停泊岸口，公子别雇了民船，安放行李。约明日侵晨，剪江而渡。③

《醒世恒言·乔太守乱点鸳鸯谱》一笔带过人物的成长过程：

光阴迅速，两个儿女，渐渐长成。④

随着篇幅的逐渐延长，这种带过性的文字，在长篇通俗白话小说中出现的频率也越来越高，如《金瓶梅》第七十六回：

到次日，西门庆起早，约会何千户来到，吃了头脑酒，起身同

---

① 项楚：《敦煌变文选注》，中华书局2006年版，第317页。
② 项楚：《敦煌变文选注》，中华书局2006年版，第461页。
③ （明）冯梦龙：《警世通言》，中华书局香港分局1983年版，第492—493页。
④ （明）冯梦龙：《警世通言》，中华书局香港分局1983年版，第155页。

往郊外送侯巡抚去了。吴月娘先送礼往夏指挥家去，然后打扮，坐大轿，排军喝道，来安、春鸿跟随来吃酒，看他娘子儿，不在话下。①

再如《红楼梦》开篇第一回，叙事者交代英莲走失的背景是元宵灯会，而元宵节之前的那段时光，也仍然用简笔交代出来：

真是闲处光阴易过，倏忽又是元宵佳节矣。②

由上述例子可见，变文与后世的通俗白话小说皆有维护叙事完整性的习惯，一般叙事者会采用一笔带过的"无事之文"来填充叙事时间上的空白。

（三）故事讲述中插入的韵文与诗词

韵散结合是变文叙事形式的一个特点，敦煌讲唱文学中除了《叶净能诗》《舜子变》《季布诗咏》等少数几篇之外，全部采用了韵散结合的叙事体制。这种特点也影响了后世的通俗叙事文学。明清长篇白话小说中，虽然散文已经占绝大部分篇幅，但书中仍然会插入一些韵文或者诗词描摹场面、景物或人物的外貌，偶尔也会用这种韵文来对人物和事件进行评析。这些韵文往往游离于主干叙述之外，有时甚至是作者炫耀诗才的表现。但我们从对变文文本的分析可以知道，这种韵散结合的叙事方式乃是对变文叙事风格的一种传承和发展。

1. 描写场面、人物或景物的韵文

如《李陵变文》中描绘李陵与单于在火中征战的场面：

阵云海内初交合，朔气燕南望不开。此时粮尽兵初饿，早已战他人力破。遂被单于放火烧，欲走知从若边过。川中定是羽（豻）狼毛，风里吹来夜以毛。红焰炎炎传□盛，一回吹起一回高。白雪

---

① （明）兰陵笑笑生：《金瓶梅》，香港天地图书有限公司1994年版，第1595页。
② （清）曹雪芹：《红楼梦》，人民文学出版社2008年版，第15页。

芬芬乎紫塞，黑烟队队人（入）愁冥。①

再如《大目乾连冥间救母变文》在讲述目连去地狱救母的故事中插入一段韵文，描述地狱惨景与地狱中人所受之苦难：

奈何之水西流急，碎石巉岩行路涩。衣裳脱挂树枝傍，被趁不交（时）向立。河畔问（闻）他点名字，胸前不觉沾衣湿。今日方知身死来，双双傍树长悲泣。②

变文中的韵文部分，与正文故事的联系较为紧密，属于对正文故事的解释或进一步阐述，到了后世的白话通俗小说当中，这种韵文与故事主干的关系更为疏离，使韵散结合的叙事体制更为程式化和规范化，彻底成为对前代通俗白话文学叙事体制的一种形式上的模仿。如《醒世恒言·乔太守乱点鸳鸯谱》中女主角慧娘的容貌描写：

那慧娘生得姿容艳丽，意态妖娆，非常标致。怎见得？但见：蛾眉带秀，凤眼含情，腰如弱柳迎风，面似娇花拂水。体态轻盈，汉家飞燕同称；性格风流，吴国西施并美。蕊宫仙子谪人间，月殿嫦娥临下界。③

再如《金瓶梅》中通过吴大舅的视角描写泰山的壮丽景色与善男信女到泰山进香的闹热场面：

次日早起上山，望岱岳庙来。那岱岳庙就在山前，乃累朝祀典，历代封禅，为第一庙貌也。但见：庙居岱岳，山镇乾坤，为山岳之尊，乃万福之领袖。山头倚槛，直望弱水蓬莱；绝顶攀松，都是浓云薄雾。楼台森耸，金乌展翅飞来；殿宇棱层，玉兔腾身走

---

① 项楚：《敦煌变文选注》，中华书局2006年版，第1685—1686页。
② 项楚：《敦煌变文选注》，中华书局2006年版，第875—876页。
③ （明）冯梦龙：《醒世恒言》，中华书局香港分局1983年版，第154页。

到。雕梁画栋，碧瓦朱檐，凤扉亮槅映黄纱，龟背绣帘垂锦带。遥观圣像，九猎舞舜目尧眉；近观神颜，衮龙袍汤肩禹背。御香不断，天神飞马报丹书；祭祀依时，老幼望风祈护福。嘉宁殿祥云香霭，正阳门瑞气盘旋。正是：万民朝拜碧霞宫，四海皈依神圣帝。①

由上述例子可以看出，变文与后世白话通俗小说韵散结合的叙事体制是一脉相承的，而如果说变文的韵散结合体制尚未形成固定程式的话，长篇白话小说韵散结合的叙事方法则更具有一种文本的规范性，从而是这些韵文在形式上的意义超过了内容上的意义，最终成为"无事之文"的一种表现。

2. 文本中插入的对故事中人物或事件的总结与评价

变文中常插入一段韵文表明对故事中人物或事件的评价，有的是追溯人物一生功绩，有的是从叙事者角度提供简单的道德性评价等。如《舜子变》中用两首诗赞颂舜子的孝顺贤明：

> 其诗曰：瞽叟填井自目盲，舜子从来历山耕。
> 将米冀都逢父母，以舌舐眼再还明。
> 又诗曰：孝顺父母感于天，舜子淘井得银钱。
> 父母抛石压舜子，感得穿井东家连。②

再如《孟姜女变文》中叙事者在孟姜女故事中插入一首诗，表达了对女主人公的同情：

> 古（故）诗曰：陇上悲云起，旷野哭声哀。
> 若道人无感，长城何为颓？
> 石壁千寻列（裂），山河一向迥（迴）。
> 不应城崩倒，总为妇人来。

---

① （明）兰陵笑笑生：《金瓶梅》，香港天地图书有限公司1994年版，第1777—1778页。
② 项楚：《敦煌变文选注》，中华书局2006年版，第343页。

塞外岂中论，寒心不忍闻。①

在明清小说中，叙事者也常常中断叙事，以说书人的身份对所讲的故事或故事中人物的行为进行符合大众价值观标准的评判。如《金瓶梅》中叙事者对西门庆等人教唆花子虚寻欢作乐这件事，用一小段韵文加以评论：

（众人又见花子虚乃是内臣家勤儿，手里使钱撒漫，哄着他在院中请婊子，整三五夜不归。）正是：紫陌春光好，红楼醉管弦。人生能有几？不乐是徒然。此事表过不题。②

再如《醒世恒言·陈多寿生死夫妻》中叙事者对王三老退亲一事用一句诗总结："月老系绳今又解，冰人传语昔皆讹。"针对王三老的女儿拒绝改嫁，坚持嫁给陈多寿一事，叙事者评价道："三冬不改孤松操，万苦难移烈女心。"

敦煌变文中的议论性的诗词和韵文与后世通俗白话小说中的评论的性质有某些共同的特点：首先，叙事者都中断叙事在故事的间隙现身来表达其立场。其次，叙事者所作的评论并无新颖之处，而只是一些符合大众评价标准的保守评论，褒扬贞烈节孝以达到道德训诫的作用。

（四）叙事中对场景或人物华丽的静态描写，即叙事的铺陈

正如梅维恒先生指出的，敦煌变文叙事的一个重要特点就是叙事的铺陈。受到印度佛经叙事方法的启示，在敦煌文书中，纯粹的讲经文往往比历史或传奇题材的变文含有更多的铺陈叙事的成分。比如《欢喜国王缘》中对国王夫人的外貌描写：

夫人容仪窈窕，玉貌轻盈，如春日之夭桃，类秋池之荷叶，盈盈素质，灼灼娇姿，实可漫漫，偏称王心。③

---

① 项楚：《敦煌变文选注》，中华书局2006年版，第127页。
② （明）兰陵笑笑生：《金瓶梅》，香港天地图书有限公司1994年版，第242页。
③ 项楚：《敦煌变文选注》，中华书局2006年版，第1598页。

对比《警世通言》《杜十娘怒沉百宝箱》中杜十娘的外貌描写，二者在叙事的铺陈方面颇有异曲同工之处：

> 那名姬姓杜名媺，排行第十，院中都称为杜十娘，生得：浑身雅艳，遍体娇香，两弯眉画远山青，一对眼明秋水润。脸如莲萼，分明卓氏文君；唇似樱桃，何减白家樊素；可怜一片无瑕玉，误落风尘花柳中。①

再如《维摩碎金》中用一段韵文铺陈俗世间四时逐乐，说不尽的富贵荣华：

> 四时随赏于花楼，八节遨游于玉殿。其春也，柳烟初坠，媚景深藏。翻飞带语之鹦，花蕊半开似坼。羽妆台色，风撼帘声。一窗之影暄暄，满地之日光脉脉。宫中丽美，开门之碧沼添流；殿上韶光，枕上之高山叠生。其夏也，可谓阳和澹薄，暑气神浓。一栏之翠竹摇风，万树之樱桃带雨。长铺角簟，如一条之碧水初岁（流）；净拂玉床，若八尺之寒冰未散。薄罗为帐，轻彻染衣。殿深而炎热不侵，阁迥而清凉自在。闲云当户，如片片之奇峰；老桧倚栏，似沉沉之洞水。其秋也，可谓霜凋红叶，雨滴疏桐。高天之雁叫寒风，远砌之螿（蛩）鸣朗月。苍苍山色，戴云而惚入龙楼；咽咽蝉声，和露而声喧凤阙。丹庭半夜，紫禁初霄（宵）。闻千家砧杵之时，听万户管弦之处。倚栏金菊，馨香直至罗帏；映阁寒松，声韵每穿于绣幄。云云。其冬也，可谓霜凝玉砌，冰洁金塘。雪敲于夜枕之窗，风撼于韩庭之竹。星移碧落，宁知洞室之寒；灯影银帏，不觉锦衾之冷。此者：吾为欢乐，我作荣华。②

以上的铺陈描写对比《金瓶梅》中西门庆家后花园的描写手法就

---

① （明）冯梦龙：《警世通言》，中华书局香港分局1983年版，第486页。
② 项楚：《敦煌变文选注》，中华书局2006年版，第1394页。

●○ "无事之文"与中国古典白话小说

可以发现二者在叙事体制方面的承继关系:

> 里面花木庭台,一望无际,端的好座花园。但见:正面丈五高,周围二十板。当先一座门楼,四下几间台榭。假山真水,翠竹苍松。高而不尖谓之台,巍而不峻谓之榭。四时赏玩,各有风光:春赏燕游堂,桃李争妍;夏赏临溪馆,荷莲斗彩;秋赏叠翠楼,黄菊舒金;冬赏藏春阁,白梅横玉。更有那娇花笼浅径,芳树压雕栏,弄风杨柳纵蛾眉,带雨海棠陪嫩脸。燕游堂前,灯光花似开不开;藏春阁后,白银杏半放不放。湖山侧才绽金钱,宝槛边初生石笋。翩翩紫燕穿帘幕,呖呖黄莺度翠阴。也有那月窗雪洞,也有那水阁风亭。木香棚与荼蘼架相连,千叶桃与三春柳作对。松墙竹径,曲水方池,映阶蕉棕,向日葵榴。游鱼藻内惊人,粉蝶花间对舞。正是:芍药展开菩萨面,荔枝擎出鬼王头。当下吴月娘领着众妇人,或携手游芳径之中,或斗草坐香茵之上。一个临轩对景,戏将红豆掷金鳞;一个伏槛观花,笑把罗纨惊粉蝶。月娘于是走在一个最高亭子上,名唤卧云亭,和孟玉楼、李娇儿下棋。潘金莲和西门大姐、孙雪娥都在玩花楼望下观看。见楼前牡丹花畔、芍药圃、海棠轩、蔷薇架、木香棚,又有耐寒君子竹、欺雪大夫松。端的四时有不谢之花,八节有长春之景。观之不足,看之有余。①

再如《西游记》第四十五回孙悟空"车迟国斗胜"文字,同样用到了繁复铺陈的手法来显示孙大圣呼风唤雨的神力,如孙悟空挥动金箍棒号令风婆婆起风的描写,一段景物的详细铺陈煞是精彩,令读者仿佛置身于那飞沙走石的场景中:

> 折柳伤花,摧林倒树。九重殿损壁崩墙,五凤楼摇梁撼柱。天边红日无光,地下黄砂有翅。演武厅前武将惊,会文阁内文官惧。三宫粉黛乱青丝,六院嫔妃蓬宝髻。侯伯金冠落绣缨,宰相乌纱飘展翅。当驾有言不敢谈,黄门执本无由递。金鱼玉带不依班,象简

---

① (明)兰陵笑笑生:《金瓶梅》,香港天地图书有限公司1994年版,第408—409页。

罗衫无品叙。彩阁翠屏尽损伤，绿窗朱户皆狼狈。金銮殿瓦走砖飞，锦云堂门歪槅碎。这阵狂风果是凶，刮得那君王父子难相会；六街三市没人踪，万户千门皆紧闭！①

由上述例子可见，这种不厌其详地运用铺陈叙事的写作手法也为后世的长篇通俗白话小说所继承，形成了比较典型的一类"无事之文"。

关于唐五代变文对于后代短篇与长篇通俗白话小说在叙事体制上的影响，我们在这一节中，从分析文本中"无事之文"的传承关系角度得到了进一步的证明。唐以来的通俗文学为中国长篇白话小说提供了叙事的轨范，使明清小说在叙事形式的角度上迥异于唐以前的与同时代的文言小说。普实克先生认为："对现存的宋代民间故事的分析表明，这种文学形式是变文的改变与发展。因此，唐代的民间说书人在中国出现得很早，但是在唐代，这类民间艺术受到通俗佛教的深刻影响，以至于变成一种全新的文学体裁，而这种新体裁，至少在形式上，与古代的通俗故事，即在汉代文学史上已经出现的'小说'，是很不一样的。因此，我们可以认为中国通俗故事和小说——它们一直存在到近代晚期——的产生年代不晚于唐代……"② 我们肯定普实克所指出的变文对后世通俗白话小说叙事体制的深刻影响，但就"无事之文"这个角度来看，唐代变文中所包含的如叙事铺陈、程式化的韵文等"无事之文"并不能涵盖长篇白话小说中所出现的所有"无事之文"的种类，也就是说明清长篇白话小说通过运用更多的"无事之文"作为辅助手段，对小说叙事的时间、视角等进行调整。这将是我们在下一章将要讨论的问题。

---

① （明）吴承恩：《西游记》，人民文学出版社1980年版，第588页。
② Prusek, Jaroslav, "Researches into the Beginnings of the Chinese Popular Novel", In Prusek, Jaroslav ed., *Chinese History and Literature: Collection of Studies*, Czechoslovak Academy of Sciences, 1970, pp. 243–245.

第四章 "无事之文"与叙事时间

叙事是一门时间性的艺术。与音乐、美术、建筑等艺术形式相比，叙事作品必须展示一个或多个事件在一定时间段中的展开与完成。时间是客观世界存在的一种属性，是物质存在的一种客观形态，是表现事物运动的连续性和顺序性的一种体现和衡量标准。在第一章中，我们简单地论述了一件在现实世界中发生的事件（故事，story）与在文本中叙述出的该事件（本文，text）的区别及其在时间的展示与顺序的安排上可能发生的变化。我们知道，文本中某些特殊的叙事因素会对叙事的过程产生某些影响，其中最不可回避的问题是这些因素对于叙事时间的影响。在这一章中，我们将展示"无事之文"作为影响叙事时间的重要因素是如何发生作用并对这些作用进行简要的评析。

第一节 叙事时间的概念

叙事作品是一种在特定时间段内展开的艺术，叙事时间不仅是叙事作品中必不可少的构成要素，也可能和叙事作品所要表现的主题密切相关。因此，叙事时间作为小说的一个主要组成部分，同叙事作品中的故事、情节与人物具有同等重要的价值。"凡是我所能想到的真正懂得或者本能地懂得小说技巧的作家，很少有人不对时间因素加以戏剧性地利用的。"[①]

一部叙事作品必然涉及两种时间：故事时间（素材时间）和叙述

---

① ［英］伊丽莎白·鲍温：《小说家的技巧》，傅惟慈译，吕同六主编《20世纪世界小说理论经典》（上），华夏出版社1995年版，第602页。

时间（文本时间）两种，故事时间是空间化的，许多事件可以发生在同一时间的不同空间，叙述时间是单向性的（倒叙、预叙或插叙只是在技术上对叙述的顺序进行相对灵活的调整，它们并不能否定叙述时间不可逆的单向性）：不论事件多么错综复杂，叙述者必须用语言将它们前后排列，再一件接一件地叙述出来，给人以直线性发展的虚拟印象。对于叙事时间能令读者在阅读中将感觉转化成想象中的空间印象这一特点，托多罗夫曾经指出：

> 从某种意义上说，叙事的时间是一种线性时间，而故事发生的时间则是立体的。在故事中，几个事件可以同时发生，但在话语中则必须把它们一件一件地叙述出来：一个复杂的形象就被投射到一条直线上。①

这里揭示了故事时间和叙事时间的差别：所谓故事时间是指故事发生的自然时序状态。这种时间只能由读者在过程中根据日常生活的经验和逻辑凭感觉对故事发生的时间进行重建；而叙事时间是指故事在叙事文本中具体呈现出来的时间状态，是叙事者根据自己的感觉方式对故事进行加工改造后所提供给读者的现实文本时序。从概念上看两者无法等同，因为前者的自然时序是空间化和多维的，而后者落实在纸上的文本时序经过叙事者自觉或不自觉地进行过扭曲、颠倒与再创造，成为一维的、线性的时间图示。所以，从根本上说叙事时间永远没有办法还原真正的故事时间：叙事时间的线性特征先天决定了它无法完全还原一段活生生的时间内所发生的多元化的故事。

> 因此我们所说的叙述时间，是表现在述本（story）篇幅上的事件的相对比例与相对位置，这些相对的比例和位置，与底本中事件的实际所占时间与严格先后顺序，有很大的差别，这种差别，就是时间变形。再强调一句，时间变形并不是真正的叙述时间相对于底

---

① ［法］兹韦坦·托多罗夫（Tzvttan Todorov）：《叙事作为话语》，朱毅译，《外国文学报道》1984 年第 7 期。

本时间（故事时间）的差别，因为叙述时间并不是真正的时间，而是空间化了的时间。①

西方叙事理论对于叙事时间方面的探讨比较充分，有代表性的如热奈特在《叙事话语·新叙事话语》②中用三章的篇幅阐述了故事时间与叙事时间的关系。第一章涉及的是事件在故事中接续的时间顺序与这些事件在叙事中排列的虚拟时间顺序之间的关系，他以《追忆似水年华》的时间结构为例进行宏观分析，认为叙述顺序的第一个时间远远不是故事顺序的第一个时间，这是符合西方文学"从中间开始"的古老定律的，进而解析了西方以解释性回顾为特点的叙述传统。第二章探讨的是事件（story）实际延续的时间和叙述它们的文本长度之间的关系，即速度关系，他从停顿、场景、概要、省略这四个传统的叙述运动出发，论证了《追忆似水年华》的叙事如何深刻地改变了小说叙述节奏的总体系。第三章主要讨论叙述的"频率"问题，即故事的反复能力与叙事的反复能力之间的关系，阐述了反复叙事造成的复杂的叙事时间交错现象。

荷兰叙事理论学者米克·巴尔在其专著《叙述学：叙事理论导论》中将事件或者故事界定为一个过程，并将这种过程看作一个变化，一个发展，从而认为必须以"时间序列"（succession）或时间"先后顺序"（chronology）作为这个过程发生的先决条件——事件本身在一定的时间内，以一定的秩序出现。换句话说，也就是将事件发生的过程分割为时长和时序两个讨论层面。他将时长分为两种类型："转折点"（crisis）与"展开"（development），二者的区分在于：前者表示的是事件被压缩进一个短暂的时间跨度（叙事时间的缩写），后者则表示在其中显示出一种发展的较长时期（叙事时间的延长）。叙事的时序作为一种逻辑系列又被分为中断与平行等两种主要的方式，最后得出了叙述的"无序性"（a chronicity）概念，也就是说建

---

① 赵毅衡：《当说者被说的时候：比较叙述学导论》，中国人民大学出版社1998年版，第91页。
② 参见［法］热莱尔·热奈特《叙事话语·新叙事话语》，王文融译，中国社会科学出版社1990年版，第12—103页。

立一个精确的叙述时序的不可能性，通常一个叙述过程必然是几条线索相互交织的结果。①

美国文艺理论批评家西蒙·查特曼大体上继承了热奈特的文本分析方法，将叙事时间分为次序、跨度与频率（order, duration and frequency）三个方面，并在热奈特的基础之上更清晰地阐明了叙事时间对故事时间进行时长变形的几种情况。他认为叙事话语能在故事内容尚能辨识的情况下，最大限度地颠覆各种事件要素在整个故事流中的次序，以达到叙事者的叙事目的。此外，他更清晰地总结了时长变形的几种情况。从叙事学的角度来看，小说主叙述所叙之"事"（story），是一种自然状态的事件流，并未经过任何变形。而当小说的叙述者将这一自然事件讲述出来的时候，就必然通过叙述者本人的取舍与过滤，从而造成了叙事的变形。

然而书面的叙事文本无法表征时间的向度，只能通过页数的长短来表示叙事时间的长短，同理以页数的次序来表示所叙之事发生的次序，即叙事学上所说的"能指时间"（signifier time）。但是叙述中叙述者也常常用叙述的词句来表示时间的流逝，比如"次日""两天之前""说时迟那时快"等，这些通过书面文字的语义来表征的时间，我们称之为"所指时间"（signified time）。除此之外，叙述中常常还存在着省略的现象。即在真实世界中发生的事件由于在叙事中不属于叙述的主线索而不被叙述出来，形成了一个时间上的空缺。赵毅衡先生在其专著中将这种"能指缺失所指向的时间"称为"零符号时间"（zero-sign time），也即我们常说的叙事时间的省略。②

雷蒙-凯南同样是以次序、跨度和频率（order, duration and fre-

---

① 参见［荷］米克·巴尔《叙述学：叙事理论导论》，谭君强译，中国社会科学出版社1995年版，第42—48页。米克·巴尔在讨论"转折点"（crisis）与"发展"（development）两种时长类型时指出："这两种形式本身并不具有彼此间的明显的优势。有人说，展开有时更为逼真，与'真实生活'经验更为一致。至少可以说，这一点值得怀疑。在现实中，转折头头自身也表现出来，在这一关头，在一个短暂的时间瞬间里，个人或整个国家的生活会发生决定性的变化。此外，这取决于一个人是否宁愿文学具有更大程度的逼真性这种个人的看法。然而，对于这两种形式中其中一种的偏好，有可能包含对于素材，以及通常对于真实性的某种看法。因而，有可能这种形式本身就有意义，或可能有意义。"

② 参见赵毅衡《苦恼的叙事者》，北京十月文艺出版社1994年版，第138页。

quency）三个维度来界定叙事时间的概念，她认为衡量次序的"准则"是故事时间与本文时间（叙述时间）之间真正一致的可能性，而跨度衡量则需要将恒定不变的故事发展进度看作一种"准则"以分辨两种变更形式：促进和延缓。频率指的是事件出现于故事中的次数与它在本文中被叙述（或提到）的次数之间的关系。出现频率与叙述的重复次数密切相关，重复则意味着排除每次发生的事件的特殊性，只保留它与类似事物的共性而使读者获得精神上的阅读满足。①

根据上述理论阐释，我们将三种表示叙述时间的方法结合起来分析，就能洞悉叙述者对所叙述的事件在叙事时间上的加工处理。根据热奈特与西蒙·查特曼②以及雷蒙－凯南对叙事时长变形情况的演述，如表4所示。③

表4　　　　　　　　　　叙事时间变形情况

省略（ellipsis）	叙述事件空缺，即叙述时间＝0＜事件时间
缩写（summary）	叙述事件＜事件时间
场景（scene）	叙述与事件时间同步，即叙述时间＝事件时间
延长（stretch）	叙述时间＞事件时间
停顿（pause）	叙述时间＞事件时间＝0，因为事件流已静止

---

① ［以］斯洛米丝·雷蒙－凯南：《叙事虚构作品：当代诗学》，赖干坚译，厦门大学出版社1991年版，第51—66页。雷蒙－凯南与热奈特、西蒙·查特曼的文本分析方法一脉相承，指出了时长变形的产生过程："促进作用是用较短的一段文本来叙述故事的一个较长的时期而产生的，延缓作用则是相反的步骤所产生的，即用一段长的文本来叙述故事的一个短的时期。最大的速度是省略（ellipsis），这时本文的零度空间（zero textual space）与故事的某个持续时间相符……最小的速度体现为'描述的暂停'。这时本文的某个部分与故事时间跨度的零度（zero story duration）相符……从理论上说，在两端之间可能有无数的节奏。但是实际上，这些数不清的节奏被简化为概述与场面描写两种。在'概述'（Summary）中，通过对某一段故事（story-period）本文的'集中'或'压缩'，节奏加快到只对故事的这一阶段的主要特征做简单的概述……在场面描写（scene）中，故事的时间跨度与本文的时间跨度习惯上被认为是一致的。"

② Chatman, Seymour, *Story and Discourse*: *Narrative Structure in Fiction and Film*, Cornell University Press, 1980, pp. 63–68.

③ 参见［法］热莱尔·热奈特《叙事话语·新叙事话语》，王文融译，中国社会科学出版社1990年版，第60页。

由表 4 可见，叙事的理想客观状态应该是场景描写的部分，因为它完全遵从客观事件发生原貌由叙述人转述出来，因而叙述时间与事件发生的时间是高度同步的。但这只是一种理想的状态，因为只要存在叙述，就必须经过叙述人的加工和取舍，叙述的时间也就不可能达到纯粹客观与实际事件发生时间完全对等。

综上所述，"叙事是一组有两个时间的序列：被讲述的事情的时间和叙事的时间（'所指'时间和'能指'时间），这种双重性不仅使一切时间畸变成可能，挑出叙事中的畸变是不足为奇的（主人公三年的生活用小说中的两句话或电影'反复'蒙太奇的几个镜头来概括等）；更为根本的是，它要求我们确认叙事的功能之一是把一种时间兑换为另一种时间"①。叙事主体如何根据叙事目标与叙事习惯把原始的客观发生的故事时间兑换为具有主观性和文学性的叙事时间？这一过程需要叙事者对故事时间这一精确的时间形态进行电影剪辑式的编辑处理，例如时间的延伸、剪切甚至将叙事时间停顿来进行特写等。这种对故事时间的有意识和倾向性的变形与改造，渗透着叙事主体对叙事的审美取向和道德评判等，往往代表了叙事者个人的审美情趣与独立的叙事风格——可以说具有风格特色的叙事者们无不深谙叙事时间的各种处理方式。此外，一个时代的叙事作品，在叙事时间的处理上也颇有某些相似的文体特征，这与它们所处的叙事传统息息相关，从而形成某种有特色的叙事格局。

中国文学史上真正有意识地在叙事中对时间进行美学上的切割、扭曲与颠覆始于 20 世纪初的现代派小说家，他们尝试用感官效应来解决故事时间和叙事时间不对等的现象，学者方长安这样描述 20 世纪 30 年代沪上"新感觉派"小说家对叙事时间的处理："他们以感觉驾驭时间，使时间感觉化，时间的快慢在他们的感觉世界里不再是客观的，而是随叙事人感觉的变化而变化，这样，在必要的时候，他们就可以变线性的叙事时间为立体的叙事时间……正是这种感觉化的叙事时间突破了传统文学叙事线性延伸的局限，更准确地表达出了立体

---

① ［法］热拉尔·热奈特：《叙事话语·新叙事话语》，王文融译，中国社会科学出版社 1990 年版，第 12 页。

化的故事时间。"①

虽然直到近代我国叙事作品中才学习西方叙事经验有意识地调整叙事时间,但并非说明所有的传统文学叙事都是按照自然时序的线性延伸。无意识地打破"叙事线性延伸的局限"的状况,在古代文学作品中并不算罕见。如《史记·项羽本纪》中在讲到楚军兵败定陶,怀王心有恐惧,遂从盱台前往彭城,合并项羽与吕臣的军队亲自统率。这段叙述之后,用"初,……"领起一大段文字,交代了项羽从宋义手中夺来兵权的经过。此外,古汉语文学作品中也常用"先是","故是(事)"等词来中断当前的叙述顺序,提供一些此前发生的、读者有必要了解的事件背景。所以提前挪后、重新剪辑组合叙述的尝试古已有之,只是尚未形成一种有意识的文学创作方式。但我们可以确定的是,中国古典小说由于受历史叙事的影响,在时序上普遍存在叙事时间与故事时间重合、同步的现象。直到现代派小说受到西方文艺理论的影响,开始经常性地运用叙事时间对故事时间进行实验式的切割、重组,以实现叙事主体的美学追求。

第二节 "无事之文"与中国古典白话小说的叙事时间

从上面的故事时间与叙事时间概念的探讨来看,我们必须将一个现实世界发生的事件与在叙事文本中发生的故事及其意义的叙述区分开来。前者是客观存在的事件,无论我们如何想要忠实地再现这个已经发生的时刻,叙事都会有意识或无意识地和真实的故事存在一定的距离。这个规律适用于任何一种叙事行为中,当然中国古典叙事文学也不例外。造成这种情况的原因,一种是由相对客观的原因决定的,一种是由相对主观的原因决定的。客观原因是,由于客观世界发生的事件是错综复杂的,叙事者由于受到视角的局限、学识的局限以及其他客观条件的制约下无法真实再现整个故事的全貌,这是难以逾越的客观障碍。从主

---

① 方长安:《中国现代文学转型与日本文学关系》,秀威资讯科技有限公司2012年版,第328页。

观原因上来说，任何叙事都必须有所取舍。即使是像司马迁一样天才的史传作者也不可能严格按照自然时序将生活中的每一件事情都按照其发生的原始时间事无巨细地将它们记录下来。相反，中国的史家更注重"微言大义"，习惯在叙事中间留有大量的间隙和余味令后代的读史者去体会。《左传》叙二百四十年事只用三十卷，人称"立言之高标，著作之良范"；司马迁叙三千年事用五十万字，班固叙二百余年事则用了八十万字——有些历史事件被逐字逐句地记录，有些事件却只字不提，一个重大的历史事件中有些部分被浓墨重彩地反复渲染，而有些部分却轻描淡写地一笔带过——这显然是叙事者有意取舍的结果。可以说叙事的过程就是一个取舍的过程，一部叙事作品是否成功很大程度上取决于对叙事材料的取舍与组织，这种组织最重要的一项莫过于对叙事时间的安排。下面我们将要讨论中国古典长篇小说中对叙事时间的安排与处理。

一 "无事之文"与中国古典白话小说的叙事时序

关于叙事的时序，中国小说传统上将之分为顺叙、倒叙、插叙。此外，尚有一种在古典白话小说中普遍运用的时序倒错方式：预叙。传统白话小说中几乎任何一部作品都采用了预叙来改变叙事的时序，但在古典小说评点中却没有对这一叙事行为给予关注，我们认为这一现象和在预叙中承担了重要角色的"无事之文"密切相关，所以下文将对中国古典小说叙事时序的安排与错置进行讨论。

（一）顺叙

总的来说，中国古典小说作品主要以顺叙为主。叙事者一般是按照时间发展顺叙，即按照历史发展的自然时序，或者事件的起因、开端、发展、结局的发展历程，或者是一个人物的出生、成长、建立功业、去世为基本的叙事时间顺序原原本本的依次描述。典型的中国古典白话小说作品，无不体现了这种溯本探源式的顺叙特征，如《三国演义》第一回开篇以一百七十字的篇幅简述从周末到汉末的历史演变：

> 话说天下大势，分久必合，合久必分。周末七国纷争，并入于秦。及秦灭之后，楚、汉纷争，又并入于汉。汉朝自高祖斩蛇而起

义,一统天下,后来光武中兴,传至献帝,遂分为三国。推其致乱之由,殆始于桓、灵二帝。桓帝禁锢善类,崇信宦官。及桓帝崩,灵帝即位,大将军窦武、太傅陈蕃共相辅佐。时有宦官曹节等弄权,窦武、陈蕃谋诛之,机事不密,反为所害,中涓自此愈横。①

同理,《西游记》要从石猴出世讲起,《水浒传》开篇也以"洪太尉误走妖魔"交代各路好汉的来历,而《红楼梦》的故事也势必先从木石前盟开始叙述。除此之外即使在书中介绍人物时,也免不了把这个人的"简历"叙述清楚。如《水浒传》第十四回晁盖出场的一段晁氏小传:

原来那东溪村保正,姓晁名盖,祖是本县本乡富户,平生仗义疏财,专爱结交天下好汉,但有人来投奔他的,不论好歹,便留在庄上住;若要去时,又将银两赍助他起身。最爱刺枪使棒,亦自身强力壮,不娶妻室,终日只是打熬筋骨。郓城县管下东门外有两个村坊,一个东溪村,一个西溪村,只隔着一条大溪。当初这西溪村常常有鬼,白日迷人下水在溪里,无可奈何。忽一日有个僧人经过,村中人备细说知此事,僧人指个去处,教用青石凿个宝塔,放于所在,镇住溪边。其时西溪村的鬼,都赶过东溪村来。那时晁盖得知了大怒,从溪里走将过去,把青石宝塔独自夺了,过来在东溪边放下,因此人皆称他做托塔天王。晁盖独霸在那村坊,江湖上都闻他名字。②

可见,不仅全书的叙述次序使用顺叙,即使在具体的情节与人物描写上也多采用此类写法。中国古典小说普遍采取顺叙叙事是由多种原因促成的。首先,我们应当看到我国的叙事文学传统有别于西方从史诗开始的发展模式,而是脱胎于史传并依托于史传,长期处于"史补"的地位。所以在叙事次序上必然受到史传文学的深刻影响。史传文学的叙

---

① (明)罗贯中:《三国演义》,人民文学出版社2002年版,第1页。
② (明)施耐庵:《水浒传》,北京大学出版社1981年版,第259页。

事次序无论是编年体、纪传体,还是纪事本末体,总体上都是以事件发生、发展、结局的自然时序来组织材料,其中"纪事本末"这一史传题材的名称尤其透露出了这一类史传叙事次序的特点。为了让读者觉得小说中的故事真实可信,并具备史传在人们心目中的权威性,小说的叙事次序也往往模拟史传文学的叙事习惯,某些小说作者甚至同时也写作历史,如魏晋志怪小说作家干宝与唐传奇的某些作者等。

小说作家模仿史传的叙事方式希望通过描写一个故事来实现他们传递某种信息、灌输某种信仰或道德观念的意图。王靖宇教授认为:

> 历史显然并不只意味着一系列事件的罗列,而且还包含着这样的意图,即把各种孤立的事件连接在一起并报告出来,使得支离破碎的过去产生种种意义……如果不是另一种讲故事的形式,历史又是什么呢?……历史分明不仅仅是一些事件的记录。为了使历史产生意义,事件必须像在故事里那样加以安排组织。①

可见中国的叙事作品中,叙事者在讲述一个故事时,相对于叙述中所要使用的技巧,更注重的是将一个完整的故事用自然时序连缀起来,用以揭示故事本身或叙事者为故事赋予的某种意义。因此,按照时间发展的顺序从头到尾原原本本地讲述一个故事,无疑是叙事的各种时序中最容易令读者理解故事中所包含的意义和作者写作意图的叙事方法,从而更有效地达到叙事者的叙事目的。

其次,从古典白话小说的起源方面我们也能找到小说叙事者迷恋自然时序叙事的根源。中国古典白话小说受到史传传统和民间讲唱艺术的双重影响。但无论是处于正统地位的史传文学,还是"小道不足观"的民间讲唱文学,二者都有一个重要的目的:训诫读者,达到教化的作用。从这个目的出发,二者的训诫只存在不同文化层次的对象的差异,在劝谕的本质上不存在差别。"可以看出,在《左传》大多数较长并发展较充分的故事中,尤其是在那些脍炙人口的对战争场景作了细致而富

---

① [美]王靖宇:《论左传的修辞手法》,《左传与传统小说论集》,北京大学出版社1989年版,第50页。

○ "无事之文"与中国古典白话小说

于戏剧性的描绘的名篇中,作者一直把作品本身当作向读者传递信息并劝诫读者的手段。"①

上一章中我们谈到讲唱文学的发生与佛家的唱导密切相关,讲唱者旨在向读者或听者传递某种宗教观念与伦理道德原则,为了证明这些理念的合理性,叙事者讲的故事往往成为有说服力的例证。所以受到讲唱文学深刻影响的早期白话小说作者往往以寓教于乐、惩恶扬善为首要的目的,知名的小说作者如冯梦龙等,往往在谈到他们的写作感言时公然宣称写作这类小说的教化目的。为了更好地达到这种教化作用,一个前后连贯完整的叙事时序固然是必不可少的。此外,我们还注意到,这种惩恶劝善的故事往往披着"因果轮回,报应不爽"的宗教式外衣,为了明确地体现各种行为的因果关系,顺叙叙事应该是最适合的选择。

此外,古典通俗白话小说的接收者在一定程度上决定了小说叙事的时序。由于通俗小说的阅读者多为教育程度不算高的普通市民群众,而不是受过严格教育的文人士大夫群体(不排除这类人群中有极少数白话小说爱好者与收藏研究者),所以叙事技巧上的创新很可能造成这一类读者群在接受上的障碍。既然这一类叙事作品受到讲唱文学的影响,广大读者自然按照听故事的习惯去理解文本中故事发生的前因后果,叙事时序上的随意倒置与错乱恐怕是他们无法接受的:

> 对绝大多数下层读者而言,他们的审美习惯是在市井说话的熏陶下形成的。从根本上说,他们即使是在读小说,可是欣赏的方法、理解的程序却与听故事大同小异。因此,有意打乱时序、采用交错叙事的种种创新,自然很难被读者们接受……确实,有什么样的读者,就会有什么样的作家。②

---

① [美]王靖宇:《论左传的修辞手法》,《左传与传统小说论集》,北京大学出版社1989年版,第51页。

② 陈美林:《中国古代小说的主题与叙事结构》,安徽文艺出版社2000年版,第169—170页。陈氏这样分析顺叙叙事在中国古典白话小说中顽强的生命力:"一旦顺叙叙事成为作家和读者的共识,情节完整、层次清楚、线索单一、前后呼应等等特点,成为人们对小说叙事的共同要求,小说作家们再想摆脱束缚、大胆创新,就不那么容易了,因为这不但受到传统思维的潜在制约,而且受制于当前的现实世界的读者。"

(二) 倒叙与插叙

虽然在故事的主线上中国古典白话小说贯彻顺叙叙事的原则，但是，在叙事中无意识地打破时间发展的线性次序对叙事的过程进行解释、补充或预言，在古典叙事文学中却屡见不鲜，这就是叙事学研究上所谓的倒叙、插叙与预叙。在古代文言叙事作品中经常可以发现无意识地打破故事叙述的自然时序，对故事的内容进行补充或提示的现象。如《左传》按年代顺序记述从公元前722年到公元前463年春秋时期政治、经济、军事方面的重大事件。但是在个别的段落中叙事者也会偶尔打破叙事线性采用补叙的手段叙事，如宣公三年（公元前606年）郑穆公之死就是用倒叙手法叙述出来。[①] 再如《史记·留侯世家》在叙述完张良生平事迹之后，突然补叙一笔：

> 子房始所见下邳圯上老父与太公书者，后十三年从高帝过济北，果见谷城山下黄石，取而葆祠之。留侯死，并葬黄石（冢）。每上冢伏腊，祠黄石。[②]

这些打破自然时序的叙述方式都没有在根本上颠覆故事的基本线索，所以不能称之为西方叙事学上的倒叙，只能权作一种无意识的对所叙述的故事进行某种信息补充的"插叙"或"补叙"。后来的小说家从这种长期的叙事写作训练中摸索到了一些安排叙事时间的笔法，直到话本小说开始技巧性地运用这些叙事方式来制造悬念或将未完成的叙事补充完整。如《京本通俗小说》中的《错斩崔宁》一篇，读者从一开始

[①]《左传·宣公三年》："冬，郑穆公卒，初，郑文公有贱妾，曰燕姞，梦天使与己兰，曰，余为伯鯈，余而祖也，以是为而子，以兰有国香，人服媚之如是，既而文公见之，与之兰而御之，辞曰，妾不才，幸而有子，将不信，敢征兰乎，公曰，诺，生穆公，名之曰兰，文公报郑子之妃，曰陈妫，生子华，子臧，子臧得罪而出，诱子华而杀之南里，使盗杀子臧于陈宋之间，又娶于江，生公子士，朝于楚，楚人酖之，及叶而死，又娶于苏，生子瑕，子俞弥，俞弥早卒，洩驾恶瑕，文公亦恶之，故不立也，公逐群公子，公子兰奔晋，从晋文公伐郑，石癸曰，吾闻姬姞耦，其子孙必蕃，姞，吉人也，后稷之元妃也，今公子兰，姞甥也，天或启之，必将为君，其后必蕃，先纳之，可以亢宠，与孔将鉏，侯宣多，纳之，盟于大宫，而立之，以与晋平，穆公有疾，曰，兰死，吾其死乎，吾所以生也，刈兰而卒。"杨伯峻编著：《春秋左传注》，中华书局1990年版，第672—675页。

[②]（汉）司马迁：《史记》卷五十五《留侯世家》，中华书局1975年版，第2048页。

●○ "无事之文"与中国古典白话小说

就已经知道是一个盗贼杀死了刘贵,但邻人和官府却蒙在鼓里。于是众人一口咬定崔宁与陈二姐是凶手,直到大娘子机缘巧合听到贼人追述往事之时,关于真凶的悬念才最终真相大白。这种交代对读者来说是不必要的,但对于书中人物却是关键的信息,叙事者此举乃是对于维护叙事完整性的一种尝试。中国古典小说评论家也注意了这种倒叙和插叙的叙述现象,他们认为这是小说叙述中很精妙的布局方式,并用一系列术语来形容叙述中的倒叙与插叙现象。如"倒卷帘法""横溪锁桥法""横云断山法""填丝补锦法""倒插法"等,还有《海上花列传》的作者韩子云引以为傲的"穿插闪藏法",都是对古典白话小说中打破自然时序叙事方法的一种定义。

(三)预叙

之前讨论的倒叙与插叙,在小说评点中也被认为是对书中缺失内容的一种"补缺"和"追叙",这种文章布局在中国古典小说之中是比较常见的。金圣叹将这种叙事布局命名为"将后边要紧字,蓦地先插前边"的"倒插法"[①],毛宗岗称之为"此篇所阙者补之于彼篇"的"填丝补锦法"[②],这都是古典白话小说作家在顺叙的大前提下谋篇布局的技巧。由两位评点家的定义可见,所谓的"倒插法""填丝补锦法"之类的倒叙、插叙或补叙方式都是将故事中"要紧"或"所阙"的部分插入文本或在叙事文本即将结束的时候呈现出来,插入的这些文字都是构成故事情节的不可或缺的成分。

另有一种打破自然时序的叙述方式在中国古典白话小说之中更为常见,但却不被视为谋篇布局的新颖技巧受到评点家的重视,这就是经常通过插入"无事之文"实现的预叙。所谓预叙,是以故事发生的一般时间为标准的,先于故事发生的正常时间来叙述该事件或预言故事发生的结局,这就是预叙。预叙分明示和暗示两种:一种是明确地说明故事和人物发展的方向或结局;一种是通过某种暗示来提示读者推测到故事的发展方向。古代小说评点中习惯用"草蛇灰线"来形容预叙中隐藏

[①] (清)金圣叹:《读第五才子书法》,朱一玄、刘毓忱编《水浒传资料汇编》,南开大学出版社2002年版,第223页。

[②] (清)毛宗岗:《读三国志法》,朱一玄编《三国演义资料汇编》,南开大学出版社2003年版,第264页。

的叙事线索。预叙在文言小说中已经存在，多是以某种神秘预言的形式写出，如唐人李吉甫所著《编次郑钦悦辨大同古铭论》，整篇都是由一段预叙引起的：

> 天宝中，有商洛隐者任升之，尝贻右补阙郑钦悦书，曰："升之白。顷退居商洛，久阙披陈，山林独往，交亲两绝。意有所问，别日垂访。升之五代祖仕梁为太常。初任南阳王帐下，于钟山悬岸圮圹之中得古铭，不言姓氏。小篆文云，'龟言土，蓍言水，甸服黄钟启灵址。瘗在三上庚，堕遇七中巳，六千三百浃辰交，二九重三四百纪。'文虽剥落，仍且分明。大雨之后，才堕而获。即梁武大同四年。数日，遇盂兰大会，从驾同泰寺。录示史官姚訾并诸学官，详议数月，无能知者。筐笥之内，遗文尚在。足下学乃天生而知，计合运筹而会，前贤所不及，近古所未闻。愿采其旨要，会其归趣，著之遗简，以成先祖之志，深所望焉。乐安任升之白。"①

开头这一段带有玄幻色彩的预叙给读者设置了很大的悬念，这种预叙是故事的一部分并不能视为无事之文。广泛地采用"无事之文"来完成预叙是在话本小说盛行之后，但是我们不能说"无事之文"包办了所有古典长篇白话小说的预叙，实际上将某个故事情节提前或一开始就由书中人物暗示某种结局的预叙仍然存在，我们只能说用"无事之文"进行预叙的方式开始变得越来越普遍，甚至成为一种程式化的叙事手段。

首先，用"无事之文"实现的预叙最明显的是叙事者以说书人身份用简短的言语点破故事结局，提供故事的内容提要以引起读者进一步了解故事详情的兴趣。这种预叙的方式在话本小说中最为常见，典型的预叙常常是以一首诗或词开场。比如《蒋兴哥重会珍珠衫》开头：

> 仕至千钟非贵，年过七十常稀。浮名身后有谁知？万事空花游戏。休逞少年狂荡，莫贪花酒便宜。脱离烦恼是和非，随分安闲

---

① 鲁迅：《唐宋传奇集》，文学古籍刊行社1956年版，第43—47页。

得意。

　　这首词,名为《西江月》,是劝人安分守己,随缘作乐,莫为"酒""色""财""气"四字,损却精神,亏了行止。求快活时非快活,得便宜处失便宜……看官,则今日听我说《珍珠衫》这套词话,可见果报不爽,好教少年子弟做个榜样。①

　　在短篇白话小说中,还有一种特殊的"无事之文"形成的预叙——"得胜头回"。叙事者模拟说书人说话的场景,在讲述正文的故事之前讲述一个与正文故事结局相类似或相反的小故事以暗示了读者整篇故事的结局,这也是一种预叙。如《十五贯戏言成巧祸》的开头除了由叙事人预叙了故事的结局之外,还引出了一个少年举子魏鹏举因戏言丢官的故事:

　　这回书,单说一个官人,只因酒后一时戏笑之言,遂至杀身破家,陷了几条性命。且先引下一个故事来,权做个德胜头回。却说故宋朝中,有一个少年举子,姓魏名鹏举,字冲霄,年方一十八岁,娶得一个如花似玉的浑家……这便是一句戏言,撒漫了一个美官。今日再说一个官人,也只为酒后一时戏言,断送了堂堂七尺之躯,连累两三个人,枉屈害了性命。②

　　长篇白话小说也沿袭了短篇白话小说惯用预叙的方法,或在开篇点破故事结局,或给读者作一个内容简介,如《水浒传》楔子《张天师祈禳瘟疫　洪太尉误走妖魔》里作了这样的预叙:

　　且住!若真个太平无事,今日开书演义,又说着甚么?看官不要心慌,此只是个楔子,下文便有:……(全文回目)一部七十回正书,一百四十句题目,有分教:宛子城中藏虎豹,蓼儿洼内聚

---

① (明)冯梦龙:《喻世明言》,中华书局香港分局1981年版,第1页。
② (明)冯梦龙:《醒世恒言》,中华书局香港分局1983年版,第691—693页。

蛟龙。毕竟如何缘故,且听初回分解。①

又如《金瓶梅》开篇的预叙,首先长篇大论的讨论"酒""色""财""气"对修身养性的诸般害处,并模仿话本小说假托唐代纯阳子祖师的四句诗来解释不可沉迷酒色财气圈子的道理。之后简要地预告了这篇百回文字将要讲述的故事,被张竹坡称这篇预叙为"一部小《金瓶梅》":

> 说话的为何说此一段酒色财气的缘故?只为当时有个人家,先前怎地富贵,到后来煞甚凄凉,权谋术智,一毫也用不着,亲友兄弟,一个也靠不着,享不过几年的荣华,倒做了许多的话靶。内中又有几个斗宠争强,迎奸卖俏的,起先好不妖娆妩媚,到后来也免不得尸横灯影,血染空房。
> 正是:善有善报,恶有恶报;天网恢恢,疏而不漏。②

在叙述文本中,也存在叙事者插入一段"无事之文"以提示下文将要发生之故事的预叙,通常这种预叙还伴有一些程式化的道德判断和对读者的劝诫。如《醒世姻缘传》第四十回开篇叙事者预告了这一回的主要内容是狄希陈之母循循劝诱爱子不要沉迷烟花的故事。

> 大略人家子弟在那十五六岁之时,正是那可善可恶之际;父母固是要严,若是那母亲闒茸,再兼溺爱,那儿子百般的作怪,与他遮掩得铁桶一般,父亲虽严何用?反不如得一个有正经的母亲,儿子倒实有益处。③

再如《金瓶梅》第七十九回写到西门庆临死之时,叙事者以说书人的身份突然在叙述中插入一段预言,肯定了小说开头劝诫人们不要沉

---

① (明)施耐庵:《水浒传》,北京大学出版社1981年版,第50—53页。
② (明)兰陵笑笑生:《金瓶梅》会评会校本,香港天地图书有限公司1994年版,第1—2页。
③ (清)西周生:《醒世姻缘传》,联经出版事业公司1991年版,第514页。

●○ "无事之文"与中国古典白话小说

迷酒色财气之中的意义：

> 看官听说，明月不常圆，彩云容易散，乐极悲生，否极泰来，自然之理。西门庆但知争名夺利，纵意奢淫，殊不知天道恶盈，鬼录来追，死限临头。①

另有一种"无事之文"参与的预叙虽然具有明显的标志却不甚容易分辨，这就是用"此是后话，暂且不提"为标志的一类预叙。这一类预叙有一些叙述的确在后文中进行了详述，比如《红楼梦》一百一十九回中描写贾琏在凤姐死后对平儿保护自己女儿的行为十分感激，于是插入了一段关于日后将平儿扶正之事：

> 贾琏见平儿，外面不好说别的，心里感激，眼中流泪。自此贾琏心里愈敬平儿，打算等贾赦等回来要扶平儿为正。此是后话，暂且不题。②

在后文中，果然有情节交代了平儿扶正之事，所以这一段预叙处于故事情节之中，并不能看作"无事之文"。然而有一些标明"暂且不表"的预叙，在后文中并没有得到叙事者承诺的详述，属于一种"空头支票"式的预叙，本文认为这是一种"不对称预叙"，这种叙述则是由"无事之文"参与完成的。同样举几个《红楼梦》中的例子。第九十九回讲贾母欲将李纨搬出大观园之事：

> 贾母还要将李纨挪进来，为着元春薨后，家中事情接二连三，也无暇及此。现今天气一天热似一天，园里尚可住得，等到秋天再搬。此是后话，暂且不题。③

---

① （明）兰陵笑笑生：《金瓶梅》会评会校本，香港天地图书有限公司1994年版，第1668—1669页。
② （清）曹雪芹：《红楼梦》，人民文学出版社2008年版，第1588页。
③ （清）曹雪芹：《红楼梦》，人民文学出版社2008年版，第1359页。

此后，叙述中再也没有提过李纨搬家的事情，早前的"预叙"在后文中并没有得到呼应，我们可以称之为"不对称预叙"，而且这段文字也没有对故事的发展产生任何影响，我们可以视之为由"无事之文"构成的"不对称预叙"。再如《红楼梦》第一百〇六回：

> 贾琏无计可施，想到那亲戚里头，薛姨妈家已败，王子腾已死，余者亲戚虽有，俱是不能照应的，只得暗暗差人下屯，将地亩暂卖数千金作为监中使费。贾琏如此一行，那些家奴见主家势败，也便趁此弄鬼，并将东庄租税也就指名借用些。此是后话，暂且不提。①

后文中并没有因家奴贪污租税引起的故事。这种由"无事之文"参与的预叙，叙事者并没有当真要在后文的叙述中兑现承诺补叙它，只流于一种程式化的叙述方式。

最为程式化的一种"无事之文"参与的预叙，是章回小说几乎每一章末尾都有的对下一章内容的简短预告，可以视为对讲唱类文学叙述形式的模仿。如《西游记》四十八回："兄弟三人，饱餐一顿。将马匹、行囊，交与陈家看守。各整兵器，径赴道边寻师擒怪。正是：误踏层冰伤本性，大丹脱漏怎周全？毕竟不知怎么救得唐僧，且听下回分解。"② 再如《三国演义》第一回："（张飞）便要提刀入帐来杀董卓。正是：人情势利古犹今，谁识英雄是白身？安得快人如翼德，尽诛世上负心人！毕竟董卓性命如何，且听下回分解。"《醒世姻缘传》七十二回："这程大姐因去上庙，惹出一件事来，自己受了凌辱，别人被了株连。其说甚长，些须几句，不能说尽，还得下一回敷衍。"③

"无事之文"对叙述时序的影响普遍体现在大量的预叙文字中，一类是开篇的预叙：即在叙事作品的开头运用诗词或德胜头回等"无事之文"对故事结局的预告或暗示；一类是叙述过程中的预叙，叙事

---

① （清）曹雪芹：《红楼梦》，人民文学出版社2008年版，第1434—1435页。
② （明）吴承恩：《西游记》，人民文学出版社1980年版，第628页。
③ （清）西周生：《醒世姻缘传》，联经出版事业公司1991年版，第894页。

者跳出叙述之外,对下文即将叙述的部分进行提示与相应的道德训诫;还有一种情况是通过"无事之文"实现的叙事者并不必兑现的"不对称式预叙";最后一种由"无事之文"参与的预叙,是章回小说每一回结尾程式化地对下一回内容进行提示。在中国古典长篇小说中,并不是所有改变叙述次序的方法都要通过"无事之文"来实现,但"无事之文"的确对改变古典小说一贯顺序叙事的局面起到了一定的作用,特别是在程式化的预叙处理上,形成了古典长篇叙事作品的独特风貌。

除此之外,"无事之文"还在其他方面影响着古典叙事作品的叙事时间。我们将在下一节讨论"无事之文"对中国古典白话小说叙事中时距变化的影响。

二 "无事之文"与中国古典白话小说的叙事时距

在古典白话叙事作品中,虽然未有理论上系统的总结与探讨,但叙事者也纷纷意识到叙事时间对于一部叙事作品客观性与表达效果上的重要影响。中国古典长篇白话叙事作品的叙事者倾向于将一个故事最大限度上"滴水不漏"地,尽可能"客观"地"转述"给读者,他们往往并不愿承认自己是故事的创作者,而只是通过一个可靠的来源获取了故事,并对其进行整理与转述。典型的如《红楼梦》的叙事者就宣称他的故事来自补天遗漏的神石上镌刻的自传。正因如此,叙事者们更加注重叙事时间的处理,务求使故事听起来是真实客观的。我们在中国古典白话小说中常常见到作家们为了维护叙事的所谓"客观性"而进行的努力尝试。对于叙事者们来说,能最大限度地灵活调节叙事时间使之读上去更像一篇真实的报道的方法,莫过于在叙事文本中插入一些"无事之文"。

(一)"无事之文"与叙事时间的省略和缩写

根据热奈特和西蒙·查特曼的理论,以故事发生的客观时间为衡量标准,如果一段叙事在时间的比例上短于故事时间,就形成了叙事的缩短。进一步讲,如果一个故事中的某个时间段在叙事中没有被体现出来,这种情况我们称之为叙事的省略。

古典白话小说的一个突出的叙事习惯是:超乎寻常地注重叙述的条

理性和完整性。这种叙事方式好比一个认真的记录者在写日记，即使某一天并没有发生什么值得记载的事情，也要忠实地注上一笔："今日无事可记。"所以相对而言，我们更容易从"无事之文"中找到文本缩写的影子，却很少能够找到真正意义上的文本"省略"。对于这种特殊的叙事习惯，韩南曾经指出：

> 《水浒传》《金瓶梅》之类的小说中可以排出非常详尽的日历，时时注意时间，以致到了令人厌烦的程度。[1]

著名小说评点家张竹坡在《金瓶梅读法》中也有一段著名的论述：

> 此书独与他小说不同，看其三四年间，却是一日一日推着数去，无论春秋冷热，即某人生日，某人某日来请酒，某月某日请某人，某日是某节令，齐齐整整捱去。若再将三五年间甲子次序，排得一丝不乱，是真个与西门庆计账簿，有如世之无目者所云者也，故特特错乱其年谱，大约三五年间，其繁华如此，则内云某日某节，皆历历生动，不是死板一串铃，可以排头数去。而偏又能使看者五色眯目，真有如捱着一日一日过去也，此为神妙之笔。[2]

小说叙事者在叙述中将事件的各个线索组成一幅繁密的画面，即使与叙事的主线索从无关联或从前文有关联而后文不再关联的叙事线索也必会一一交代。这样的叙述习惯将同一时间流内所发生事件的所有线索一一点明，以模拟事件或场景的真实状态。为了将与主线索不相关的线索时间也加以全面的描写，也就是将本应在叙述中省略的部分交代出

---

[1] Patrick Hanan, "The Early Chinese Short-story: A Critical Theory in Outline", *Harvard Journal of Asiatic Studies*, Vol. 27 (1967): 176. 原文为: "The vernacular fiction shows great concern for spatial and temporal setting. Elaborate calendars of events can be extracted from long works like the *Shui-hu Chuan* and the *Chin P'ing Mei*; with their constant reckoning of time, they can even become wearisome." 中文翻译为笔者所加。

[2] （清）张竹坡：《批评第一奇书金瓶梅读法》，侯忠义、王汝梅编《金瓶梅资料汇编》，北京大学出版社1985年版，第34页。

来，最重要的一个途径也是通过在主叙述中交织一些"无事之文"以填充主叙述中理应省略的部分。古典白话小说通常是用"无事之文"对这些应该省略的枝节文字进行高度缩写，目的只是向读者交代行文至此有一段被省略掉的时间或者与主叙述发生分叉的线索，形成一小节备忘录一样的文字以维护叙述时间的完整性。《西游记》八十五回叙事者程式化地描写消灭了拦路的妖魔之后师徒四人再一次上路的情景，没有任何故事情节发生，仍须一笔带出：

行者欢喜，即忙背了马，请师傅骑上，沙僧挑着行李，相随八戒，一路入山不题。①

又如《醒世姻缘传》中一节描写薛素姐加入狄希陈家六十天的情况，很明显这六十日在书中并没有推动情节发展的故事发生，但仍然一一交代清楚：

再说薛素姐自到狄家，光阴似箭，日月如梭，不觉就是两月；这六十日里边，不是打骂汉子，就是忤逆公婆。②

再如《金瓶梅》第十回"义士充配孟州道"，写武松为兄长复仇之后：

话说武二被地方保甲拿去县里见知县，不题。③

由上文"不题"二字可知在同一时间单位内武松的去向已经不在叙述人的关注之中，而主要线索已经转为西门庆的行动。如果省略掉关于武二的一段交代也并不影响下面情节的发展，但是为了维护叙述的完整性与多维性，作者宁可加入一句为武松作结论的文字来干预叙述，表

---

① （明）吴承恩：《西游记》，人民文学出版社 1980 年版，第 1086 页。
② （清）西周生：《醒世姻缘传》，联经出版事业公司 1991 年版，第 554 页。
③ （明）兰陵笑笑生：《金瓶梅》会评会校本，香港天地图书有限公司 1994 年版，第 236 页。

明在西门庆逃亡的同一时间，武松这一线索也还在发展，只是不再处于小说叙事的范畴了。试看《红楼梦》中的几个例子：

> 那天已是掌灯时分，贾芸吃了饭，收拾安歇，一宿无话。①（第二十四回）
>
> 十七日一早，又过宁府行礼，伺候掩了祠门，收过影像，方回来。此日便是薛姨妈请吃年酒，贾母连日觉得身上乏了，坐了半日回来。自十八日以后，亲友来请，或来赴席的，贾母一概不会，有王夫人、邢夫人、凤姐三人料理……闲言不提。②（第五十四回）
>
> 一日正是朝中大祭，贾母等五更便去了。下处用些点心小食，然后入朝，早膳已毕，方退至下处歇息，略下片刻，复入朝中侍中、晚二祭，方出至下处歇息。用过晚饭方回家。可巧这下处乃是一个大官的家庙，乃比丘尼焚修，房舍极多极静。东西二院，荣府便赁了东院，北静王府便赁了西院。太妃少妃每日晏息，见贾母等在东院，彼此同出同入，都有照应。外面诸事不消细述。③（第五十八回）

极端的情况下，当叙事者无法在叙述时同时兼顾多条线索时，他甚至会降低自己高高在上的全知全能叙事身份，以商量的口吻向隐含读者解释需要将另一条线索暂时搁置的原因，《红楼梦》第五回中有这样一段"无事之文"：

> 第四回中既将薛家母子在荣府中寄居等事略已表明，此回则暂不能写矣。④

叙事者向隐含读者交代了本回叙事将暂时搁置薛家母子进荣府这条线索的原因是小说上回已经大体上讲过，本回描写的重点是林黛玉在贾府中的生活。叙事者由于打破了多条线索兼顾的叙事完整性而感到忐忑

---

① （清）曹雪芹：《红楼梦》，人民文学出版社2008年版，第326页。
② （清）曹雪芹：《红楼梦》，人民文学出版社2008年版，第746页。
③ （清）曹雪芹：《红楼梦》，人民文学出版社2008年版，第798—799页。
④ （清）曹雪芹：《红楼梦》，人民文学出版社2008年版，第68页。

●○ "无事之文"与中国古典白话小说

不安,遂插入一段"无事之文"向隐含读者解释个中原因。

总的看来,白话小说的叙事者一直在努力地维护叙事的完整性,力求面面俱到。在叙述时间里的任何一段都似乎拒绝省略任何环节,即使实在没有与主叙述相关的情节,也一定用"闲话不提""不消细述"这种类似备忘录一样的"无事之文"来填补空白。这种对叙事时间锱铢必较的叙事手法,给隐含读者造成一种置身于自然状态的事件流中的错觉——然而也仅仅是错觉,因为任何叙述都不可能完整还原真实发生的事件。

(二)"无事之文"与叙事时间的延长和场景描写

叙事时间的延长,顾名思义就是叙事时间的长度超过了故事自然发生的时间,而场景描写是指叙事时间与故事发生的真实时间吻合。早期的历史演义或历史题材小说中,叙事者由于受到叙述篇幅与历史事实的双重限制,特别注重叙述的缩略。比如《三国演义》写汉末三国逐鹿,因囿于事实的限制,发展极快,开头几章便叙述了二十几年的内战史,描写简略。但是一旦涉及描绘曹操的诡计多端、诸葛亮的聪明才智、关羽的忠勇无畏等个人化的经历之时,往往会穿插一些与三国战争这一叙事主线并不紧密相关的逸事逸闻,叙述的速度就此减缓,从而也完成了这一部叙事文本从历史到演义的根本转折。鲁迅先生曾说过:

> 全书叙述,繁简颇不同。大抵史上大事,即无发挥。一涉细故,便多增饰,状以骈俪,证以诗歌,又杂诨词,以博笑噱。①

然而,穿插一些与叙述主线不相关联的"无事之文"与其说是延长了叙事时间,毋宁说是切断了叙述进程,造成了叙事的停顿,关于叙事的停顿问题我们会在稍后讨论。

纯粹的叙事时间的延长,是指将较短时间内发生的故事用较长的篇幅剖析详描,正如电影中的慢放镜头一样,如《水浒传》中"武松醉打蒋门神"一节:

---

① 鲁迅:《中国小说史略》,《鲁迅全集》第九卷,人民文学出版社1956年版,第189页。

第四章 "无事之文"与叙事时间

说时迟,那时快;武松先把两个拳头去蒋门神脸上虚影一影,忽地转身便走。蒋门神大怒,抢将来,被武松一飞脚踢起,踢中蒋门神小腹上,双手按了,便蹲下去。武松一踅,踅将过来,那只右脚早踢起,直飞在蒋门神额角上,踢着正中,望后便倒。武松追入一步,踏住胸脯,提起这醋钵儿大小拳头,望蒋门神头上便打。原来说过的打蒋门神扑手:先把拳头虚影一影,便转身,却先飞起左脚,踢中了,便转过身来,再飞起右脚,这一扑,有名唤作"玉环步,鸳鸯脚"。这是武松平生的真才实学,非同小可。打的蒋门神在地下叫饶。①

这种精彩的厮杀场面描写,是中国古典白话小说比较难得的有声有色的动作描写,所以这一类文字往往是一篇小说的核心内容与精髓所在,并不是所谓的"无事之文"。

"无事之文"造成的叙事时间的延长,是指通过某些程式化的描写和一些诗词或韵文的插入来表现的人物动作行为。请看《西游记》中的两例,第七十九回与第八十三回悟空与妖魔的两场厮杀:

(比丘国丈与悟空)他两个在半空中这场好杀:

如意棒,蟠龙拐,虚空一片云霭霭。原来国丈是妖精,故将怪女称娇色。国主贪欢病染身,妖邪要把儿童宰。相逢大圣显神通,捉怪救人将难解。铁棒当头着实凶,拐棍迎来堪喝采。杀得那满天雾气暗城池,城里人家都失色。文武多官魂魄飞,嫔妃秀女容颜改。唬得那比丘昏主乱身藏,战战兢兢没布摆。棒起犹如虎出山,拐轮却似龙离海。今番大闹比丘城,致令邪正分明白。②

再如孙悟空大战地涌夫人的激烈场面:

双舞剑飞当面架,金箍棒起照头来。一个是天生猴属心猿体,

---

① (明)施耐庵:《水浒传》,北京大学出版社1981年版,第383页。
② (明)吴承恩:《西游记》,人民文学出版社1980年版,第1007页。

一个是地产精灵姹女骸。他两个，恨冲怀，喜处生仇大会垓。那个要取元阳成配偶，这个要战纯阴结圣胎。棒举一天寒雾漫，剑迎满地黑尘筛。因长老，拜如来，恨苦相争显大才。水火不投母道损，阴阳难合各分开。两家斗罢多时节，地动山摇树木摧。①

这些动作描写运用了大量的骈文来描写打斗的场景，不禁令我们回想起唐代变文——特别是宣传佛教经典的《降魔变》等变文中某些程式化斗法情节描写。这种程式化的描写更类似于一种套语的性质，在描写英雄人物的战斗时常常重复使用，反而与故事的线性发展关系不大，可以视为"无事之文"。然而这种能够延长叙事时间的"无事之文"常常因为用得过于熟惯而流于空谈并使故事结构显得拖沓，从而遭到学者们的批评。夏志清先生就高度评价了金圣叹腰斩《水浒传》的"二次创作"：

中国古典小说家喜欢用现成的诗词描写人物、风景或厮杀场面。这些诗词本身也许很好，但是它们已经被用滥了，很难绘声绘色地为读者再现一幕幕生动的场面。金圣叹系统地删削了这类诗词，从而使小说的结构更加紧凑。因此同大多数中国古典小说一样，《水浒》中最精彩的描写是那些不用套语或空话来表现的段落。②

严格地说，场景描写必须与故事实际发生的时间完全一致。纯粹的场景描写要求叙事时间与故事时间这样高度的一致性，恐怕只有书中人物的对话或者一个人物引述另外一个人的话时才能办到。而书中人物的言语必然和故事发展密切相关。所以，基本上可以说"无事之文"对场景描写是无能为力的。

（三）"无事之文"与叙事时间的停顿

世情小说盛行之后，书中更是大量的插入"无事之文"，造成叙

---

① （明）吴承恩：《西游记》，人民文学出版社1980年版，第1054页。
② 夏志清：《中国古典小说史论》，胡益民等译，江西人民出版社2001年版，第97—98页。

事的停顿。一种情况是叙事人凭空跳进来切断叙述,对书中的人物与事件进行某种道德评价或价值判断,以训导隐含读者接受这些简单朴素甚至有些陈腐的价值观;另一种情况是叙事者中断叙事对某一处景物或人物的服饰等对象进行细致地白描,将隐含的读者带入这一刻停滞的时空之中,使人身临其境——这就造成了叙事的高度现场感与参与感。

  首先,最易在古典白话小说文本中找到的就是中断叙述的议论文字,这一类俯拾即是的议论文字讲述的道理往往并不是某些高深的言论,而只是一些众所周知的"普遍真理",带有明显的模拟讲唱文学的特征:"叙事者将故事停顿下来,发表自己的议论见解,或者作出某种预言解释,这在话本小说中成为最频繁的现象。从形式上看,这些议论解释有时是一段非押韵的文字,但更多的情形是程式化的诗句格言……这些格言都是对生活经验的高度概括与提炼可以说已经成为固定的信息符号,每当出现这一类句子,便会给人们某种提示或感悟,对故事具有一定的导向作用。"[1] 如《醒世姻缘传》中晁大舍因做了亏心事白日见鬼的情节,叙事者中断了叙述以一个知情者的身份向读者解释道:

> (晁源依旧见神见鬼,一些没有效验。)你道却是为何?若是果真有甚闲神野鬼,他见了真经,自然是退避的,那护法的诸神,自然是不放他进去。晁源见的这许多鬼怪,这是他自己亏心生出来的,原不是当真有什么鬼去打他。即如那梁生、胡旦,好好的活在那里做和尚,况且晁夫人又替他还了银子,又有什么梁生、胡旦戴了枷锁来问他讨行银子!这还是他自己的心神不安,乘着虚火作祟,所以那真经当得甚事。[2]

  再如《金瓶梅》第十八回吴月娘旁敲侧击的一番话之后,叙事者马上中断故事用通俗易懂的日常俗语从旁解说:

---

[1] 王平:《中国古代小说叙事研究》,河北人民出版社2001年版,第154页。
[2] (清)西周生:《醒世姻缘传》,联经出版事业公司1991年版,第226页。

●○ "无事之文"与中国古典白话小说

> 看官听说：月娘这一句话，一棒打着两个人——孟玉楼与潘金莲都是孝服不曾满再醮人的，听了此言，未免各人怀着惭愧归房，不在话下。
>
> 正是：不如意事常八九，可与人言无二三。①

第二种插入"无事之文"造成叙事停顿的手法是大量人物衣饰的白描和与主叙述无关的琐事的插入，其目的之一是烘托气氛使读者更有现场感与参与感；其目的之二是用无关紧要的"闲笔"引起下文对故事正文的描写，使故事的转折不显生硬突兀。关于人物衣饰的静止性描写如《金瓶梅》十五回中吴月娘率众姬妾看正月十五花灯的一段描述：

> 楼檐前挂着湘帘，悬着灯彩。吴月娘穿着大红妆花通袖袄儿，娇绿段裙，貂鼠皮袄。李娇儿、孟玉楼是绿遍地金比甲，潘金莲是大红遍地金比甲，头上珠翠堆盈，凤钗半卸。那灯市中人烟凑集，十分热闹。当街搭数十座灯架，四下列诸门买卖。玩灯男女，花红柳绿，车马轰雷。但见：
>
> 山石穿双龙戏水，云霞映独鹤朝天。金莲灯、玉楼灯，见一片珠玑；荷花灯、芙蓉灯，散千围锦绣。绣球灯皎皎洁洁；雪花灯拂拂纷纷。秀才灯，揖让进止，存孔孟之遗风；媳妇灯，容德温柔，效孟姜之节操。和尚灯，月明与柳翠相连；判官灯，钟馗与小妹并坐。师婆灯，挥羽扇，假降邪神；刘海灯，背金蟾，戏吞至宝。七手八脚螃蟹灯，倒戏清波；巨口大髯鲇鱼灯，平吞绿藻。银蛾斗彩，雪柳争辉。鱼龙沙戏，七真五老献丹书；吊挂流苏，九夷八蛮来进宝。村里社鼓，队队喧阗，百戏货郎，桩桩巧斗转灯儿，一来一往；吊灯儿，或仰或垂。琉璃瓶，映美女奇花……虽然览不尽鳌山景，也应丰登快活年。

---

① （明）兰陵笑笑生：《金瓶梅》会评会校本，香港天地图书有限公司 1994 年版，第 394 页。

134

吴月娘看了一回，见楼下人乱，就和李娇儿各归席上吃酒去了……①

可以看到这一段描写的静止性占主导地位，因为除去"月娘与众人看灯玩耍"直至"各归席上吃酒"属于叙述书中人物的行动推动情节的发展，中间的一大段文字所描写的内容与小说主叙述的因果链并不产生明确的联系，但是却起到了将隐含读者带入叙述文本所营造的喧闹富丽气氛的之中的作用。

再如《西游记》第一百回唐太宗请唐僧东阁赴宴的场景描写令人仿佛置身于那场富丽堂皇的饕餮宴飨之中：

> 门悬彩绣，地衬红毡。异香馥郁，奇品鲜艳。琥珀杯，琉璃盏，镶金点翠；黄金盘，白玉碗，嵌锦花缠。烂煮蔓菁，糖浇香芋。蘑菇甜美，海菜清奇。几次添来姜辣笋，数番办上蜜调葵。面筋椿树叶，木耳豆腐皮。石花仙菜，蕨粉乾薇。花椒煮莱菔，芥末拌瓜丝。几盘素品还犹可，数种奇稀果夺魁。核桃柿饼，龙眼荔枝。宣州茧栗山东枣，江南银杏兔头梨。榛松莲肉葡萄大，榧子瓜仁菱米齐。橄榄林檎，苹婆沙果。慈菇嫩藕，脆李杨梅。无般不备，无件不齐。还有些蒸酥蜜食兼佳馔，更有那美酒香茶与异奇。说不尽百味珍馐真上品，果然是中华大国异西夷。②

"无事之文"作为一种"闲笔"穿插在文本中，能够调节叙述中紧张的节奏，同时也能举重若轻地引起后文重要故事的描写。这一点早已为小说评点家发现。在《水浒传》评点中，金圣叹曾用"过枝接叶"来形容这种"无事之文"的穿插：

> 文章家有过枝接叶处，每每不得与前后大篇一样出色。然其叙

---

① （明）兰陵笑笑生：《金瓶梅》会评会校本，香港天地图书有限公司1994年版，第337—338页。

② （明）吴承恩：《西游记》，人民文学出版社1980年版，第1255—1256页。

●○ "无事之文"与中国古典白话小说

事洁净,用笔明雅,亦殊未可忽也。譬诸游山者,游过一山,又问一山。当斯之时,不无借径于小桥曲岸,浅水平沙。然而前山未远,魂魄方收;后山又来,耳目又费。则虽中间少有不称,然政不致遂败人意。①

原来,评点家认为在叙述中插入"无事之文"可以节约读者"耳目之费",使之能在闲笔带来的叙事停顿中养精蓄锐"收其魂魄"进而对下面的故事情节保持高度的兴趣。在创作论上,金氏又称之为"弄引法":"谓有一大段文字,不好突然便起,且先作一小段文字在前引之。"② 起到类似作用的还有所谓的"重作轻抹法"等。如《红楼梦》第三十八回写诗社聚会写菊花诗,开篇不直接入题,先写了些表面看来无关紧要的琐事:

黛玉因不大吃酒,又不吃螃蟹,自命人掇了一个绣墩,倚栏坐着,拿着钓杆钓鱼。宝钗手里拿着一枝桂花,玩了一回,俯在窗槛上,掐着桂蕊,扔在水面,引的那游鱼上来唼喋。湘云出一回神,又让一回袭人等,又招呼山坡下的众人只管放量吃。探春和李纨、惜春正立在垂柳阴中看鸥鹭。迎春却独在花阴下,拿着个针儿穿茉莉花。宝玉又看了一回黛玉钓鱼,一回又俯在宝钗旁边说笑两句,一回又看袭人等吃螃蟹,自己也陪他喝两口酒,袭人又剥一壳肉给他吃。

黛玉放下钓杆,走至座间,拿起那乌梅银花自斟壶来,拣了一个小小的海棠冻石蕉叶杯。丫头看见,知他要饮酒,忙着走上来斟。黛玉道:"你们只管吃去,让我自己斟才有趣儿。"说着便斟了半盏看时,却是黄酒,因说道:"我吃了一点子螃蟹,觉得心口微微的疼,须得热热的吃口烧酒。"宝玉忙接道:"有烧酒。"便命

---

① (清)金圣叹:《水浒传》第三十二回回评,朱一玄、刘毓忱编《水浒传资料汇编》,南开大学出版社2002年版,第261—262页。
② (清)金圣叹:《读第五才子书法》,朱一玄、刘毓忱编《水浒传资料汇编》,南开大学出版社2002年版,第223页。

将那合欢花浸的酒烫一壶来,黛玉也只吃了一口便放下了。①

这一类静止性的"无事之文"读来清新自然,富于生活情趣,也令读者于叙事的间隙中得到精神上的放松,同时毫无斧凿痕迹地自然过渡到下文赛诗的故事情节,极见文字功力。

叙事文本中存在大量"无事之文"产生的静止性情节,容易使文本给人某种片段性的印象,似乎主叙述中的因果链常常因为受到这些描述的稀释而难以为继。这就使许多中外学者认为中国古典白话小说无非是一些松散的片段性连缀,胡适、夏志清等学者都对中国古典长篇小说的堆积性故事传统提出了疑问和批评。②

这种几乎打破因果链框架的片段性连缀发挥到极致,就产生了《儒林外史》这样"串珠式"的作品。罗烨在他的《醉翁谈录》里面提到了古典白话小说的叙事模式:"……论讲处不滞搭,不絮烦;敷演处,有规模,有收拾。冷淡处提缀得有家数,热闹处敷衍得越长久。"③如何"提缀"?怎样"敷衍"?我想这就暗示了明清白话小说中"无事之文"所占的重要地位。前者"冷淡处",即是"无事之文"在偏离主叙述的枝节性文字中所起到的填充作用。而"热闹处"指的应该是"无事之文"在静止性的场面描写时所起到的营造氛围、连缀情节的作用。是一种有意识的文体追求,"无事之文"的存在有其意义存焉。谈到"无事之文"存在的意义,我们不禁想起小说家福斯特的一句话:"尽管故事使我们好奇心切,情节使我们的智力发挥作用,模式却激发起我们的审美情趣,使我们把小说看作一个整体。"④所以,我们对于"无事之文"探讨的核心目标始终是探索中国古典白话小说特殊的叙事模式。

叙事的时间是与事件发生的时间相对而言,指事件发生的真实时间

---

① (清)曹雪芹:《红楼梦》,人民文学出版社2008年版,第507—508页。
② 相关论述参见胡适《中国章回小说考证》,安徽教育出版社2006年版,第391页;[美]夏志清《中国古典小说史论》,胡益民等译,江西人民出版社2001年版,第15页。
③ 罗烨:《醉翁谈录》,古典文学出版社1957年版,第5页。
④ [英]爱·摩·福斯特:《小说面面观》,中国对外翻译出版公司2002年版,第387页。

在文本叙述中的形态。叙事的时间只能通过叙述的篇幅比例来实现叙述时间长短的调整。由上面论述可见，"无事之文"的穿插对调节叙事时间方面具有一定的作用，从而对与中国古典白话小说叙述模式的形成起到了重要的影响。关于这种影响是如何实现的，尚且有待于我们的进一步系统研究。但不容置疑的是："无事之文"是探索中国古典小说叙事模式的一把钥匙。

三 "无事之文"与古典白话小说中的叙事时间模式

概括说来，中国古典白话小说的叙事模式主要表现在三个方面：相对近现代小说而言是以故事的讲述为中心；在叙事角度方面普遍由全知叙事角度占主导地位；在叙事时间上基本以按故事发生时序的线性时间为主。

小说的叙事结构一般来说分为三种形式：以讲述故事为中心；以人物性格为中心；以氛围的渲染为中心。以讲述故事为中心顾名思义就是以完整的讲述一个故事为整篇叙事作品的主脑，这样的故事必须有时间、地点、人物、事件以及事件的来龙去脉。中国古典白话小说绝大多数都旨在讲述一个有头有尾的故事，陈平原教授曾经说："中国古典小说大都以情节为结构中心，作家们最为关注的自然是故事的布局；而金圣叹、毛宗岗辈以古文笔法评小说，关注的仍然是故事的布局。"[1]

我国以人物性格为中心和以渲染氛围为中心的叙事作品出现的较晚，是受到西方文艺理论影响的产物。以人物性格为中心的叙事作品以塑造典型人物为目的，所以未必要求小说要讲出一个有头有尾的完整故事。而以渲染气氛为中心的小说目的是营造某种氛围以传达叙事者的某种情绪，这种小说有散文化的倾向。比如"五四"之后出现的"诗体小说""乡土小说"等。比较突出的例子有沈从文描绘湘西风土人情的系列小说如《边城》《萧萧》，萧红描述东北黑土地人民生活面貌的《生死场》《呼兰河传》等。

当然中国古典白话小说以故事为中心并不是说叙述中不含有人物性格的塑造与气氛的渲染——相反经典的白话小说往往都具有栩栩如生的

---

[1] 陈平原：《中国小说叙事模式的转变》，北京大学出版社2010年版，第41页。

人物与真实可信的气氛与情感。以上分类也只是说明一种倾向,事实上说"中国古典小说以故事情节发展为中心"是否就说明古典白话小说时时密切关注故事情节的主干呢?很显然答案是否定的。实际上很多中国古典白话小说的主干情节往往只是一个蕴含着道德寓意的故事框架。然而,单单只将这个劝谕性的框架生硬地抛给读者是无法引起阅读兴趣的,因此,作者热衷于打断正在叙述的主干故事而在这个松散的框架中插入一些娱乐性的"闲笔",有时又跳脱出自己设定的框架,发表一些主观的评论,以引导读者择善而从。道德引导目的之达成,也往往要通过"无事之文"来实现。比如《金瓶梅》与《醒世姻缘传》主旨都在引导读者如何修身齐家,正因为它们插入了一系各列具特色的"无事之文"才使得两部书各有擅场,妙趣横生。

叙事角度也是叙事模式的要素之一,大体上可以分成三类:全知叙事;限知叙事;纯客观叙事。全知叙事中叙事者无所不在、无所不知,有权力进入人物的内心世界获知人物的心理,同时也可以随时跳出当前的叙述对书中的人物或事件进行主观的评价,此外还承担着引导读者的功能。限知叙事中的叙事者等同于书中人物,故他们知道的和书中人物一样多,在人物视听范围以外的事件,叙述者亦无法叙说。纯客观叙事中叙述者同样所知与人物一样多,此外叙述者无法深入人物的内心亦无权对人物的行为进行任何评价。限知叙事和纯客观叙事也是近现代以来的作者受到西方小说影响后产生的。中国古代白话小说绝大部分情况下都是采用一个全知全能的说书人视角。但并不是说没有限知叙事视角的因素,比如"林黛玉进贾府"从黛玉眼中观察的贾府人物群像、《儒林外史》中"马二先生游西湖"时从他的观察角度看西湖的风光等。但这些都处于全知叙事的统摄之下,属于行文之中的特殊技巧,并没有形成固定的叙述模式。

为什么中国古代的白话小说迷恋全知全能的叙事方式?研究者们认为这种叙事方式是对古代说书艺术的直接模仿,此外还受到了史传文学的深远影响。然而我们还需要从读者的审美风尚与接受习惯来考虑这个问题。一个全知全能的"说书人"的存在,能方便叙事者灵活地操纵最适宜的叙事角度。当需要从人物眼光观察的叙事角度时,这位叙述人并不吝惜将叙事的权力交给人物;当需要居高临下地描述场面或人物心理时，叙事人会毫不犹豫地将叙事的权力夺回手中。还有最重要的一点是：作为一个劝谕式框架的故事，全能叙事者往往认为自己有必要或出于真心地或象征性地对所叙述的事件做简单的引导与评论。这些琐屑的指涉、评论与提示，就是我们需要研究的"无事之文"的一部分。这些"无事之文"本身并不推进故事的叙述向前发展，也没有承担实际的意义，有些议论甚至陈腐乏味，但却成为中国古典小说叙事中的一种固定的修辞形式。

　　传统小说此类解释性评论有一个共同的特点：他们讲的道理，并不是读者不容易理解的高深哲理，也不是曲里拐弯的强词夺理。恰恰相反，大多数情况下解释性评论是缺乏新意的。一般解释性评论正是试图用社会上大家都同意的规范来解释情节中的离奇行为（不奇就不成其为小说）。"解释性评论绝大部分是如此老生常谈，并非作者低能，请注意，这些评论从叙述学角度说，是叙述者作的，我们看到的，是叙述者的文化规定性：传统白话小说的文化功能不允许叙述者超越规范。"[①]

　　如果我们从中国古代的文化传统看来，这些因循的议论性文字已经成为古典小说审美性中不可分割的一部分。中国的历代读者们已经习惯了这样的叙事模式，并接受它欣赏它赞美它，认为这正是小说中高高在上知悉一切的叙事者偶尔走下神坛，与读者进行的简短而亲切的互动。对叙事者来说，这种夹叙夹议的叙述方式是将作品中的叙事者拟想成书场中讲故事的人，而这种时急时缓的叙事节奏、评讲一体的讲述方式成为白话小说叙述的既定模式。

　　叙事时间基本采用故事发生的自然时序，也就是我们在叙事学上所谓的"线性时间"。我们所说的中国古典小说叙事遵循故事发生自然时序的线性时间，是针对白话小说的整体叙事框架而言。正如我们在本章的前面所论述的，"无事之文"可以对叙事的时长和时序进行局部的调整。如通过展现人物衣饰或心理的铺陈描写来延缓或停顿叙事的速度。这种使叙事延缓或停顿的"无事之文"在《红楼梦》中的存在十分普遍，如第五十八回：

[①] 赵毅衡：《当说者被说的时候：比较叙述学导论》，中国人民大学出版社1998年版，第38页。

第四章 "无事之文"与叙事时间

宝玉也正要去瞧黛玉，起身拄拐，辞了他们，从沁芳桥一带堤上走来。只见柳垂金线，桃吐丹霞，山石之后一株大杏树，花已全落，叶稠阴翠，上面已结了豆子大小的许多小杏。宝玉因想道："能病了几天，竟把杏花辜负了，不觉到'绿叶成阴子满枝'了。"因此仰望杏子不舍。又想起邢岫烟已择了夫婿一事，虽说男女大事不可不行，但未免又少了一个好女儿，不过二年，便也要"绿叶成阴子满枝"了。再过几日，这杏树子落枝空；再几年，岫烟也不免乌发如银，红颜似缟。因此，不免伤心，只管对杏叹息。正想叹时，忽有一个雀儿飞来，落于枝上乱啼。宝玉又发了呆性，心下想道："这雀儿必定是杏花正开时他曾来过，今见无花空有叶，故也乱啼。这声韵必是啼哭之声。可恨公冶长不在眼前，不能问他。但不知明年再发时，这个雀儿可还记得飞到这里来与杏花一会不能？"①

在长篇白话叙事作品中运用"无事之文"来调整局部的叙事顺序也是较为常见的现象。如《金瓶梅》七十四回中叙事者以旁观者的角度来评述吴月娘在妊娠期间听佛尼宣卷行为的谬误之处，体现出作者明确的儒家礼义道德观念：

古人妊娠怀孕，不倒坐，不偃卧，不听淫声，不视邪色，常玩弄诗书金玉异物，常令瞽者诵古词。后日生子女，必端正俊美，长大聪慧。此文王胎教之法也。今吴月娘怀孕，不宜令佛尼宣卷，听其生死轮回之说。后来感得一尊古佛出世，投胎夺舍，日后被其显化而去，不得承受家禄，盖可惜哉！正是：前程黑暗路途险，十二时中自着迷。②

---

① （清）曹雪芹：《红楼梦》，人民文学出版社2008年版，第800页。
② （明）兰陵笑笑生：《金瓶梅》会评会校本，香港天地图书有限公司1994年版，第1527—1528页。

●○ "无事之文"与中国古典白话小说

　　这段作为"无事之文"的评论文字的特殊之处在于它在调整叙事的时间和时序上起到了双重作用。在调整叙事的时长方面它打断了叙事流动以叙事者的身份进行主观的道德评论，使叙事时间中断。在打破叙事的正常时序方面，这段评论文字明确交代了吴月娘诞育的西门家长子后来被一尊古佛出世"投胎夺舍，日后被其显化而去，不得承受家禄"的结局，这在叙事上时序的调整上起到了预叙的作用。然而这种所谓的"预叙"，也只是对故事的情节进行局部的调整，从整个叙事框架上来看以《金瓶梅》代表的中国古典长篇小说一般还是严格按照故事发生的自然时序展开，采取一种线性的时间来叙述故事。

　　我们知道在一个叙事文本中，必然存在叙事省略的现象。因为现实生活是空间化的，而在叙述中我们必须将现实中纷繁芜杂的故事按照一定的次序一件接一件地叙述出来，这就形成了一条故事按时间发展的直线。然而，无论对实际生活如何逼真的模拟，我们在讲述一个有核心情节的故事的时候，必然要根据需要突出的中心情节做某些取舍，这便是叙事的省略。采用不同的省略方法能够彰显叙事的独特风格，例如大量的省略可以运用到侦探小说或意识流等小说中，给读者留下充足的思考空间，而在叙事中减少故事情节的省略可以令叙事的脉络更加完整，使读者一目了然从而更投入地沉浸于故事渲染的某种情绪与氛围之中。

　　中国古典白话小说有一个突出的叙事特征，即尽量避免去省略任何令一般读者看来与故事主干情节无关的细节。换句话说，中国古典白话小说特别是长篇作品尤善于在文本中插入一些"无事之文"来尽量避免省略叙述中哪怕一个微末的细节，从而使古典长篇白话小说的叙事带有一种"备忘录"式的特点。"无事之文"在叙述中的反复出现有其吊诡之处，我们在上文中谈到通过全知叙事者发出评论或提供信息这一类的"无事之文"能够局部地调整叙事的时序因而暂时性地打破叙事的线性。然而，同样地我们还能发现某些一笔带过交代无关细节的"无事之文"却能有效地维护叙事的线性与滴水不漏的连贯性。这一类的"无事之文"我们在"'无事之文'与叙事时间的省略与缩写"中已经谈到，这里再举一例以表明这一类"无事之文"存在的普遍性，如《水浒传》第二十五回，武松在获悉其兄被害死并为兄长报仇之前，插入一笔公事的交割，金圣叹对这一段"无事之文"批道："偏不疾来，

142

偏去先完县事,心手都闲。"

  常言道:"乐极生悲,否极泰来。"光阴迅速,前后又早四十余日。却说武松自从领了知县言语,监送车仗到东京亲戚处,投下了来书,交割了箱笼,街上闲了几日讨了回书,领一行人取路回阳谷县来。前后往回恰好过了两个月。去时残冬天气,回来三月初头。于路上只觉深思不安,身心恍惚,赶回要见哥哥,且先去县里交纳了回书,知县见了大喜,看罢回书,已知金银宝物交得明白,赏了武松一锭大银,酒食管待,不必细说。[1]

  从下文紧接着的是武松发现兄长被害并为兄报仇这一段惊心动魄的故事,但原文不仅写他按流程交割公事,并且慢条斯理地回到住处换衣服等,这些迤逦的细节本与主干故事并无关联,但叙事者仍不惜辞费将这些细枝末节的日常生活情景都滴水不漏地记录下来,这种无微不至地对现实生活的模拟给读者一种强烈的临场感。为什么中国古典小说迷恋于这种看似零散的、絮絮不休的充满"无事之文"的叙事方式?这是一个值得深思的问题。美国小说家赛珍珠女士发现了中国古典长篇白话小说的上述特点,她认为中国古典小说中不存在真正的情节高潮,更难指出高潮情节的结局。并且连主要的场景也不存在,而只是围绕着主要情节发生在周遭的琐碎细节。因此,连形式上的"次要情节"概念也被取消了。以西方叙事学的观点来看,这种小说是拖沓冗长、结构混乱的败笔。然而,她却指出了中国传统小说叙事的优点:

  在这无格式之中就蕴含着与生活的极大相似。生活就无主要情节与次要情节之分。我们不知道我们会变成这样,不知道背景对我们有什么影响,实际上,除了目前这短暂的瞬间、我们的存在,我们对自己一无所知。我们与人相遇是因为在这短短的一刻,他们的时间和我们重合,他们一旦走出我们的生活,我们就再也不会遇见他们,也不会知道他们的结局,当然,我们对自己的结局也并不心

---

[1] (明)施耐庵:《水浒传》,北京大学出版社1981年版,第343—344页。

知肚明、一清二楚。这种支离破碎就是中国小说留给我们的主要印象。一个个事件发生又结束，人们登上舞台，又退场，也许还会回来，也许不再相见。一环扣一环，但不作了断，很多悬念任其悬着。没有统一性，没有形式，那么，人们会说，这能是艺术吗？我不知道艺术的定义，我也无法断定这是不是艺术，但我却很清楚，这就是生活，我相信小说中如果两者不可兼得的话，含有生活比含有艺术更好。①

她从读者联系自身生活经验与对文艺作品的接受角度阐明了中国古典小说叙事方式的特性及其意义对我们仍有不小的启发作用。美国学者浦安迪先生试图从东西方叙事传统的差异上来看待中国古典小说中因插入太多细枝末节的"无事之文"而显得结构"松散"，没有"统一性"的情况。他否定了学界指出中国古典白话小说的结构是缺乏"统一性"的"缀段式"松散组合这一看法，剖析了东西方叙事传统在叙事结构方面的不同审美追求。西方叙事传统中特别注重"统一性"，即努力追求故事情节首尾一贯的"因果律"（casual relations），尽量做到"字无虚用、事无虚设"②。浦氏认为中国的叙事传统注重"二元对立"式的无限循环的"互涵"（interrated）与"交叠"（overlapping）。此外，相对于小说叙事的整体结构，古典小说评点家更注重"文法"的构成，即人物白描或情节组织等方面的微观细节处理技巧。

也就由于这种无限重叠的模型似乎缺乏某种可辨识的方向，所以像《水浒传》《红楼梦》等巨著均令人难以捉摸其叙事发展的中心动向。但这种似乎缺乏某种发展的印象乃来自于小说里时间流动的"整体性"，这种"整体性"却反而缩减其明显的方向感，结果产生一种徘徊不前的幻像。换言之，小说家在描写人世动态的变迁时，并不重视"起""中""结"等定向点，这就好像把人间经验

---

① ［美］赛珍珠（Pearl S. Buck）著，张丹丽译，姚君伟校：《东方、西方及其小说》，《镇江师专学报》（社会科学版）2000年第1期。
② ［美］浦安迪（Andrew H. Plaks）：《谈中国古典小说的结构问题》，叶维廉主编《中国古典文学比较研究》，黎明文化事业股份有限公司1977年版，第277—279页。

第四章 "无事之文"与叙事时间

里原本的连续性也切断了——所以也就有了所谓"缀段"的印象。①

浦安迪先生由此建立了中国古典白话小说"二元性"的循环交替的叙事模型,并试图用这种叙事模型来解释古典小说叙事中不同的叙事时间处理技巧,其中就包括我们讨论到的用"无事之文"简要介绍与情节主干无关的过渡情节来加快叙事速度或在主干故事的叙事中插入"闲笔"来延宕或静止叙事时间,肯定"无事之文"对叙事时间的调整是中国传统叙事模式的一种表现形式:

> 依此种"二元"的"复相"的交替模型来看,人间的消长运动就自然不为一定的速度所局限了。所以中国叙事文学中就出现许多描写各种不同"速度"的技巧。例如,有时作者以极快的讲述速度,一瞬间就跃过许多年月,有时却不慌不忙地徐徐描述"动中静"的日常"事故"之情致。小说家常使用多种特殊的技巧来迟延其讲述速度,如内夹诗词、骈文插词、书信文牒的引述等技巧均是(连西游、封神演义等志怪小说中描写狂暴斗争的"插词"亦有迟滞叙事速度的效果)。也有许多用以加快速度的方法,如依照正史列传的方式,把一个人的生平经历三言两语交代过去。②

关于"无事之文"对叙事时间的次序与长度方面的调整这一问题,我们也可以回溯到小说叙事植根的两大叙事传统来推测这种情况可能的成因。首先,中国古典小说特别是独立撰著的文人小说在叙事体制上受到史传传统的深刻影响,有强烈的"拟史"倾向。可见在叙事中,史传按故事发展的自然时序的线性叙事手法给中国传统小说提供了完美的叙事模板。对一个优秀的小说家的最高褒奖就是夸赞其具有"史笔",能将小说写成一部史传。金圣叹《读第五才子书法》即按照史传的标

---

① [美]浦安迪(Andrew H. Plaks):《谈中国古典小说的结构问题》,叶维廉主编《中国古典文学比较研究》,黎明文化事业股份有限公司1977年版,第284页。
② [美]浦安迪(Andrew H. Plaks):《谈中国古典小说的结构问题》,叶维廉主编《中国古典文学比较研究》,黎明文化事业股份有限公司1977年版,第284—285页。

准来评价《金瓶梅》的叙事手段：

> 《金瓶梅》是一部史记。然则《史记》有独传，有合传，却是分开做的。《金瓶梅》却是一百回共成一传，而千百人总合一传，内却又断断续续，各人各有一传。固知作《金瓶梅》者，必能做《史记》也。①

史传的叙事在整体结构上亦是根据事件发生的自然时序展开。但即使是编年体的史书也并不是简单地按时间顺序罗列史实，而是将历史材料经过一定的组织安排以展现史家的历史精神。"历史分明不仅仅只是一些事件的记录。为了使历史产生意义，事件必须象在故事里那样加以安排组织。"② 小说家既然以史书为模仿的典范，必然也遵循史书的叙事原则，尽量将一个时段内的故事完整而无遗漏的呈现给读者。同时，注重从旁观者角度去审视自己所讲述的故事是否具有连贯性以及是否揭示了作者想要揭示的意义。所以我们也不难发现，中国古典小说中往往以全知视角、按时间顺序娓娓道来，而且为了强调故事像历史一样实有其事，往往更注重对现实生活的高度模仿，即使是与想讲述故事无关的日常生活中的细枝末节，也会用"无事之文"这类文字详细描摹。

此外，古典小说中几乎严格按照故事发生的时间顺序叙述并大量采用"无事之文"来填补时间空白这一倾向，我们也能从中国叙事传统的另一个分支——民间讲唱文学中发现。从古典小说中明显的说书人腔调看来，古典小说叙事受到民间讲唱文学的影响同史传叙事一样深远。虽然话本小说中强烈的说书人腔调在文人撰著的古典长篇小说中被典雅的诗词歌赋、富丽或朴拙的场景描写及器物、服饰的描写所冲淡，然而以说书人方式讲故事的框架却并没有得到彻底转变。古代白话小说家在叙事体制上仍然受到民间讲唱文学的影响，在叙事中必须设置一个全知全能的游离于主叙述之外的"超叙事者"，以这个无所不知的旁观者角

---

① （清）金圣叹：《读第五才子书法》，黄霖、韩同文编《中国历代小说论著选》，江西人民出版社1982年版，第284页。
② ［美］王靖宇：《论左传的修辞手法》，《左传与传统小说论集》，北京大学出版社1989年版，第50—55页。

度向读者讲述故事,即作家拟想叙事者是在书场中向听众讲演故事。

因此我们就比较容易理解为何叙事者在叙事的整体框架上基本严格遵循事件发生的先后顺序来讲故事:因为只有按自然时序来讲故事才更能为普通的听众所理解,而且即使错过开头部分的听众也能按照事件的发展推知前面部分的内容并不错过故事的最终结局——从而使故事中含有道德训诫的议论部分不至于因故事不连贯而落空,或令没有听完完整故事的听众如堕云里雾中。这种以听众为核心的讲故事模式在白话小说的叙事体制中得到了继承,小说作家也将"看官"等同为在书场中听书的听众,尽量让故事叙述保持高度的连贯性和正常的顺序。由此,我们也可以推测得出为何古典小说中喜欢采用全知视角,因为用限知视角来向书场听众讲故事会极大地影响普通听众对全篇故事的理解。作为向说书人腔调模仿的一个方面,全知视角的叙事角度对小说家来说应该是最得心应手、也是浸淫于传统叙事观念中的读者最容易接受的叙事角度了。

第五章 "无事之文"与情节研究

故事，指的是按自然时序和因果关系发生发展的一个或一组事件。情节，是叙事者运用某种修辞手段对一个故事各个因素进行重新组织剪裁的艺术再现方式。发生在故事中的多个事件，为了展现叙事者所指向的某种意义，必须用特殊的方式对这些事件进行安排和重组。这种以一定的方式将各种事件融会贯通而成的一个完整体系，我们称之为情节。简单地说，情节就是通过叙事者讲述出来的事件或该事件的一部分。由此可见，情节中所讲述的事件属于故事层面毫无疑问。关于情节所属的叙事学范畴问题学界的争论比较多，我们下面对主要观点进行简要说明。

第一节 情节研究的现状

叙事学中探讨的"情节"概念最早由亚里士多德提出，他认为"情节是对人物和动作的模仿，是戏剧中各个事件的组合（sustaisispragmatōn）"，一出悲剧有了情节才能实现艺术创作的目的与功效。[①] 近代以来，俄国形式主义代表人物什克洛夫斯基（V. Sheklovsky）率先提出了"故事"与"情节"的分类方法。他的情节分析法实际上是打破对事件的正常组合的技巧，并把"情节"这一概念看作讲故事的过程中所用的所有"艺术"的集中体现，而"情节"就是运用各种艺术手段令叙事者描述的事件给读者一种"陌生化"之感："艺术的手法是事物的'反常化'，是复杂化形式的手法……艺术是一种体验事物之创造的方式，而被创造物在艺术中已无

---

① ［希］亚里士多德：《诗学》，陈中梅译，商务印书馆1996年版，第64页。

足轻重。"[①] 从而提出"情节"的重要性甚至在"故事"之上的观点。

主流的俄国形式主义小说批评倾向于将情节视为叙事作品的表现形式而非内容的一部分,从而认定"情节"与"故事"截然不同:在现实中发生或在读者经验中按自然时序发生的事件是"故事";而"情节"则是对故事的艺术加工,是叙事过程中对事件的进一步处理。情节可以用完全不同于故事原貌的形式展现,于是同一个故事可能有不同的表现形式。唯有情节才能成为具有艺术欣赏价值的、形式主义文学研究的对象。

结构主义情节观又进一步阐释了上述以什克洛夫斯基为代表的形式主义者的观点。部分结构主义者认为每一个叙事行为都可以分为两个层次:"故事"层面,这是从作品中总结出来的按照自然时序发展的事件;"话语"层面,用各种叙事方式和时序对所叙述事件进行艺术调整的修辞方法之总和。西蒙·查特曼认为形式主义的"故事"与"情节"概念和结构主义的"故事"与"话语"这两对范畴是相互对应的,所以"情节"应当属于"话语"这一层次,是叙事者对故事中事件的发生过程进行艺术创造的行为。按照文艺创作的普遍规律,"故事"可以是唯一的,"情节"却可以是丰富多彩的。由此可见,上面讨论的这些学者的观点是:"情节"作为文本表现的"形式",是与"话语"层面相对应的。

另有一部分形式主义者和结构主义叙事学家并不认同"情节"与"话语"层次对应的看法。俄国著名民间文艺学家普洛普的《民间故事形态学》[②]一书旨在考察民间故事的结构并归纳其规律性,为此自创了一套结构形态分析的方法,这一套方法后来被20世纪中期欧洲盛极一时的结构主义理论家们奉为精神和理论的源头。他从一百多个民间故事中抽取出其中共有的模式或不变的因素,将它们按照"基本的行为功能"分成三十一类,如"主人公离家""主人公经受考验,受到盘问,遭受攻击等,以此为其获得魔法或辅助人的铺垫""宝物落入主人公的掌控之中"等,故事中的主人公为了实现某种目标而成为固定行为功

---

① [俄] 维克托·什克罗夫斯基:《作为手法的艺术》,方珊等译,《俄国形式主义文论选》,生活·读书·新知三联书店1989年版,第6页。
② [俄] 弗拉基米尔·雅可夫列维奇·普洛普:《民间故事形态学》,贾放译,中华书局2006年版。

能的承担者。因此，普洛普认为虽然故事讲述的事件可以千差万别，而故事的情节却是由恒定不变的行为功能构成的。

同样认为故事中人物的行为功能是情节研究核心课题的还有法国结构主义叙述学家布雷蒙（C. Bremond）与格雷马斯（A. J. Greimas）等，他们在普洛普观点的基础上更深入地探索叙事作品的本质结构，前者在探讨一个情节对故事的发展关系时引入了一个参照标准，即该行为功能能否提供某种可能性以推动故事的进一步发展——叙事作品的情节就是由一系列相互依存相互联结的事件构成的有机统一，即只有确知了后面发生的事件，才能确定前面事件的功能[①]；后者则主张使用语义分析的方法寻求叙事深层结构中固定的"内在语法"[②]。法国叙述学家托多罗夫（T. Todorov）认为叙事作品的结构跟句子的结构具有可比性，故主张用分析句法的方式来分析叙事作品情节的内在结构。他将组成情节的最小单位划分为"命题"或"叙述句"。"叙述句"能提供构成情节的基本要素，多个叙事要素组合在一起形成一个完整的叙事片段，这种叙事片段被命名为"序列"。各种序列以"镶嵌""连接""交叉"这三种基本形式交错组合，形成丰富多彩的叙事作品。[③] 由于上述叙事学者讨论的情节概念指的都是抽象化了的按照自然时序排列的事件或具备某种功能的行为，所以我们可以认为这一部分研究者是将情节归于"故事"的范畴之内来讨论的。

根据上述形式主义和结构主义叙述学者的研究方法和结论来看，"情节"的讨论范畴不是一个学界公认的概念。它可能指话语层次上各种形式技巧的总和，也可能指涉的是故事结构中的行为功能、由叙述句组成的命题以及命题组合成的序列，也可能指叙事深层结构中固定的"内在语法"等。这种关于"情节"属于"故事"还是"话语"范畴的争议折射出"情节"研究这一问题的复杂性。另有一部分学者并不主张将"情

[①] 参见［法］克洛德·布雷蒙《叙述可能之逻辑》，张寅德编选《叙述学研究》，中国社会科学出版社1989年版，第208—210页。

[②] 参见［法］A. J. 格雷马斯《叙述语法的组成部分》，张寅德编选《叙述学研究》，中国社会科学出版社1989年版，第95—119页。

[③] ［法］T. 托多罗夫：《文学作品分析》，王泰来等编译《叙事美学》，重庆出版社1987年版，第46—54页。

节"与"故事"或"话语"截然分开，他们认为在研究情节这一概念时应同时考虑"故事"与"话语"两方面的因素。如俄国形式主义叙述学家鲍里斯·托马舍夫斯基（Boris Tomashevsky）在情节的构成要素方面与英国小说批评家福斯特①有一个共同的观点，即他们都认同因果关系是情节的必要条件。"应当强调的是，情节不仅要有时间的特征，而且要有因果的特征。游记也可以按时间特征来写，但如果它只叙述见闻，而不叙述旅行者的个人奇遇，那它仍然是无情节的叙述。"②

此外他还提出了"情节"与"情节分布"两个概念的区别："情节是处在逻辑的因果—时间关系中的众多细节之总和"，而"情节分布就是处在作品所安排的顺序与联系中的众多细节"，情节的发展就是从一个情境到另一种情境的过渡、从一个平衡状态到另一个平衡状态的转化过程——这种转化过程是通过叙事者进行的情节分布过程实现的。因此，"情节可取自非属作者杜撰的真实事件。情节分布则全然是艺术的结构。"③ 在这一情节研究的模式中，事件（故事）本身具有重要的作用，而且"话语"层次也得到了充分的考虑，因为所谓的"情节分布"就是指在叙事的时序、人称、视角等方面对故事进行重组的话语技巧总和。

法国结构主义批评家罗兰·巴特在《叙事作品结构分析导论》中，建议把叙事作品分为"功能""行为"和"叙述"三个描述层次。"功能"是文本中最小叙述单位与内容单位。他又将叙事作品中的各种功

---

① 英国批评家福斯特（E. M. Forster）在《小说面面观》一书中区分了"故事"与"情节"的概念，强调因果关系是情节的决定因素："现在，我们该给情节下个定义了。我们曾经给故事下过这样的定义：它是按照时间顺序来叙述事件的。情节同样要叙述事件，只不过特别强调因果关系罢了。如'国王死了，不久王后也死去'便是故事；而'国王死了，不久王后也因伤心而死'则是情节。虽然情节也有时间顺序，但却被因果关系所掩盖。又例如：'王后死了，原因不详，后来才发现她是因国王去世而悲伤过度致死的。'这也是情节，不过带点神秘色彩而已。这种形式还可以加以发展。这句话不仅没涉及时间顺序，而且尽量不同故事连在一起。对于王后已死这件事，如果我们再问：'以后呢？'便是故事，要是问：'什么原因？'则是情节。这就是小说中故事与情节的基本区别。"Forster, Edward Morgan, *Aspects of the Novel*, Mariner Books, 1985, p. 93. 译文引自［英］E. M. 福斯特《小说面面观》，朱乃长译，中国对外翻译出版公司2002年版，第75—76页。
② ［俄］鲍里斯·托马舍夫斯基：《主题》，《俄国形式主义文论选》，方珊等译，生活·读书·新知三联书店1989年版，第111页。
③ ［俄］鲍里斯·托马舍夫斯基：《主题》，《俄国形式主义文论选》，方珊等译，生活·读书·新知三联书店1989年版，第115页。

能划分为两个类别：分布类与归并类。第一类相当于普洛普所说的功能，按照布雷蒙的研究成果，功能的实现与否依托于各个行为的前后关联。第二类包括所有的"迹象"，这种迹象涉及有关人物性格、身份信息还有"气氛"的描写等。由于多种迹象经常使人联想到同一所指，比如一个人物身份要通过诸如"蓬头垢面""衣衫褴褛"或"神采飞扬"等多种迹象来展示出来，所以这种迹象被称为"结合式"。

功能和迹象两大分类能导向叙事作品的情节分类：有的叙事作品功能性强（如民间故事），有的叙事作品则迹象性强（如"心理"小说）。单就"功能"一项也可以划分为两类，主要的功能称之为"核心"，具有补充性质的第二类功能称之为"催化"：前者是叙事作品（或者是叙事作品的一个片段）的功能单元；而后者只不过是用来"填实"叙事功能单元之间的叙述空隙。取消一个核心必然影响故事进展，而取消一个催化将会影响陈述故事的话语。同样，"迹象"这一大类也可分为两小类。第一类是所谓严格意义上的"迹象"，用以表示性格、感情、气氛和哲理，第二类是用以说明身份和确定时间与空间的"信息"，包括一些直接表示意义的纯数据（如某一个人物的确切年龄等）。一个叙事单位可以同时属于两个不同的类别，于是各种"功能"和"迹象"自由组合形成风格各异的叙事作品。①

综上所述，关于"情节"归属的叙事学范畴问题我们得到三种观点：情节属于"话语"层面，这是以什克洛夫斯基、查特曼等人为代表的论点；情节属于"故事"层面，这是以普洛普、布雷蒙等人为代表的主张；以及情节处于"故事"与"话语"之间的折中观点，这一派代表人物为托马舍夫斯基与巴特。情节究竟是否属于"故事"层面？按照亚里士多德的模仿理论可知，情节是对周遭人物行为的模仿也是按自然时序发生之真实事件的安排与重组。由此可见情节的表述完全依托于"故事"，用语言、文字或其他媒介表达出来的故事必然离不开各种话语手段，因为一个事件一旦被讲述就必须涉及某些话语技巧：包括叙

---

① 这段关于罗兰·巴特观点的详细讨论参见 Barthes, Roland, and Lionel Duisit, "An Introduction to the Structural Analysis of Narrative", *New Literary History*, 6.2 (1975): 237–272。中译部分参考罗兰·巴特《叙事作品结构分析导论》，张寅德编选《叙述学研究》，中国社会科学出版社1989年版，第9—17页。

述的时序、人称、视角等。除此之外，叙事作品中的事件并非完全是真实世界里发生的事件，很大一部分是按照叙事者和叙事接受者的阅读经验与生活阅历构建出来的某种具有完整的因果关系的理想化事件。这种对"故事"的起因、发展、结局的有意识构建是根本无法脱离话语手段的——换句话说，任何情节都不能单纯地被看作"故事"，因为它充满了话语的痕迹。同样地，我们知道充满了话语技巧的情节只是经过叙事者修饰和构建的故事或故事片段的再现，只强调情节的作用显然是顾此失彼地忽略了故事的重要性，无益于我们对中国古典小说中"无事之文"的研究。国内学者申丹的意见十分值得我们重视："把情节完全摆在话语这一层次上无疑失之偏颇。需要指出的是，'话语'与'故事'的区分大体相当于中国传统上对'文'与'事'的区分。把情节摆在'文'这一层次上而将其与'事'对立起来显然不合情理。这种情节观排斥故事事件的作用，特别在分析传统上以故事事件为中心的小说时，极易导致偏误。"① 所以我们在情节研究的方法上更为认同第三类学者将情节置于"故事"与"话语"之间的情节观。这种观点兼顾了故事事件与话语技巧的重要性，如巴特将情节看作故事事件与话语手段相结合的产物，从而提出了"情节分布"这一概念来专门指涉叙事中的话语技巧，这一做法无疑是更科学而明晰的。

情节观的不同导致了研究方法的差异。当前的情节研究分成宏观和微观两个方向。宏观研究的对象是所有叙事作品，注重探讨整个叙事的宏观结构，找出这些叙事结构的固定模式从而达到情节分类的目的，因此这一类情节研究也被称为情节类型学或情节分类学。微观研究主张将情节切分成最小的意义单位进行解剖分析以研究情节内部的结构方式，总结情节结构中最小单位的构成及其相互关联，最终导向作品叙事风格的分类。两种研究方法的相同之处：一是高度关注叙事形式本身以及所有叙事作品叙事形式的共性，尽可能排除影响叙事类型和叙事风格特征的外在因素；二是在叙事作品中直接找出或总结出具有某种叙事"功能"的情节单位，厘清情节中与故事框架有直接关联的部分并对其作用加以解释。二者的不同之处在于：前者试图探讨故事的深层结构以解

---

① 申丹：《叙述学与小说文体学研究》，北京大学出版社2001年版，第44页。

释情节最根本的结构原则和逻辑关系，努力构建与总结叙事作品中固定不变的母结构。后者从叙事作品最小意义单位的功能入手，对构成叙事作品的各级意义单位和它们之间的关联作出尽量详细的描述与分析，从而对叙事作品的叙述风格进行更准确的判断定位。

关注情节的宏观结构、寻找叙事作品中不变的元素以建立叙事行为恒定的母结构属于传统的情节研究方法，但由于切割叙事作品并在其中寻找不变的叙事元素难于形成一个统一的标准，所以关于构建情节母结构的讨论极难达到一致，比较有说服力的著作选取的研究对象都是相对而言叙事结构比较单一的民间故事、神话传说等。这种叙事作品的结构大多类似或者属于某种格套，从而更容易总结出某种不变的规律。这一类研究以普洛普的《故事形态学》[1]为代表，此外还有芬兰学者安蒂·阿尔奈（Antti Aarne）提出并由美国学者斯蒂·汤普森（Stith Thompson）在《世界民间故事分类学》[2]加以完善的AT情节分类法等。丁乃通先生的《中国民间故事类型索引》[3]是中国第一部以AT分类法编写的情节类型研究著作，为中国叙事作品情节研究与国际学界沟通和对话打开了一扇窗。此后，我国学者在情节研究中基本沿袭这种经典的研究方法来考察叙事作品的宏观叙事结构。在民间文学叙事作品研究中作出重大贡献的学者钟敬文于1931年撰写了《中国民谭型式》，共整理出了45个中国民间故事类型，此后又发表《中国的天鹅处女型故事》等文章，从人类学角度阐释口头传说中的民俗文化要素[4]。在民间故事类型学研究中卓有成绩的还有刘魁立、祁连休等学者[5]。除了民间故事与民俗学研究之外，学界对中国古典小说与戏曲等叙事作品的情节叙事研究也多采用了宏观研究的方法。比较有开拓性的如台湾学者金荣华的

---

[1] [俄] 弗拉基米尔·雅可夫列维奇·普洛普：《故事形态学》，贾放译，中华书局2006年版。

[2] [美] 斯蒂·汤普森：《世界民间故事分类学》，上海文艺出版社1991年版。

[3] [美] 丁乃通：《中国民间故事类型索引》，郑建成等译，华中师范大学出版社2008年版。

[4] 参见钟敬文《钟敬文民俗学论集》，上海文艺出版社1998年版。

[5] 刘魁立：《世界各国民间故事情节类型索引述评》，《刘魁立民俗学论集》，上海文艺出版社1998年版，第354—392页；祁连休：《中国古代民间故事类型研究》，河北教育出版社2007年版。

《六朝志怪小说情节单元分类索引》[1]，是一部将六朝志怪小说中庞杂的情节分门别类进行分析的工具书，另一位台湾学者刘淑尔的博士学位论文《元杂剧情节类型研究》[2] 使用通用的 AT 分类法为基础为《全元杂剧》剧目的"情节单元"进行分门别类，试图建立元杂剧"情节单元"与"故事类型"研究的初步系统。

  内地学者近年来也注意到了古典小说情节研究的意义，2007 年开始，《北京大学学报》（哲学社会科学版）开辟了"古代小说前沿问题丛谈"的专栏，旨在探讨古代小说研究的重要问题以及探寻新的研究思路。2010 年的"古代小说前沿问题丛谈之四"由北大中文系刘勇强教授主持，参与讨论的有刘勇强、李鹏飞和潘建国等学者，讨论的核心命题即是古典小说的情节问题。李鹏飞先生的《古代小说的情节与情节研究》[3] 从西方叙事学研究角度厘清了"情节"这一术语的确切含义和基本内涵，"故事""情节""话语"三个相互关联的术语与小说叙事有哪些密切关系以及"情节"概念作为西方叙事学术语进入汉语叙述语境之后所遇到的问题等。刘勇强先生的《古代小说情节类型的研究意义》[4] 阐述了情节类型形成的过程，认为情节的类型化是中国古典小说创作趋于成熟的规律性现象，属于小说文本研究的关键一环，并将叙事学研究中的母题研究和叙事模式研究进行了比较分析，指明了中国古代小说情节类型研究应采取的方式及其意义。潘建国《古代通俗小说情节衍变及其研究视角》[5] 总结了古代通俗小说情节衍变的几种表现形式：如增饰新人物，引出新情节、调整情节重心，改写故事结局，甚至小说版本翻刻中的增饰和删削等。此外还提出了小说情节衍变研究的几种值得关注的研究方向，如古代通俗小说的编撰方式、传播方式与西方小说和现当代小说相比的特异

---

[1] 金荣华：《六朝志怪小说情节单元分类索引》，博士学位论文，中国文化大学，1984 年。
[2] 刘淑尔：《元杂剧情节类型研究》，博士学位论文，中国文化大学，1996 年。
[3] 详细论述参见李鹏飞《古代小说的情节与情节研究》，《北京大学学报》（哲学社会科学版）2010 年第 3 期。
[4] 刘勇强：《古代小说情节类型的研究意义》，《北京大学学报》（哲学社会科学版）2010 年第 3 期。
[5] 潘建国：《古代通俗小说情节衍变及其研究视角》，《北京大学学报》（哲学社会科学版）2010 年第 3 期。

之处对情节衍变造成的影响,以及其他俗文学作品对通俗小说文本情节的交叉影响等。宁稼雨在2012年发表的《故事主题类型研究与学术视角换代——关于构建中国叙事文化学的学术设想》[①] 一文中肯定了20世纪中国古代小说戏曲研究在文学史的研究和作家的专题研究方面取得的成就,但也指出了这种学术范式存在某些不足或局限:作家作品和文体史的研究偏重于作家生平思想和作品的思想内容,以及小说、戏曲这些文学体裁的产生与发展过程。但从主题类型学的角度看,这种大而化之的研究程式无法全面揭示与阐明那种跨越单一作品或单一文体的故事主题类型的产生与发展。该文阐释了主题学研究对于中国叙事文化学的借鉴意义,并提出了中国叙事文化学的基本构想,即在AT分类法基础上按照中国古典叙事文学的特定主题来进行分类研究。上述学者的讨论肯定了古典通俗小说中情节研究的重要意义并提出了可供借鉴的研究方向与方法,对我们十分具有启发性。

综上所述,目前对古典小说的各类情节研究仍属于宏观情节研究的范畴。前面我们讨论到,宏观的情节研究目的在于帮助我们建立一类所有叙事作品都符合规律的固定叙事结构。这种研究对于情节类型化现象较为普遍的古典通俗小说是比较适当的。但通过上面的论述我们也发现:首先,"情节"是一个定义和范畴都十分复杂的概念,它在不同的叙事作品中所表现出的形态十分丰富;其次,宏观的情节研究只能揭示古典小说普遍的情节类型而忽略了叙事文本个体的叙事风格与特征。最重要的一点是,古典小说中的"无事之文"作为游离于叙事作品固定情节框架之外的特殊文本,需要我们引入一种更有针对性的研究方法以探讨其中叙事元素的基本构成,以及这种构成方式何以使该段文本成为不具备推动主干故事发展功能的"无事之文"。因此,我们在对古典小说"无事之文"的研究中打算借鉴以托马舍夫斯基和罗兰·巴特为代表的微观情节分析方法:将叙事文本的最基本叙事单位进行详细的切割与分类,通过研究一段文本的叙事元素基本构成来分析其叙事的功能性质——该段文本是否处于主叙事中并推动故事发展,从而导向对"无事之文"的鉴别与叙事作品情节风格的分类。微观的情节研究,严格地

---

① 宁稼雨:《故事主题类型研究与学术视角换代——关于构建中国叙事文化学的学术设想》,《山西大学学报》(哲学社会科学版)2012年第3期。

说是一种对叙事作品情节分布与处理的研究。为了明确地表征情节的基本构成及其分布的各项概念,我们需要引进一些相关的术语并在分析前对这些术语进行必要的解释说明。

第二节 "无事之文"与情节类型

用微观情节研究的方法来讨论古典通俗小说的情节中是否存在"无事之文"以及"无事之文"的风格特征,首先要做的是确定一个情节中最小的即最基本的叙事单元。风格学家维·弗·维诺格拉多夫提出诗歌风格史学家分析一首诗歌的风格时"最重要的是决定这些机体化整为零的过程,这就是描述机体的各个部分怎样在作品中应用"[①]。以托马舍夫斯基为代表的形式主义批评家认为任何叙事作品(不想有效表达任何意义的实验性作品除外)都有一个主题,而且作品的每个部分都各有一个主题。每个单独的语句根据各自的意义形成相应的主题,根据一定的思想或共同主题组合在一起就形成了一部作品的叙事结构。[②]所以"无事之文"的研究应该集中在对叙述句中最小意义单位"主题"的选择与组合的关注之上。至于如何分割一个叙事作品的主题,托马舍夫斯基认为须要将一个作品分割成若干主题直到无法继续分割为止,无法继续分割的主题被称作细节(motif)[③]:"经过把作品分解为若干主题

[①] [俄] 维·弗·维诺格拉多夫:《论风格学的任务》,[俄] 茨维坦·托多罗夫编选《俄苏形式主义文论选》,蔡鸿滨译,中国社会科学出版社1989年版,第93页。

[②] [俄] 鲍里斯·托马舍夫斯基:《主题》,[俄] 维克托·什克罗夫斯基等《俄国形式主义文论选》,方珊等译,生活·读书·新知三联书店1989年版,第107页。

[③] "motif"传统上按谐音翻译成"母题",从字面意思上看似乎是某一类叙事作品主题的总称,它实际意义却正相反,指的是一个主题下无法再继续分割的最小意义单位,《俄国形式主义文论选》的译者方珊将之译为"细节","细节"在含义上基本表达了原作者的意图,但失之笼统,较容易和我们用来泛指的"细节描写"之"细节"相混淆;《俄苏形式主义文论选》的译者蔡鸿滨将之译为"动机",我们认为这个译文有以偏概全的倾向,因为叙事作品中并不是所有的最小表意单位都展示了某种"动机"我们即将揭示我们的研究对象"无事之文"的主题恰恰是由一些无"动机"的或者至少与主干故事情节无联系的无效"动机"构成的叙事文本。赵毅衡在其《苦恼的叙事者》中最小的与意义相关的结构单元译作"意元"。参见赵毅衡《苦恼的叙事者》,北京十月文艺出版社1994年版,第172页注1。后文引用徐贲的《二十世纪西方小说理论之人物评析观》中将这个概念意译为"叙事因子",我们认为后两种译法是基本符合该词原意又不至于引起混淆与误会的译法。但由于我们的引文主要引自《俄国形式主义文论选》,故为了行文的方便姑从方珊的翻译将之称为"细节"。

●○ "无事之文"与中国古典白话小说

部分，最后剩下的就是不可分解的部分，即主题材料的最小分割单位。如'天色晚了''拉斯柯里尼柯夫打死了老妇人''英雄牺牲了''信收到了'等等。作品不可分解部分的主题叫做细节，实质上每个句子都有自己的细节。"① 所以托马舍夫斯基认为最小的细节可以是一个叙述句或一个短语；而维诺格拉多夫则指出"要感觉一个诗人在语言上的独特贡献，评论家和作者就必须以同样的方式使用文学语言特有的词义单位。"② 可见他认为细节可以小到任何一个具备意义的词素。这些划分理论各有其意义，在我们研究"无事之文"的实际操作中，只要能将"无事之文"的叙述句中各项具备和不具备意义功能的叙事元素也即"细节"分离出来并以类相从即可。徐贲在《二十世纪西方小说理论之人物评析观》将待分类的"细节"称为"叙事因子"，并对其分类方式进行了详尽评析：

> 形式主义小说研究为叙述分析确定了最基本的讨论单位："叙述因子"。叙述因子是指从每个叙述的句子中抽取出来的"意思"，是一些单一的行为概念，例如"追求""误会"等等。尽管叙述因子在叙述过程中涉及具体行为者，但作为形式讨论的单位，它不是对实际行动的描述或摹写，而是对它的变形和抽象……叙述因子同行为的关系类似于情节同故事的关系。它和具体的行为虽有联系，但唯有它才是艺术创作的结果（如重复、强调、反说、讽喻等等）。唯有叙述因子才具有文学性，因而也唯有它才是批评家所应当关注的。形式主义小说分析又进一步把叙述因子分成"自由"的和"非自由"的两类。非自由叙述因子受故事发展的约束，是必不可少的；自由叙述因子则不然。例如巴尔扎克小说中大段的场景或衣服描写并不是故事发展所必需的，是一些自由叙述因子。从文学的角度来说，只有自由叙述因子才最能体现作家的艺术形式特征和作品所属的传统和类型。如果小说的一切变化和效果都基于纯

---

① [俄] 鲍里斯·托马舍夫斯基：《主题》，《俄国形式主义文论选》，方珊等译，生活·读书·新知三联书店1989年版，第114页。
② [俄] 维·弗·维诺格拉多夫：《论风格学的任务》，《俄苏形式主义文论选》，中国社会科学出版社1989年版，第92页。

形式的叙述因子的组合和变换，那么把小说人物当作思想、行为和感情的独立个体来讨论也变得没有意义了。①

在对"细节"的分类上主要有两种分类方式：一种是罗兰·巴特在《叙事作品结构分析导论》中提到的三层分类法，即将叙事作品分为三个描写层次："功能层""行为层"和"叙述层"，在情节研究中重点的研究对象"功能层"又分为两大类别：分布类的"功能"与归并类的"迹象"，就功能类而言还可以分出属于主要功能的"核心"和属于补充性质的"催化"；"迹象"也可以分成需要读者通过辩读活动识别出的严格意义上的"迹象"与不需要辩读识别即可获得的现成知识"情报"等②。另一种是托马舍夫斯基在《主题》一文中提出来的二重分类法：从细节所含的客观行为是否使故事情境发生变化的角度来看可分为，动态细节与静态细节；从是否破坏故事叙述的因果关系角度来看，可分为关联细节与自由细节。③

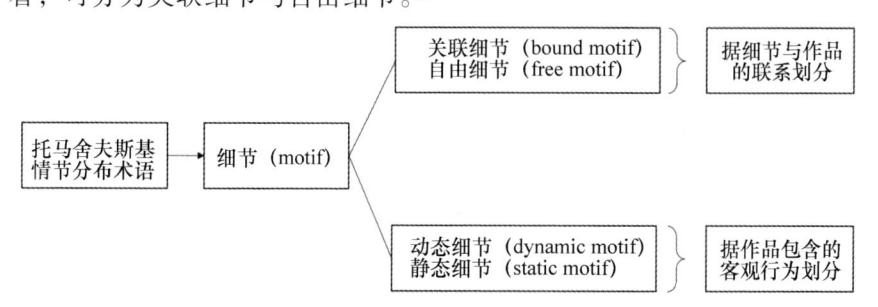

```
托马舍夫斯基        关联细节（bound motif）     据细节与作品
情节分布术语 → 细节（motif）   自由细节（free motif）      的联系划分
                            动态细节（dynamic motif）   据作品包含的
                            静态细节（static motif）    客观行为划分
```

图1　托马舍夫斯基情节分布术语

---

①　徐贲：《二十世纪西方小说理论之人物评析观》，《文艺研究》1989年第3期。
②　关于术语的分类，罗兰·巴特指出："功能和迹象这两大类单位应该已经能够使我们对叙事作品进行某种分类……这两大类各自还立刻可以分出两类子类叙述单位。我们把第一类叫做主要功能（或叫核心），鉴于第二类功能的补充性质，我们称之为催化。主要功能的唯一条件是功能依据的行为为故事的下文打开（或者维持，或者关闭）一个逻辑选择……这些催化只要与一个核心建立相关关系就仍然具有功能性质。……催化支配着安全地带、停顿和奢侈部分。然而这些'奢侈品'不是没有用处的。应当重申，就故事角度而言，催化所有的功能性可能较弱，但决不是没有。纵然催化是纯粹多余的（相对其核心而言），它仍然是信息经济的组成部分……可以这样说，取消一个核心必然影响故事，而取消一个催化也必然影响话语。"《叙事作品结构分析导论》，张寅德编选《叙述学研究》，中国社会科学出版社1989年版，第14—16页。
③　[俄] 鲍里斯·托马舍夫斯基：《主题》，《俄国形式主义文论选》，方珊等译，生活·读书·新知三联书店1989年版，第114页。

为论述清晰，二者对情节构成与分布的分析术语如图2所示。

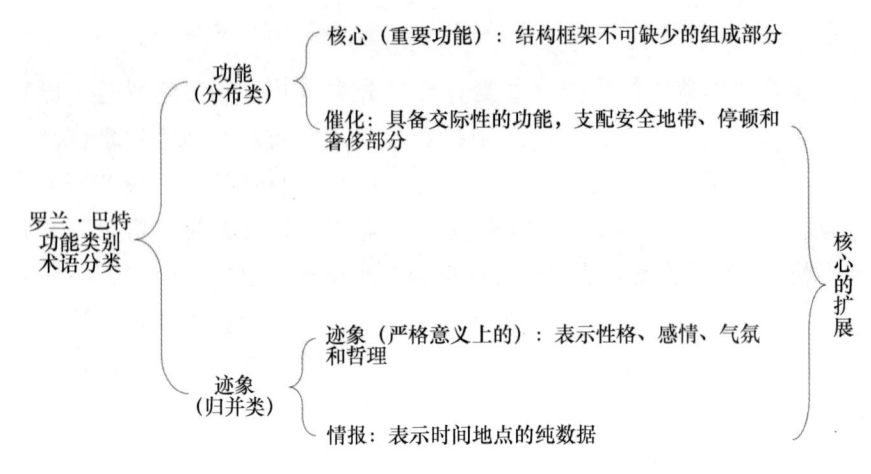

图2 罗兰·巴特功能类别术语分类

罗兰·巴特功能类别术语分类
- 功能（分布类）
  - 核心（重要功能）：结构框架不可缺少的组成部分
  - 催化：具备交际性的功能，支配安全地带、停顿和奢侈部分
- 迹象（归并类）
  - 迹象（严格意义上的）：表示性格、感情、气氛和哲理
  - 情报：表示时间地点的纯数据

（核心的扩展）

下面我们将要把这一套理论运用到"无事之文"的分析中去。由前几章对"无事之文"的定义中可知，所谓无事之文即是对古典通俗小说叙事作品的故事主干不发生影响的文本。按照罗兰·巴特的理论来说，就是某一段文本中不存在能介入叙事框架的"核心"功能，换句话说："无事之文"中不存在能加入叙述因果链的主题。

具备核心功能的主题能够提出待解决的问题或悬念，也即制造某些冲突。这种问题会在后文得到有效的回应和解答，冲突得到解决后进入下一个核心主题制造出的冲突，如是往复。所谓主题的核心功能就是以这种制造冲突和解决冲突的方式推动着主干情节前进。比如，《红楼梦》中贾宝玉和薛宝钗互相辨识通灵宝玉和金锁上镌刻的字这一主题就是一个典型的介入情节的"功能"，很明显双方辨识出对方随身佩带的信物与后文中人物的曲折命运与爱情悲剧之关系密不可分，这是故事框架中必不可少的核心部分。由是观之，林黛玉因赌气剪坏送给贾宝玉的香袋儿应该是一个具备"催化"功能的主题，因为这个主题从侧面描绘出黛玉性格中多心小性儿的一面，但这一小段情节本身并没有后果——虽然黛玉在怒气平息后表示会绣一只新的香袋儿送给宝玉，但后文再也没有关于香袋事件的跟踪报道；显然这个故事被搁置了。但是这个主题反映了恋人间的摩擦和猜忌侵蚀了女主人公黛玉的健康，最终导致了她含恨早殇的悲剧结局，而有关主人公伤逝的情节全部是"核心"的功能。再如晴雯用耳挖子去扎偷平儿虾须镯的小丫头坠儿的嘴巴这个主题属于一种迹象，从这种迹象中可以推测出晴雯嫉恶如仇、性如火炭的刚烈品格，同时也暗示了她性格中恃宠而骄的局限性。虽然晴雯不算小说的主要人物，她的行为也不具备"核心"的功能，但彰显晴雯性格特色的"迹象"还是从一个方面反映了主人公宝玉对身边的女子们爱护并欣赏的态度，所以表现晴雯性格的"迹象"可以看作宝玉对女子欣赏并理解这一"核心"主题的扩展，虽然不对叙事框架造成决定性影响但却使主人公的人物形象更丰富丰满。

　　托马舍夫斯基建议用简述叙事作品情节概要的方式来判定一个细节的性质：有一些细节处于故事框架的因果联系之中，因此在简述情节概要的时候无法忽略，否则会破坏故事的完整性，这种无法被忽略的细节被托氏命名为关联细节。同理，那些即使删减掉也不会破坏叙事框架完整性的细节被称为自由细节。"对于情节来说，只有关联细节才有意义。而在情节分布中，有时却是自由细节（'插话'）控制和决定着作品的构成。这些附加细节（'详情'等）引入的目的在于艺术地构建故事，它们具有各种功能……"① 由此可见，关联细节和自由细节这种意义单位的划分方式与罗兰·巴特核心功能和催化功能的划分可以形成一定的对应关系。

　　另外，根据细节所含的客观行为还可将细节划分为动态细节和静态细节。前者可以使叙事情境发生根本上的转变。如《金瓶梅》中潘金莲在支起窗户时不小心打中了沿街经过的西门庆的头——这是一个典型的关联细节，因为从这之后整个故事的重心开始转向了西门庆的家庭生活，这也是这部小说叙事框架中重要的转折点之一。而静态细节不能造成情境的转变，古典通俗小说中有大量的静态细节描写，因为中国传统小说中情节分布比较散漫，经常插入一些人物性格小传、环境与气氛的

---

① ［俄］鲍里斯·托马舍夫斯基：《主题》，《俄国形式主义文论选》，方珊等译，生活·读书·新知三联书店1989年版，第115页。

描写等对故事情境不造成影响的细节。如《醒世姻缘传》中大段对故事发生的地点明水镇自然风光的描绘、《金瓶梅》中对西门庆家宴上的珍馐佳馔不厌其详地介绍，等等。"典型的静态细节是对自然、地域、环境、人物及其性格等的描写。动态细节的典型形式是主人公的行为和举动，是情节的中心动力细节。相反，在情节分布的形成中，占首位的却可能是静态细节。"由此可见，"无事之文"就属于这一类静态细节的一种。①

通过对叙事文本的节缩概述可知，关联性细节不能从叙事作品中删除，否则会影响情节的因果关系造成叙事框架的不完整；自由细节可以随意从叙事文本中删去而不影响情节的完整。动态情节能使叙事情境发生变化，也即推进故事的发展进程；而静态情节只是一些对景物及人物性格的描写文字，无法直接推进故事的发展进程。自由细节一般属于静态细节，但并非任何静态细节都是自由的。② 所以，从细节对叙事作品叙事框架完整性的影响大小出发，可以将这些细节的重要性排列如下③：A. 动态关联细节；B. 静态关联细节；C. 动态自由细节；D. 静态自由细节。

动态关联细节是叙事作品的中心动力情节，也是叙事者所讲述故事的主干部分。静态关联细节属于动态关联细节的预备部分，为情节的发展提供必要的道具、人物性格发展的各种指涉与伏笔等，它的重要性应仅次于动态关联细节。而动态自由细节含有的人物动作比较密集，所以

---

① ［俄］鲍里斯·托马舍夫斯基：《主题》，《俄国形式主义文论选》，方珊等译，生活·读书·新知三联书店1989年版，第117页。

② 关于这个结论，托马舍夫斯基曾经举了来自奥斯特洛夫斯基小说《没有陪嫁的女人》中一个经典的例子：假设情节中必须有一杀人案，那么主人公就需要有一支手枪，被引入读者视野的手枪这一细节，虽然是静态细节，但却是关联细节，因为没有手枪就不能实现这次枪杀。

③ 这种将两种区分方法列出的细节类型以排列组合的形式进行交叉分析的研究方法受到了赵毅衡《苦恼的叙事者》"意元与情节类型"一节使用的研究方法的重要启发。赵氏也将托马舍夫斯基分类法中叙事意义的最小单位（赵称之为"意元"）按其对情节的重要性降序分为四个结合类型：动力束缚型意元，动力自由型意元，静力束缚型意元，静力自由型意元。不过，我们认为在"无事之文"的具体研究中，由于静态关联细节作为动态关联细节的预备与铺垫应该是叙事框架中必不可少的部分，它的重要性应该仅次于动态关联细节，而不是像赵毅衡先生那样将之仅列在第三，位居动力自由型之后。

看上去叙述速度较快而且片段性比较强，却与叙事作品的因果链联系不大，实际上是"无事之文"的一种表现形式。最后一种静态自由细节，既不推进情节发展更不对故事框架的因果链负责，按照我们前文对"无事之文"的分类定义，这是最具典型性的一种"无事之文"。下面我们将从小说中选取情节片段进行分割剖析。

第一种，动态关联细节与动态关联性情节。

> 是时B｜东风大作A｜，波浪汹涌D｜。操A｜在中军B｜遥望隔江A｜，看看月上D｜，照耀江水D｜，如万道金蛇D｜，翻波戏浪D｜。操A｜迎风大笑B｜，自以为得志A｜。忽C｜一军A｜指说A｜："江南B｜隐隐D｜一簇帆幔A｜，使风而来A｜。"操A｜凭高望之A｜。报称A｜："皆插C｜青龙牙旗C｜。内中C｜有大旗A｜，上D｜书A｜先锋黄盖A｜名字B｜。"操A｜笑曰A｜："公覆A｜来降A｜，此天助我也B｜！"①

文中A、B两个部分是叙事文本中删去会影响情节完整性的关联性细节，可见这一段文字中关联性的细节占了绝大部分比例。将少数景色描写的静态性自由情节与少数表示动作状态的动态性自由情节删去我们可以得到这样一段缩略文字：

> 是时东风大作，操在中军遥望隔江，（操）迎风大笑，自以为得志。一军指说："江南一簇帆幔，使风而来。"操凭高望之。报称："有大旗，书先锋黄盖名字。"操笑曰："公覆来降，此天助我也！"

由于动态性关联细节占绝对比例，这段文字经过缩略后仍基本保持了原貌，所以我们可以将这样由动态性关联细节占优势的情节片段看作具备动态关联性质的段落，这一段文字由于其关联性而使故事保持了因果关系必要的完整性，因而不可从叙述中略去。综上，通过分析情节段

---

① （明）罗贯中：《三国演义》，人民文学出版社2002年版，第408页。

●○ "无事之文"与中国古典白话小说

落中各种细节的性质,我们可以分析出这个段落的性质,一篇叙事作品中含有大量的某一性质的段落,可以视为分析该篇作品叙事风格的重要指标之一。

第二种,静态关联细节与静态关联性情节。

> 宝玉A｜吃了茶C｜便出来A｜,一直D｜往西院来A｜。可巧D｜走到凤姐儿院前A｜,只见C｜凤姐儿A｜在门前站着B｜,蹬着门槛子B｜,拿耳挖子剔牙B｜,看着十来个小厮们挪花盆呢C｜。见宝玉来了B｜,笑道A｜:"你来的好C｜,进来,进来A｜,替我写几个字儿B｜。"宝玉A｜只得跟了进来B｜。到了房里A｜,凤姐命人取过A｜笔砚纸来B｜,向宝玉道A｜:"大红妆缎四十四B｜,蟒缎四十四B｜,各色上用纱一百匹B｜,金项圈四个B｜。"宝玉道A｜:"这算什么?B｜又不是帐,又不是礼物B｜,怎么个写法儿B｜?"凤姐儿道A｜:"你只管写上B｜,横竖D｜我自己明白B｜就罢了D｜。"宝玉A｜听说B｜,只得写了A｜。①

这段文字选自《红楼梦》第二十八回。从细节的类型上分析,除去表主人公称谓的动态关联性细节以外,与人物性格以及主要人物生活细节相关联的静态关联性细节占据了主导地位。因此我们可以判定这一段落具备明显的静态关联性质,属于静态关联情节。在静态关联的情节中,所叙述的事件以及人物行为和叙事作品的主干故事没有明显的因果联系,属于因果链破碎的衍生情节。如上面所引用的这一段文字与主线叙述并不相关,因为小说后来并没有解释贾宝玉为王熙凤誊写的这张看上去扑朔迷离的清单究竟有什么用处,也没有在后文补充关于清单上所列出物品的来历或者去向:这是一个完全"没头没尾"的情节。不过在我们试图将段落中的关联性情节连缀在一起作压缩简述的时候,可以发现这一类文字很难做到"简述",因为它包含的细节大多还是关联性的内容,其中主要是有关主人公性格的某种侧面的展示以及涉及主要人物的某些琐屑的行为及其影响等。在这一段中,凤姐儿脚蹬门槛和拿耳

---

① (清)曹雪芹:《红楼梦》,人民文学出版社2008年版,第379页。

挖子剔牙的动作描写生动地展示了一个泼辣蛮横的管家人形象。虽然这一类文字与主线故事没有关联，但由于它提供的仍然是折射主人公性格某些方面的描写，所以我们不能将它们视为"无事之文"。

第三种，动态自由细节与动态自由性情节。

动态自由细节关注情节中人物的动作行为，但是这些动作行为中并不包括揭示主要人物性格特点及为故事进展提供准备条件的细节——因为这一类细节已不属于关联性的范畴。动态自由细节中包含大量与主体情节无关的人物动作和语言，叙事节奏读上去比较明快。但由于这些情节中所包含的细节与故事主干没有因果联系，因而大量的动态自由细节会给叙事造成支离破碎的印象，这种情形在中国古典长篇小说中比较常见，在《红楼梦》《金瓶梅》等描写世情的小说中尤为普遍。试举例分析如下：

> 话说D｜周瑞家的A｜送了刘老老去后A｜，便上来回王夫人话B｜，谁知D｜王夫人不在上房B｜，问丫鬟们C｜，方知C｜往薛姨妈那边B｜说话儿去了C｜。周瑞家的A｜听说C｜，便出东角门过东院B｜往梨香院来A｜。刚至院门前C｜，只见C｜王夫人的丫鬟金钏儿A｜和那一个才留头的D｜小女孩儿A｜站在台阶儿上玩呢C｜。看见C｜周瑞家的A｜进来C｜，便知有话来回C｜，因往里努嘴儿C｜。周瑞家的A｜轻轻D｜掀帘C｜进去A｜，见C｜王夫人正和薛姨妈A｜长篇大套的D｜说些家务人情话C｜。周瑞家的A｜不敢惊动C｜，遂进里间来A｜。[①]

由上述分析可见，这一段情节中刨除表示人物称谓的动态关联细节之外，属于以动态自由细节占主导地位的段落。这个情节是描写次要人物周瑞家的在送刘姥姥回去与向王夫人汇报对刘姥姥的招待情况两个动作之间一些与故事主题无关的动作描写。删除这个段落并不会使故事主干发生任何变化，但叙事作品中存在这些自由性的细节使情节丰富，人物的行为也更真实自然。以这段描写为例，以周瑞家的角

---

① （清）曹雪芹：《红楼梦》，人民文学出版社2008年版，第103页。

度描写了一个富贵之家优渥生活的场景片段。此外，通过王夫人和薛姨妈闲谈这个契机，自然地将叙述转接到后文薛宝钗向周瑞家的讲解冷香丸之来历与药效的关联性细节，叙事的衔接显得真切自然无斧凿痕迹。

再举《金瓶梅》中一列典型的动态自由性细节：

> 画童便走过这边，只见绣春在石台基上坐的，悄悄问："爹在房里？应二爹和韩大叔来了，在书房里等爹说话。"绣春道："爹在房里，看着娘与哥裁衣服哩。"原来西门庆拿出几匹尺头来，一匹大红纻丝，一匹鹦哥绿潞绸，教李瓶儿替官哥裁毛衫、披袄、背心、护顶之类。在炕上正铺着大红毡条。奶子抱着哥儿，迎春执着熨斗。只见绣春进来，悄悄拉迎春一把，迎春道："你拉我怎的？拉撒了这火落在毡条上。"李瓶儿便问："你平白拉他怎的？"绣春道："画童说应二爹来了，请爹说话。"李瓶儿道："小奴才儿，应二爹来，你进来说就是了，巴巴的扯他！"①

这段文字选自《金瓶梅》第三十四回。与上一段《红楼梦》中的情节相似，二者都是由动态自由细节主导的同一类型情节，这些情节以描写与主题无关的事件为主，对叙事作品主干情节的展开并无影响，属于典型的"无事之文"。这一段是描写西门庆的外室王六儿的丈夫韩道国因为家里吃了官司（王六儿与韩道国的兄弟韩二被街坊控告叔嫂通奸），便邀上应伯爵陪同来央求西门庆花钱疏通官府放了老婆和兄弟，小厮书童进内室向西门庆通报二人来访。在西门庆接到通报之前这个叙事的间隙里，叙事者插入了上述一段西门庆在李瓶儿房中给官哥扯尺头做衣裳的情节，张竹坡在这一节情节后批道："房中情事如画，却偏于忙中弄此闲笔。"这段情节处于主干故事的因果链之间，删去并不影响后文情节的展开，但加上这一段恬静温馨的闺房情景描写，有助于生动地展示西门庆妻妾成群的奢靡生活，同时丰富

---

① （明）兰陵笑笑生：《金瓶梅》会评会校本，香港天地图书有限公司1994年版，第694页。

和深化了小说劝诫读者远离"酒色财气"的主题。在《批评第一奇书金瓶梅凡例》中，张竹坡这样总结《水浒传》与《金瓶梅》在叙事手法上的不同之处：

> 《水浒》是现成大段的文字，如一百八人，各有一传，虽有穿插，实次第分明，故圣叹只批其字句也。若《金瓶》，乃隐大段精彩与琐碎之中，只分别字句，细心者皆可为，而反失大段精彩也。①

可见，张竹坡认为《水浒传》"各人一传、时有穿插"的写作方式虽然略显片段性，但由于存在一个明显的因果框架的制约，仍然是"次第分明"的；而《金瓶梅》相比之下故事的因果链比较破碎，似无一个明显的因果框架，不过恰恰在看似琐碎的叙事之中蕴含着大段精彩之处，这不能不说是"无事之文"的重要贡献。

第四种，静态自由细节与静态自由性情节。

静态自由性情节是最典型的"无事之文"。在这一类情节中，除了包含在其中的各种细节完全不对情节的推进或情境的转换负责，甚至连通过人物行为揭示其性格的各种提示也隐去了，叙述完全围绕着各种静态事物的描绘展开：包括景物的描绘、人物衣饰、室内陈设的描写，等等。这种情节旨在烘托某种气氛、传达叙事者暗含的某种讽喻、提供后文故事展开的一个舞台等。中国古典小说特别是以描写家庭生活为主的世情小说中充满了这种完全静止的自由细节，小说中充斥着静态自由性情节的后果即是叙述时间的停滞不前。下面试举例分析这三种情况：

一是景物的描绘。这一类描写往往以骈文的形式出现，静态自由细节几乎贯穿始终，使这些文本看上去没有任何情节而言，更不要说对情节的发展有任何促进作用了。

> 西门庆 A｜把眼观看帘前那雪 C｜，如扯绵扯絮 D｜，乱舞梨

---

① （明）张竹坡：《批评第一奇书金瓶梅凡例》，《金瓶梅》会评会校本，香港天地图书有限公司1994年版，第2097页。

●○ "无事之文"与中国古典白话小说

花D|，下的大了C|。端的好雪D|。但见C|：初如柳絮D|，渐似鹅毛D|。唰唰似数蟹行沙上D|，纷纷如乱琼堆砌间D|。但行动衣沾六出D|，只顷刻拂满蜂髻D|。衬瑶台D|，似玉龙翻甲绕空舞D|；飘粉额D|，如白鹤羽毛连地落D|。正是C|：冻合玉楼寒起粟D|，光摇银海烛生花D|①。

这段文字全用骈文白描雪景，活画出一个银装素裹的世界。通过分析可知，该段描写中几乎全部由静态自由细节组成，穿插于西门庆家宴之中，在一片安详喜庆的表象之下却隐隐透出一种清冷的气氛，暗示了西门庆身亡家败之后树倒猢狲散的悲凉结局。

以景物描写为主题的静态自由细节也频频出现在《红楼梦》中，烘托气氛的作用也大体上一致。试举一段《红楼梦》第十一回王熙凤赴宁府家宴中目睹的宁府花园景致：

（凤姐）于是D|带着A|跟来的婆子媳妇们A|，并宁府的媳妇婆子们A|，从里头绕进园子的便门来A|。只见D|：黄花满地D|，白柳横坡D|。小桥通若耶之溪D|，曲径接天台之路D|。石中清流滴滴D|，篱落飘香D|；树头红叶翩翩D|，疏林如画D|。西风乍紧D|，犹听莺啼D|；暖日常暄D|，又添蛩语D|。遥望东南D|，建几处依山之榭D|；近观西北D|，结三间临水之轩D|。笙簧盈座D|，别有幽情D|；罗绮穿林D|，倍添韵致D|。凤姐儿A|看着A|园中景致B|，一步步行来A|。②

这段全用韵文的景色描写文字优美，令人见之忘俗。整个情节中除了凤姐带领众人进入花园这一个动作之外全部是静态的自然环境描写文字，致使叙述的主线进程在这里停滞，直到王熙凤在花园里偶遇贾瑞并

---

① （明）兰陵笑笑生：《金瓶梅》会评会校本，香港天地图书有限公司1994年版，第462—463页。

② （清）曹雪芹：《红楼梦》，人民文学出版社2008年版，第154—155页。

遭其调戏情节才得以继续发展。这段文字看似单纯描写宁府花园之富丽堂皇巧夺天工简直可与瑶台阆苑媲美，不过联想到后文在这一派醉人的秋色之中即将发生的不堪情景，与这脱俗的美景形成极为强烈的反差。豪门巨族的浮华外表只是一重藏污纳垢的虚伪帘幕，不肖子孙们的卑劣与罪恶正在幕后次第上演。当读者们在小说后半部读到柳湘莲冲口而出地对贾宝玉说"你们东府里只那两个石狮子还干净罢了"的时候，再回想起作者描写东府花园迷人景致的文心周纳，恐怕难免会生出"良辰美景都付与断井颓垣"的感叹。

二是人物衣饰的描写。人物衣饰的描写是静态自由性情节最常见的表现形式，也是最常见的"无事之文"类型之一。叙事者经常停下正在进行的叙述对每个人物所穿衣物的式样质地等进行详述，有时是用来从侧面烘托人物性格，如《金瓶梅》第十五回写上元之夜吴月娘带领李娇儿、孟玉楼、潘金莲穿着华服到狮子街灯市李瓶儿新买的房子里做客观灯，书中详细描写了西门庆众姬妾华丽的装束，这段描写极具画面感，仿佛一轴仕女图呈现在读者眼前：

> 楼檐前挂着湘帘，悬着灯彩。吴月娘穿着大红妆花通袖袄儿，娇绿缎裙，貂鼠皮袄。李娇儿、孟玉楼、潘金莲都是白绫袄儿，蓝缎裙。李娇儿是沉香色遍地金比甲，孟玉楼是绿遍地金比甲，潘金莲是大红遍地金比甲，头上珠翠堆盈，凤钗半卸，俱搭伏定楼窗观看。①

这段描写中精心地按照每人的性格特点和身份地位给人物安排了适合她们的衣饰。虽然并不属于推进故事情节的描写，但加入这一段锦绣文字却显得情节更加精致。这些衣装的交代从侧面反映了众姬妾的喜好和品味，衬托了她们的身份与性格特色。还有一类衣饰的描写除了衬托人物性格之外，还能烘托某种气氛。如《红楼梦》七十回以宝玉的视角描写怡红院中一场小闹剧：

---

① （明）兰陵笑笑生：《金瓶梅》会评会校本，香港天地图书有限公司1994年版，第337页。

●○ "无事之文"与中国古典白话小说

> 那晴雯只穿葱绿院绸小袄,红小衣红睡鞋,披着头发,骑在雄奴(芳官)身上,麝月是红绫抹胸,披着一身旧衣,在那里抓雄奴(芳官)的肋肢,雄奴(芳官)却仰在炕上,穿着撒花紧身儿,红裤绿袜,两脚乱蹬,笑的喘不过气来。①

小袄、小衣、抹胸、睡鞋这些家常装扮的描写不仅为了衬托人物性格,更烘托出一种清新、活泼的日常生活气氛。通过琐屑的"无事之文"展示大观园中的女孩无忧无虑的欢愉生活,这转瞬即逝的幸福与她们日后的红颜薄命形成鲜明的比照,令人唏嘘不已。

三是室内陈设的描写。室内陈设的描写一般也属于静态自由性情节的范畴。叙事者不厌其详地描写房间的方位与摆设,有的是为了给后文即将展开的故事设置一个精确的场景,有的是表达某种讽谕的态度,还有一些单纯是为了展示叙事者在室内陈设布局方面的审美品位。如《金瓶梅》第四十九回胡僧现身施药给西门庆这个故事发生之前,从胡僧眼中看西门家客厅的陈设:

> 那梵僧睁眼观见厅堂高远,院宇深沉,门上挂的是龟背纹虾须织抹绿珠帘,地下铺狮子滚绣球绒毛线毯。正当中放一张蜻蜓腿、螳螂肚、肥皂色起楞的桌子,桌子上安着绦环样须弥座大理石屏风。周围摆的都是泥鳅头、楠木靶肿筋的交椅,两壁挂的画都是紫竹杆儿绫边、玛瑙轴头。正是:鼍皮画鼓振庭堂,乌木春台盛酒器。②

室内的装潢从质地上看富丽堂皇,十分符合一个暴富的巨贾之家的身份。然而,叙事者对室内所摆设器物的描绘却蕴含着极深的讽谕意味:抹绿珠帘、绒毛线毯、泥鳅头的楠木交椅折射出强烈的情欲色

---

① (清)曹雪芹:《红楼梦》,人民文学出版社2008年版,第965页。
② (明)兰陵笑笑生:《金瓶梅》会评会校本,香港天地图书有限公司1994年版,第973页。

彩——更有评点家暗示经过叙事者反复详细描绘的大厅内部陈设原来是对女人私处的一种隐秘的戏仿式摹写。西门庆在这样的大厅中扬扬自得地招待一个外貌酷似男根形象的西域和尚并接受了他的"神药",讽刺意味极浓,暗示了西门庆纵欲亡身的命运终究在所难免。关于《金瓶梅》中对宴饮、陈设等物详细描写的"无事之文",绣像本评道:"读此书者于器用食物皆病其赘。诚潜心细读数遍,方知其非赘也。"[①]

综上,运用西方叙事学中微观情节研究的方法,我们一一分析了古典通俗小说中可能出现的各种情节类型。其中需要重点指出的是动态自由性情节与静态自由性情节,二者都与叙事作品主干中的因果链没有关系,从叙事技巧角度来说可以删除而不影响叙事情节的进展,也就是我们所定义的"无事之文"。通过我们的分析发现,在一段情节中引入一定比例的自由性细节能稀释该段情节与主要叙事框架的因果关联,甚至使之"沦为"彻底与主叙事无关的"无事之文";而在叙事作品中加入含有动态自由性细节或静态自由性细节的两类"无事之文"可以使小说的叙事形态显得更加丰富多姿。

文本中插入"无事之文"的现象在古典长篇通俗小说中极为普遍,短篇通俗小说则较少发现。其原因比较容易理解:以较短的篇幅讲述一个故事,一般来讲较之长篇叙事作品而言叙述节奏更快,各个情节之间的因果关系更为紧密,能供叙事者插入"无事之文"的叙事间隙比较少。但在一些模仿说书人话本体制创作的短篇小说集如冯梦龙与凌濛初的"三言二拍"等作品中,还是存在叙事者模拟说书人身份中断叙述,对正在发生的故事或书中人物的行为进行评述的现象——通过叙事者的评述向叙事者拟想中的听众提供某些领域的知识,与其进行沟通乃至向读者说教,以期在叙事文本中树立一种见多识广的权威地位、并取得读者的道德认同等。这一类的"无事之文"因为完全跳脱在叙事之外,其中没有任何与叙事主体相关的因素。荷兰叙事学家米克·巴尔在他的《叙述学:叙事理论导论》中分析了这一类叙事文本的性质,认为这一类插入文本是非叙述性的:"插入文本的绝大多数是非叙述性的。在它

[①] (明)兰陵笑笑生:《金瓶梅》会评会校本,香港天地图书有限公司1994年版,第973页。

们当中没有故事被讲述。一个插入文本的内容可以是任何东西：对于一般事情的主张，行为者之间的讨论，描述，内心秘密等等。"[①] 既然这一类文本中没有任何与故事相关的"细节"存在，因而实际上我们不能将之称为一种"情节"，故这一类非叙述性文本无法纳入情节分类的研究方法之中。

无论是包含大量自由性细节的动态或静态自由性情节，还是不能称为情节的非叙述性文本，因为都与故事主干无明确因果关系，因而无法推进故事发展的进程，我们在研究中都将它们定义为"无事之文"。对于"无事之文"这种"不构成前后连贯"并"在局部上越出情节主线"的"副情节"[②] 给中国古典小说叙事结构造成的影响，学者赵毅衡提出了自己的主张：他驳斥了某些作家认为"小说中不应当有任何独立片段（episode），从头至尾，每句话，每个词，都应为讲述故事服务"[③] 的观点，认为"离题枝蔓"的叙事现象往往是大手笔的伟大作家才具备的，表面上看去似乎信手拈来，实际上内部的叙事结构却是十分严谨的，即所谓的"形散神不散"。他在评价《红楼梦》"离题枝蔓、结构松散"的叙事特色时谈道：

> 中国古典小说中"离题"最多的恐怕是《红楼梦》了……第一遍读《红楼梦》时颇不耐烦，觉得贾府那么多宴席何必个个都写，大观园群芳写诗猜谜与《红楼梦》主题又有什么关系，即使是丫头们的悲剧也与主情节关系不大，而主线——宝玉黛玉宝钗的三角恋爱——老是被打断，当时我实在看不出《红楼梦》至少在结构上为什么是杰作。当然，说《红楼梦》天衣无缝，完全没有任何多余的话，增一字则太长，减一字则太短，这也过分，但我们看到《红楼梦》的世界正是由这些大大小小主线内主线外的事件

---

① ［荷］米克·巴尔：《叙述学：叙事理论导论》，谭军强译，中国社会科学出版社1995年版，第173页。

② 赵毅衡：《当说者被说的时候：比较叙述学导论》，中国人民大学出版社1998年版，第182页。

③ Anthony Trollop, *An Autobiography*, London: Oxford University Press, 1950, p.237. 转引自赵毅衡《当说者被说的时候：比较叙述学导论》第182页，注释为原作者所加。

所构成的，闲笔不闲，"离题"而仍是叙述的有机组成部分，这是真正的叙述作品杰作的组成方式。①

还有的学者就这一问题提出了新的看法，认为中国古典小说特别是长篇的通俗叙事作品的特色即是描写生活"搀混的原生状态"，因而这些长篇叙事作品的主题是庞杂的，很难找到单一的叙事主体，因而不能认为传统中充满"无事之文"的叙述方式是离题枝蔓的——因为这些叙事作品的主题可能是多重的、复杂的，甚至是无主题的，因此我们应该重新审视我们对古代小说情节和主题的研究方法②，这个意见非常有启发性。

然而从西方文论角度来看，故事因果关系在逻辑上的严密是叙事作品所必需的，溢出主题情节的存在以及所谓的多重主题或无主题现象是叙事作品的一种缺陷。传统的叙事学观念认为情节就必须通过推断或感觉提供某种解决故事冲突和问题的方式。结构主义叙述学家查特曼断言："一个叙事作品从逻辑上来说不可能没有情节。"他所指的情节，毋宁指一个被叙事者讲述出来的具有完整因果联系的故事文本。"接下来将会发生什么？"是情节要解决的最基本问题。但他也不得不承认叙事文本中并不是所有的情节都服务于故事的结局，因此他将情节区分为"结局性情节"与"展示性情节"两类：所谓"结局性情节"的事件以因果相连的形式向结局发展，并揭示了逻辑严密的发展进程；"展示性情节"往往以展示人物为中心，事无巨细地关注一些微小的事件和细节。这些琐碎的事件也仅仅起到相对次要的解释说明作用，并不能制造复杂的悬念，亦不能使故事情境发生任何改变。现代意义上的"展示性情节"中却并不解决"接下来将会发生什么"的基本问题，甚至根本不提出这个问题。③

---

① 赵毅衡：《当说者被说的时候：比较叙述学导论》，中国人民大学出版社1998年版，第183页。
② 参见李鹏飞《古代小说主题的接受、传承及其研究》，《北京大学学报》（哲学社会科学版）2011年第3期。
③ 相关论述参见 Chatman, Seymour, *Story and Discourse: Narrative Structure in Fiction and Film*, Ithaca: Cornell University Press, 1980, pp. 47–48。译文为笔者所加。

根据上述论断可见，中国古典通俗叙事作品主干情节中穿插的"无事之文"与查特曼提出的"展示性情节"有相类之处，部分"无事之文"与"展示性情节"甚至可以形成某种对应关系。托马舍夫斯基在《主题》一文中分析各种情节类型时曾经指出："自由细节的引入，很大程度上取决于文学的传统，因而每个流派都有自己与众不同的一套自由细节，与此对照的是，关联细节却具有不同寻常的'生命力'，他们无论在什么流派中，都表现出相同的形式。"①"无事之文"作为一种自由性的细节，显然也根植于中国古典通俗叙事作品的叙事传统，正由于风貌各异的"无事之文"穿插于文本之中才形成了中国古典白话小说的叙事风格。我们将在后文详细讨论长篇白话小说中充满"无事之文"的叙事风格之形成与我国千载之下的叙事文学传统存在着哪些必然联系。

---

　　① ［俄］鲍里斯·托马舍夫斯基：《主题》，《俄国形式主义文论选》，方珊等译，生活·读书·新知三联书店1989年版，第115页。

第六章 "无事之文"与套语研究

第一节 套语与主题理论概述

一 套语理论的形成与发展

所谓套语,意指一类历代因循沿袭的习惯性文本表达方式,在西方批评体系中,多用于古典叙事诗一类口传文学的批评研究。20世纪30年代,美国哈佛大学古典文学教授米尔曼·帕里(Milman Parry)最早提出了"套语"这一概念。这个概念后经米尔曼·帕里的学生阿帕特·洛德(Albert Lord)发扬,从而形成一套完整的理论体系。因此又被称为"套语理论"或"口头程式理论"(Oral-Formulaic Theory)。

套语理论最初只被运用于古典诗歌的研究,古典诗歌如古希腊的《伊利亚特》《奥德赛》、中国的《诗经》、汉乐府与南北朝的民歌中,套语都普遍存在着。同样的诗句或句式结构所展现出的意象,经常重复出现在同时代的不同诗篇中。帕里-洛德(Parry-Lord)的套语理论在设计之初,只适用于探讨荷马史诗与南斯拉夫演述文学等口述性叙事诗歌的研究。

20世纪50年代以来,西方学者将这一理论推广为跨文化的比较文学批评方法,该理论的研究对象也不再局限于古希腊文学与前南斯拉夫史诗。理论考察的方向很快就扩展到了亚洲、非洲、欧洲、北美与南美的众多传统的口头演述文学门类之中。此外,各种异彩纷呈的文学体裁也都被一一纳入套语理论学者的研究视阈:除了史诗以外,还包括了抒情诗、民歌、宗教性的叙事韵文等不计其数的文学样式,在世界范围内形成一种专门性研究科目。

不少国家与地区在运用套语理论分析经典文本方面成果显著,如韩国20世纪七八十年代即开始用套语理论研究朝鲜民族传统讲唱文学

"盘索里"及其他类似形式的叙事乐歌，又如华裔学者王靖献在中西方文学的比较基础上使用套语理论来研究《诗经》中的"套语系统"与"主题创作"问题等。现代西方文艺评论中套语理论的运用使古代口述类叙事文学的研究具备了系统化的文艺理论指导，而套语理论在各国口头叙事文学批评的运用也使帕里-洛德（Parry-Lord）的套语理论体系本身变得更为严密完善并更具普遍性。"这一学说已经决定性地改变了理解所有这些传统的方式。通过帮助那些沉浸在书写和文本中的学者们，使他们通过对民族和文化的宽阔谱系形成总体性认识，进而领会和欣赏其间诸多非书面样式的结构、原创力和艺术手法，口头理论已经为我们激活了去重新发现那最纵深的也是最持久的人类表达之根。这一理论为开启口头传承中长期隐藏的秘密，提供了至为关键的一把钥匙。"[1]

帕里-洛德套语理论体系的支柱，可以归纳为三个结构性的概念单元：套语（有些研究中亦称之为"程式"）（formula）、主题或典型场景（theme or typical scene）及故事类型（或称范式）（story-pattern），这三个概念构成了套语理论研究的基本框架。帕里定义下的"套语"，是指相同的文化传统与格律条件下，经常用于表达某一组意念或描述相似意象的文字。由于世界各个国家的不同文学传统与格律叶韵情况各有不同，各国学者们也就这一原始定义作出了相应的修正与补充，并引入了诸如全行套语，套语式短语与套语系统等一系列概念；洛德认为，所谓"主题"即口头演述文学中反复使用的叙事与描写段落，这种段落作为一个话题单元或者一组意象的描述可以较少地受到格律的限制。有的学者也将比套语在韵律上使用更灵活一些的主题段落表述为"典型场景"。而"故事类型"或曰"故事范式"的划分则较近于弗·雅·普罗普（В. Я. Пропп）的"故事形态学"概念，指出故事类型的核心是承担叙事结构方面的某些功能，按照不同的故事类型又可以对不同的口述叙事作品的主题结构进行进一步的分类。

研究者凭借以上三个概念单元结合相关的叙事文本建立起一套分析模型，从文本分析模型中考察符合概念要求的套语并分析套语使用的频

---

[1] ［美］约翰·迈尔斯·弗里：《口头诗学：帕里-洛德理论》，朝戈金译，社会科学文献出版社2000年版，前言第9页。

率、分析套语中句法的结构、剖析叙事文本中的主题和典型场景，从而使上述理论具备分析"套语创作"与"主题创作"的普适性与阐释能力。具体的套语分析方法通常有三种：列表法、划线法与归纳说明法，尤以前两种为常见。第一种即针对所谓全行套语（whole formulaic verse，意指"与一整句诗行同一长度的套语"）的列表法，将全行套语用表格统计出来加以比较分析，这一方法适用于任何篇幅的叙事诗歌作品；第二种分析方法偏重于长篇叙事诗歌的研究，即从文本中随机抽取一组诗行，采取在套语下面用笔画线的方式，进行抽样的文本细读式分析。根据上述概念的定义及其相关的文本分析方法，帕里-洛德理论阐明了古典时期杰出的游吟诗人为何能够流畅地口头演述上千行诗，因为叙事诗中大量存在的套语本身即是口头演述文学的一种即兴创作方式。由于古代诗人平时便在传习与表演史诗的过程中熟练记忆大量习见的套语句式，在特定的场合之下，诗人会根据表演现场的条件与现实需要，将烂熟于心的各种套语进行即兴的排列组合，从而达到舌灿莲花、口若悬河的表演效果。因此，有人将行吟诗人的表演比喻成镶嵌花砖地板的工人将各式雕花的砖块通过相应的组合排列出形态各异的美丽图案，我们也可以大致地得出"口述文学是一种高度套语化的创作"这样的结论。

综上，无论是套语，还是主题，都是古代游吟诗人在口头演述的表演中所运用的程式化记忆手段与即兴文学创作的方式。加入大量循环往复的套语所构成的叙事文本能够帮助一位像荷马这样的口述诗人或一位北宋瓦子里的说书人轻而易举地牢记那些长篇大论、有时甚至可以连续表演几天的故事。而主题则主要渲染某种叙事氛围，从而引起同一叙事或抒情传统下听众的乡愁，在内心生成一种共鸣情绪。比如西方史诗中比较常见的"战场禽兽"主题，举凡描写战场残酷厮杀的场景时经常会引入一些狼、鹰、乌鸦之类的禽兽的描写，用以渲染战场残酷与悲壮的气氛；而中国的话本小说中则常见"才子佳人相见欢，私订终身后花园。落难才子中状元，奉旨成婚大团圆"的故事主题，因为这类主题极容易唤起中国传统文化背景下普通人对这一理想愿景的凝视与钦慕。

帕里及其套语创作研究的后继者们普遍承认主题在诗歌即兴演述过程中构建章节的细节之处所起到的重要作用，但直到洛德才开始认真地分析、阐释并总结主题创作的意义。"套语创作"与"主题创作"都是帕里-洛德套语理论体系中所指的套语运用的范例，主题在广义的角度上讲亦是一种突破了格律限制的套语。因此套语理论关注的是叙事作品的表达方式与叙事手法，属于典型的形式主义批评方法。

综上所述，帕里-洛德的套语理论将文学作品分成两种形态进行讨论：一种是口述文学，另一种是书面文学。世界各国在文学发展的早期形态，莫不是由口头创作肇始，通过口头表述或吟唱传播，经历过一个相当漫长的口耳相传的创作时期，直到由某些记录者将这种方式的表演记录成"底本"。如古希腊的《荷马史诗》、古英语叙事诗与据考证产生于中国西周时期的《诗经》中的某些作品，都完整地保留了口述形态的若干痕迹。《汉书·食货志》中关于《诗经·国风》民歌来源的推测之一"采诗说"，就生动揭示了《诗经》由口述文学到被记录整理为案头文本的过程：

> 孟春之月，群居者将散，行人振木铎徇于路以采诗，献之大师，比其音律，以闻于天子。

即使在文学作品以文字为媒介被记录、创作出来以后，口头创作的形式也依然与案头文学长期并存。如南斯拉夫游吟诗人吟唱的民间史诗、日本寺院中进行的"绘解"表演、中国唐代说唱艺人题材丰富的"俗讲"等，都是与案头文学并存的口头演述文学形式存在的明证。

帕里-洛德的套语理论对口述文学创作特点进行了系统深入的研究，并提出了相应的审美批评标准。由于口述文学是用另一种方式创作，所以也应当建立起不同于书写文学的审美批评理论，以便真正认识古代口头文学作品的艺术特色。此前，学界大都根据书写文学的审美批评标准如"创造性""简洁性"等来分析评价套语创作的口述文学，难免会产生出种种误解与偏见。实际上，套语的存在是一种有价值的叙述修辞手段，在创作中调遣套语以灵活组织篇章的过程中，渗透着创作者的匠心。

此外，不单是口述文学，即使在案头文学中，也广泛存在着套语现象。某些现代古英语学者研究指出历史上曾有一个书写文学套语创作的所谓"过渡时期"，并提出将套语理论应用于案头文学的研究。就我们研究的对象明清白话小说而言，套语在小说文本中也具有特殊的叙事价值，甚至时时渗透着文人的雅趣。我们不能简单地将套语视作话本小说或长篇白话小说中摆脱不掉的俗套，而应当考察叙事者如何在结撰一篇故事的过程中，巧妙地组织套语以拉近读者与叙事者之间的距离、传达某种理念等，形成了古典小说的重要叙事特色。套语自有其隽永的文学魅力与文本价值。

二 套语理论在明清小说研究中的运用

多年来欧洲学术研究领域一直致力于解决"荷马问题"这样一个经典之问：荷马是谁？他是某个诗人的名字，还是口头演述诗人这一群体的代称？为什么这样一个人或者一个群体能够具备那样充沛的创作力与记忆力令其可以滔滔不绝地即兴演述那些卷帙浩繁的长篇史诗？欧洲学术领域就此课题形成了"统一派"与"分辨派"两种流派，纷纷提出了不少假设与论证，但长期无法取得共识。直到美国学者米尔曼·帕里（Milman Parry）及其学生艾伯特·洛德（Albert Bates Lord）采取了田野考察的开拓性研究方式，深入前南斯拉夫南部许多地区的guslari（史诗歌手）中间，对当地原生态的史诗讲唱活动与书面文本进行了"抢救性发掘"。以涉及塞尔维亚-克罗地亚语的guslari讲唱与《荷马史诗》的文本一一对照，总结与探索史诗创作与演述的一般规律，独辟蹊径地解答了"荷马问题"，并创立了帕里-洛德理论，即套语理论。如今这一理论已成为运用到世界上百种语言传统中的学说。

由套语理论的创立过程可知，该理论在设计之初，主要是针对古希腊《荷马史诗》为代表的西方长篇叙事性口述史诗的解读与分析而提出的，而我国汉民族的文学传统中则极少见长篇叙事史诗这一文学体裁。1971年，陈世骧先生在美发表《论中国抒情传统》，提出了中国文学传统从整体而言是一个"抒情传统"的概念，日后这一概念逐渐成为中国文学研究中的一个理论范式，高友工、王德威、陈国球等学者都对本理论作出过精彩论述。[①] 中国文学的发展有别于西方，相对于占据

---

① 参见［美］高友工《美典：中国文学论文集》，生活·读书·新知三联书店2008年版；［美］王德威《现代"抒情传统"四论》，台湾大学出版中心2011年版；陈国球、［美］王德威编《抒情之现代性》，生活·读书·新知三联书店2014年版。

●○ "无事之文"与中国古典白话小说

主流的抒情文学传统，叙事文学传统最早可追溯到《尚书》，而最终确立则要迟至《史记》《汉书》。经过六朝志怪小说、唐传奇与唐代变文的发展，叙事传统到宋代形成了两个脉络：由唐传奇形成的文言小说一脉和受到民间口头叙事艺术影响形成的白话小说一脉。而口头叙事艺术的发展、传承与记录最终使口头即兴的民间艺术表演形式凝聚成书面的文本，从而在白话小说中又形成了"长篇章回小说"与"短篇拟话本小说"两个书面文学的门类。

与基于口头演述形式的西方史诗一样，套语在明清白话小说，尤其是话本小说、拟话本小说中的运用十分广泛，但这些套语的作用与价值一般为熟读现当代小说的现代读者所忽视甚至排斥。在一些专门研究中，虽未将套语作为小说文本中的赘疣，但却仍然缺少对套语的作用进行充分彻底的探讨与评估。

美国汉学家首先尝试将套语理论运用到中国诗歌的研究之中。1969年，傅汉思（Hans H. Frankel）发表了题为《中国民歌〈孔雀东南飞〉里的套语语言》[①]的论文，首次尝试使用套语理论分析汉乐府"故事诗"。傅汉思使用四种符号来分析该诗中的套语种类，并得出了各类套语所占百分比，因而得出结论：无名氏乐府所用的套语要比文人乐府所用为多且套法灵活，很可能是边唱诗边创作以现成句法随情形配合编出生动的诗句。值得注意的是，在本文中他还提出了中国的叙事诗中也存在"故事类型"的套语问题，这一论断开启了白话小说故事类型套语研究的先声。

> 这种套法不限于辞句。譬如本诗母题是婆媳间问题，是郎舅间问题，是不转移的夫妇间感情问题，在欧洲这类的母题也很多，而且套来套去，因而故事也同套语一样变化无穷。

1974年，在美华人学者王靖献（C. H. Wang）出版了专著《钟与鼓：

[①] Hans H. Frankel, *The Formulaic Language of the Chinese Ballad "Southeast Fly the Peacocks"*,《中央研究院历史语言研究所集刊》，"中央研究院"历史语言研究所1969年第39期。

《诗经》的套语及其创作方式》①，尝试用帕里-洛德理论分析《诗经》中反复出现的套语程式。他将《诗经》中的套句从诗句中分离出来分作六类，并分析套语在诗歌文本中所占比率及其功能性。他还将套语理论中的"主题"与传统《诗经》批评中"兴"的概念并列，提出了"兴即主题说"，指出套语式的表现结构，是中国古典诗歌的一种创作方式。

如上所述，套语理论注重考察口头演述传统的文学作品在临场表演的情况下，如何运用有规律的程式化语句即兴地结撰适合现场需要的新故事情节。中国的口头演述类作品最早可以追溯到敦煌遗书中发现的一系列用于说唱的文本，包括变文、讲经文、话本、俗赋和曲子词等。其中故事性最强的唐代变文最为学界重视，也相应地出现了使用套语理论对变文中一系列程式化套辞的系统研究。2003年，南洋理工大学学者郭淑云发表了《从敦煌变文的套语运用看中国口传文学的创作艺术》一文，使用套语理论对变文中频繁出现的习套词组作了系统的观察分析，指出套语的创作艺术能够使说唱文本书写者在前人的套语"语料库"基础上创造出自己独特的套语，从而使不同篇章的套语运用呈现出不同的风格。② 此外，四川大学学者戴莹莹2015年发表《敦煌说唱文本中的插词》，对敦煌文书中的讲经文、论议、说话等说唱伎艺中插入的用于唱诵的韵文，从体制结构、叙述方式与文体互动等角度进行了详细考察。

中国白话小说中的话本小说、拟话本小说本源自口传文学（Oral literature），其他文人独立撰著的章回小说作品也多受口传文学叙事方式的影响，运用套语理论对中国白话小说进行的分析与研究目前正逐渐受到学界的重视。1970年杜德桥在他的专著《十六世纪中国小说〈西游记〉祖本考》导论中引述套语理论论证随着出版业的发达，统一的文本抹去了口传文学的生命力与艺术表现力。③ 杜氏认为在白话小说故

---

① C. H. Wang, *The Bell and the Drum: Shih Ching as Formulaic Poetry in an Oral Tradition*, University of California Press, 1974；［美］王靖献：《钟与鼓：〈诗经〉的套语及其创作方式》，谢濂译，四川人民出版社1990年版。

② ［新加坡］郭淑云：《从敦煌变文的套语运用看中国口传文学的创作艺术》，《南京师范大学文学院学报》2003年第2期。

③ Glen Dudbridge, *The Hsiyu Chi: A Study of Antecedents to the Sixteenth Century Chinese Novel*, Cambridge: Cambridge University Press, 1970.

事文本形成的过程中众多口头演述者与执笔者都起到了十分重要的作用，但当人们追溯小说文本源流时只留下了故事记录者与写定者的痕迹，口头演述者的贡献却往往湮没无闻，因此必须重视口头文学传统对白话小说形成的重要性。20世纪70年代中后期，威斯康星大学学者晏君强（Alsace Yen）曾先后在其论文《帕里-洛德理论应用于中国白话小说研究》[1]与《中国小说的技巧：改编〈西游记〉——以第九回为中心》[2]中使用套语理论研究白话小说中的主题模式。1988年，香港中文大学陈炳良教授在其论文《话本套语的艺术》[3]中谈到可能是由于书会组织和师徒关系促使套语在话本中被广泛应用，进而形成了一种文化传统。小说创作（creativity）和套语记忆（memorization）并行不悖，是因为套语的大量存在根源于表演者与听众都认同的文化传统，进而呼吁用套语理论看话本，重新评估话本套语的艺术价值。承王利器先生《水浒留文索引》[4]对《水浒传》中"留文"（即套语）进行整理的启发，大陆许多学者也纷纷关注到了白话小说中的套语问题，如饶道庆《情之所钟　正在我辈——明清小说"套语"研究之一》[5]从"情之所钟，正在我辈"这一明清小说中的常见套语出发，对小说套语进行了主题学方面的研究。南京大学汪花荣在《王派水浒故事模式及套语研究》[6]中运用帕里-洛德套语理论分析扬州评话表演中的重要派别王派水浒中的故事模式及其变体、评话表演中套语的产生、分类及模式等。杨艳文的《从金批〈水浒传〉看章回体小说套语的叙述功用》[7]一文则从"文人小说家的修辞手段"角度将套语分为章回套语、分述套语及称呼

---

[1] Alsace Yen, "The Parry-Lord Theory Applied to Vernacular Chinese Stories", *Journal of the American Oriental Society*, Vol. 95, No. 3, 1975, pp. 403–416.

[2] Alsace Yen, "A Technique of Chinese Fiction: Adaptation in the 'Hsiyu Chi' with Focus on Chapter Nine", In *Chinese Literature: Essays, Articles, Reviews*, No. 1, 1979, pp. 206–212.

[3] 陈炳良：《话本套语的艺术》，《小说戏曲研究》第一集，联经出版事业公司1988年版，第145—183页。

[4] 王利器：《水浒留文索引》，《文史》第十辑，中华书局1980年版。

[5] 饶道庆：《情之所钟　正在我辈——明清小说"套语"研究之一》，《台州学院学报》2004年第4期。

[6] 汪花荣：《王派水浒故事模式及套语研究》，《长江文化论丛》2012年第1期。

[7] 杨艳文：《从金批〈水浒传〉看章回体小说套语的叙述功用》，《盐城师范学院学报》（人文社科版）2018年第6期。

套语三类，并分别探讨它们的叙述功能。除了以《水浒传》为例，南开大学王委艳发表的《冯梦龙"三言"的口头诗学特征》[1]一文，也以帕里－洛德口头程式理论为背景，从"程式（套语）""主题""故事范型"三个层面揭示了冯梦龙编撰的"三言"拟话本小说含有的口头艺术特征。此外，亦有研究者从明清小说、戏曲、词话、宝卷等文学体裁的宏观角度出发，运用套语理论探讨中国古典讲唱文学文本中的套语现象及其存在的价值与意义。这方面的文章如复旦大学董明文的《元明小说戏曲中的"套语"研究》[2]、张守连的《明成化刊本说唱词话研究》[3]等。

根据以上研究现状总的来看，套语理论与白话小说相关领域的研究尚十分有限，在套语理论指导下研究白话小说中程式化叙述这一研究方向仍亟待后学者努力耕耘。

三 套语理论与明清小说"无事之文"研究

本章尝试应用帕里－洛德的套语理论来分析明清白话小说中的"无事之文"，我们拟采取文本分析的方法将白话小说中普遍存在的各类套语作为研究的切入点，通过观察小说文本中套语的门类及叙事结构特征，厘清小说套语作为"无事之文"的重要组成部分是以何种方式在文本中存在并对明清小说的叙事风格产生重要影响。将套语理论应用于明清小说"无事之文"研究的前提是，我们需要给明清小说中频繁出现的套语厘定一个准确的概念。帕里－洛德给套语（stock phrase or formula）及套语系统（formula system）的经典定义分别为："在相同的韵律条件下被经常用来表达某一种给定的基本意念的一组文字""一组具有相同韵律作用的短语，其意义与文字非常相似，诗人不仅知道它们是单一的套语，而且把它们当作某一类型的套语来运用。"为了将帕里－洛德理论应用到中国古典抒情诗的套语研究中，王靖献将上述定义进行了中国化的补充定义。他将套语和套语系统定义为："不少于三个字的

---

[1] 王委艳：《冯梦龙"三言"的口头诗学特征》，《长安大学学报》（社会科学版）2011年第1期。
[2] 董明文：《元明小说戏曲中的"套语"研究》，硕士学位论文，复旦大学，2006年。
[3] 张守连：《明成化刊本说唱词话研究》，博士学位论文，复旦大学，2003年。

一组文字所形成的一组表达清楚的语义单元,这一语义单元在相同的韵律条件下,重复出现于一首诗或数首诗中,以表达某一给定的基本意念","一组通常在韵律与语义上无甚关系的诗句,因其中的两个成分位置相同而构成形式上的关联,其中一个成分是恒定不变的词组,另一成分则是可变的词或词组,以完成押韵的句型"。[1] 由上述概念的演进可知,由于套语理论最初是用于诗歌的研究,所以套语的形成有韵律上的要求,而明清话本小说与长篇章回体小说绝大多数采取的是韵散结合的叙述方式,除在文中插入的诗句遵循格律之外,很多情形下小说中的套语是不受韵律制约的。然而,明清白话小说中的套句(formulaic expression)是口传文学最明显的特征,因此我们仍然能将这一类套句现象归于帕里-洛德套语理论的论证范畴。明清白话小说中的套句形式多样,如两句字数相侔或者两句直接对偶、文本中直接引述四句或八句诗、整段描写文字的高度格套化现象等。另有一些套语的形式更加复杂化,这些套语不再拘泥于形式上的对偶与程式化,而是采用套语理论中称之为"主题"(theme)的一组句子或情节,作者可以通过这些套语系统的组合展现谋篇布局的文学技巧。

因此,我们对于明清小说套语的探讨也排除了套语初始概念的格律因素,我们所探讨的套语概念即基于口述的叙事传统,在小说的特定位置反复出现的诗句、习语或格套化的段落。如叙事场景或事件转换时的套话、出场人物的简介、以说书人语气进行的客观叙述或评价等。我们大致可以把小说中的套语分成两类:一类是套句(formula,也可称为程式)用来做人物或事件的描写和介绍;另一类是主题(theme),是楔入文本中的程式化的静态描写文字。这两类套语正是本书所讨论之"无事之文"的典型范例,因此我们的讨论范围就集中在帕里-洛德套语理论的上述两个层面,我们将逐一讨论这两类套语文本的分类、艺术特色及其叙事功用。而套语的第三个层面"故事范型",虽然也是一个值得深刻挖掘的主题学研究方向,但因其与我们的研究对象"无事之文"并不直接相关,兹不讨论。

---

[1] 上述定义参见[美]王靖献《钟与鼓:〈诗经〉的套语及其创作方式》,谢濂译,四川人民出版社1990年版,第52、63页。

第二节　套语的分类与叙事功能

白话小说在成为一种独立文体之后，逐渐地展现出通俗化的内在本质。因为小说从名称的含义中即可得知其本身就必须是一种通俗化的，需要广大受众接受的文体。此前文人们吟哦酬唱的诗词歌赋主要承担着自我激赏与小范围寻觅知遇的文本功能，而通俗的白话小说文体的确立则完全与大众化的欣赏与传播为存在基础与消费价值。口头演述故事这门艺术在我国的起源相传可以追溯到西周时期的瞽人诵诗，西汉贾谊的《治安策》中亦有"瞽史诵诗，工诵箴谏，大夫进谋，士传民语"的记载。至迟到隋唐时代说话这门艺术便正式诞生了。敦煌变文的发掘出土，使我们了解到了唐代非宗教的世俗说唱文学底本的原貌。而宋代更是口头演述故事，即"说话"艺术的全盛时代。当时的很多文人笔记，如罗烨《醉翁谈录》、孟元老的《东京梦华录》、周密的《武林旧事》等都记载了当时说话艺人表演的很多细节。元明清三代，在话本小说的基础上，文人参与到了通俗小说的创作中，使以话本、拟话本为代表的白话小说创作日趋成熟，形成了章回体的固定叙述模式。

即使是在文人独立撰著的白话小说中，也不可避免地沿袭着口头表演的说话艺术中许多既定的叙事习惯，这种习惯已经成为文化传统的一部分，其中最为引人注目的莫过于充满"无事之文"的套语化叙述方式。本节我们将借鉴帕里－洛德套语理论来分析套语类"无事之文"的形式特征及其叙事功能。

一　套语的特征与形式分类

为力求读者通俗易懂印象深刻、使人身临其境，以话本小说为代表的白话小说往往使用套语反复申明叙事者观点，并采用精雕细琢、静止的"无事之文"进行细节性叙事，同时为了在道德立场上劝导广大受众，又往往迫不及待地打断叙事直接进行品论与说教等。因而，套语在小说文本中的出现往往具有普遍性、重复性与可替代性等特征。

套语理论的研究模式注重于口头演述者在临场表演时高度即兴组织故事结构的方法，以及这一方法背后的程式化套语编排规律。因而，套语在具有口头叙事源头的文学体裁中是普遍存在的。以话本小说为例，这类反复重复的短语或套句常常在某一特定情况下的叙事中出现。它们有时是叙事场景的转换或人物对白起始的标志，有时是用以描摹书中人物的情感或行动；有时则是叙事者在故事开始前或结束后的简要叙事提示等。类似短语常以固定格套的形式出现，越是与口头表演形式渊源较深的小说门类，套语出现的就越普遍、越规律化，反之由文人创作的长篇白话小说套语的出现就相应地大幅减少，但仍留有相当可观的套语痕迹可供追溯。

　　罗兰·巴特曾指出，"构成语言的符号，只在被认出的情况下，它们才存在；也就是说，仅仅在重复的时候"，因而套语的存在必须通过重复性来体现，这也是在通俗文化传统与大众的审美期待融合之下产生的。"大众寻找的是一些快捷易懂的表达方式和审美效果。一般读者喜欢的是俗套人物，这会让他们产生非常熟悉的感觉……（通俗文学）提供给读者的是一些最熟悉不过的形式，这些形式是极容易被辨认和理解的，从而满足他们的期待。从这些观点出发，那些已经陈旧的降落到老调模式行列的文学模式和表达方式，还有那些从合法文化借来的'丧失信誉的套语'是尤其受到人们的赏识的。"① 可见，罗兰·巴特虽然对通俗文学及其套语式表达的评价不高，但却揭示了套语存在的必要条件也即它的根本属性为重复性。在以话本小说为代表的白话小说当中，因为套语在叙述中的不断反复使用形成了一种令读者喜闻乐见的审美期待，在每次阅读时，读者都有意无意地寻求着文本对这种期待的回应。如这样的书中描绘的美人必是"明眸皓齿，云鬟蛾眉，轻举莲步，摇曳生姿"；书中正义英雄的震怒往往"咬碎钢牙、青筋暴起"；慨叹人世无常时，叙事者又会反复劝导人们："三寸气在千般用，一旦无常万事休"等类似的俗谚等。在套语的反复申说中形成了读者极其习惯和熟悉的表达，反之也逐步形成了读者在阅读之际的心理预期。

　　上述套语重复的组合使用，就形成了帕里－洛德理论中所指的

---

　　① 转引自［法］吕特·阿莫西等《俗套与套语：语言，语用及社会的理论研究》，丁小会译，天津人民出版社2002年版，第72—94页。

"套语系统"（formula system），本质上"套语系统"并不是固定不变的搭配，而是通过实际演出中临场发挥形成替换模式（substitution pattern）的一组套语。根据帕里的概念，套语系统是"一组具有相同韵律作用的短语，其意义与文字非常相似，诗人不仅知道它们是单一的套语，而且把它们当作某一类型的套语来运用"。[①] 洛德也在《故事的歌手》中提出"构成诗行的基本成分即是这种基本的套语模式"：

> 我们有某种理由可以这样认为，只有当某一特定套语以其基本模式贮藏于歌手心中之时，这一套语本身才是重要的。而当达到了这种境地，则歌手就越来越不依赖于记诵套语，而是越来越依赖于套语模式中的替换程序。[②]

由上述论断可见，套语的可替代性是为适应口头演述故事的实际需要产生的，故事歌手在熟练的表演中会渐次依赖套语模式的替换程序。在与口头演述故事渊源甚深的白话小说中套语的替换现象也十分普遍，因而可替代性也是套语的一个突出特点。从结构形式上看，套语的可替代性可以分为同一套语系统在同一小说文本的不同位置重复使用与同一套语系统在不同小说文本中的重复使用等两种情况。如《水浒传》中夸赞酒店好酒之语，第九回中有"……刘伶仰卧画床前，李白醉眠描壁上。闻香驻马，果然隔壁醉三家，知味停舟，真乃透瓶香十里……神仙玉佩曾留下，卿相金貂也当来"一段套语，至同书第二十九回中有"闻香驻马三家醉，知味停舟十里香"之句，"三家醉""十里香"这相同的措辞表明二者属于同一套语系统。又如《警世通言》中两卷短篇小说对女性微笑的描写，卷八："云鬟轻笼蝉翼，蛾眉淡拂春山，朱唇缀一颗夭桃，皓齿排两行碎玉。莲步半折小弓弓，莺啭一声娇滴滴。"卷十四："水剪双眸，花生丹脸，云鬟轻梳蝉翼，蛾眉淡拂春山，

[①] 转引自［美］王靖献《钟与鼓：〈诗经〉的套语及其创作方式》，谢濂译，四川人民出版社1990年版，第18页。
[②] 转引自［美］王靖献《钟与鼓：〈诗经〉的套语及其创作方式》，谢濂译，四川人民出版社1990年版，第19页。

朱唇缀一颗樱桃，皓齿排两行碎玉。意态自然，迥出伦辈，有如织女下瑶台，浑似嫦娥离月殿。"由对比可知，套语"云鬟轻笼蝉翼，蛾眉淡拂春山，朱唇缀一颗夭（樱）桃，皓齿排两行碎玉"是一组可替代性的套语系统，用在同书不同卷次的女性描写中。第二种情况即在不同小说文本共享同一套语系统的情况，如《喻世明言》卷一《蒋兴哥重会珍珠衫》中带有伦理道德劝讽意味的开场诗："人心或可昧，天道不差移。我不淫人妇，人不淫我妻。"在《初刻拍案惊奇》卷三十二中作："我不淫人妻女，妻女定不淫人，我若淫人妻女，妻女也要淫人。"又如《金瓶梅》与《西游记》中都使用过形容长途跋涉的过场式套语："一心忙似箭，两脚走如飞"等。

　　由上面的举例可见套语的可替代性不是绝对的，而是在各文本的实际运用中略有出入，或者将套语系统的元素打散重新灵活组合。形成这样的变化有其原因：首先，白话小说因为与口头演述的关系十分密切，所以在以文本模拟实际表演的过程中难免会出现固定套语系统的增删改易现象，即使是同一部小说中使用同一个套语系统也并不能保证完全一致。这种变化并非有意为之，而很可能是由于叙事者记忆模糊不全导致的套语文本上的出入，另一种可能是灵活地将套语系统交叠重新组合使用能够增添读者的新鲜感，使文字在符合大众审美的前提下显得尖新可喜。

　　综上所述，套语或套语系统的普遍性、重复性与可替代性是它的基本属性，也是白话小说套语的主要特征。故事的套语无论是在口述表演中，还是小说文本中，都是十分重要的组成部分。套语并不是完全整齐划一的，在不同的小说文本乃至同一小说文本的不同章节中都可能存在着差异。这种差异可能并非有意为之，但却与小说叙事者的实际需求密切相关。掌握套语系统并对其进行灵活的改易和组合，同时也是一种文本再生成的过程，因之对白话小说的创作模式有重要意义。

二　作为套句的"无事之文"及其叙事功能

　　石昌渝曾经这样论述话本小说的艺术独特性："宋元话本小说在题材风格、思想倾向、艺术趣味、结构类型和叙事方式上都有其独特的地方，总的来看，它们临界于口传文学的'说话'，都是记录'说话'再加以润饰而成，作品反映着市井小民的经验、欲望和趣味，故事的价值在娱乐而不在道德劝惩。"① 作为娱乐大众的口头艺术表演，说话艺人为招徕观众往往要具备一系列讲故事的技巧。《醉翁谈录》中谈到说话人在表演中要掌握以下技巧："讲论处不滞搭、不絮烦，敷演处有规模、有收拾。冷淡处提掇得有家数，热闹处敷衍得越久长。"要求说话人的口头表达功夫要做到"白得词，念得诗，说得话，使得砌"②。其中，"敷演"即指铺陈故事，"讲论"指的是诠释评论，在叙述时有词有诗有韵文，并能随时切入叙事中插科打诨。宋无名氏《张协状元》戏文第一出《水调歌头》云："……苦会插科使砌墙，何杏搽灰抹土，歌笑满堂中，一似长江千尺浪，别是一家风。"可见"搽灰抹土"指的是以调笑戏谑的讲述方式来吸引观众，而"使得砌"指的是要善于在讲故事中插入一些叙事性、抒情性或议论性的套语来丰富故事主干，从而增加娱乐效果引起听众注意。如果将讲唱故事比喻作"砌墙"的话，套语无疑就是可以随时取用的"砖块"。

由于套句（formulaic expression，也即套语式短语）是以口头演述为源头的白话小说最突出的特征，我们可以将白话小说中的众多套语按照几种分类方式排列出来加以考察。首先，我们以套语本身的对仗结构为特征将它们加以分类便于观察。

（一）两句对仗的形式

　　1. 数只皂雕追紫燕，一群饿虎啖羊羔。(《喻世明言》卷二十六、《警世通言》卷八、卷十三、《水浒传》第三十三回)

　　2. 敲碎玉龙飞彩凤，顿开金锁走蛟龙。(《醒世恒言》卷八、《警世通言》卷十一、《石点头》第二回、《金瓶梅》第八十一回)

　　3. 雪隐鹭鸶飞始见，柳藏鹦鹉语方知。(《警世通言》卷十三、《初刻拍案惊奇》卷十一、《金瓶梅》第二十五回)

---

① 石昌渝：《中国小说源流论》，生活·读书·新知三联书店1994年版，第233页。
② 罗烨：《醉翁谈录》，古典文学出版社1957年版，第5页。

（二）四句诗的形式

1. 二八佳人体似酥，腰中仗剑斩愚夫。虽然不见人头落，暗中教君骨髓枯。（《喻世明言》第三卷、《水浒传》第四十四回、《金瓶梅》第一回）

2. 窗外日光弹指过，席前花影座间移。一杯未尽笙歌送，阶下辰牌又报时。（《大宋宣和遗事》亨集、《武王伐纣平话》卷上、《喻世明言》第二十卷、二十九卷采用前两句，《金瓶梅》第四十八回）

3. 送暖偷寒起祸胎，坏家端的是奴才。请看当日红娘事，却把莺莺哄得来。（《水浒传》第四十五回、《西湖二集》第十九卷、《古今奇观》第七十五卷）

4. 羞对菱花试粉妆，为郎憔瘦减容光。闭门不管闲风月，任你梅花自主张。（《琵琶记》第十七出、《五美缘》第九回、《青楼梦》第二回、《蝴蝶媒》第二回、《浪史奇观》卷二等，后句有时亦作"一任梅花自主张"）

（三）八句诗或词的形式

1. 新凉睡起，兰汤试浴郎偷戏。去曾嗔怒，来便生欢喜。奴道无心，郎道奴如此。情如水，易开难断，若个知生死。（《金瓶梅》第二十九回、《巫山艳史》第十二回）

2. 骨肉伤残产业荒，一身何忍去归娼。泪垂玉箸辞官舍，步蹴金莲入教坊。览镜自怜倾国色，向人初学倚门妆。春来雨露宽如海，嫁得刘郎胜阮郎。（《济公全传》第二十六回、《金瓶梅》第九十七回）

3. 教坊脂粉洗铅华，一片闲心对落花。旧曲听来犹有恨，故园归去已无家。云鬟半挽临妆镜，两类空流湿绛纱。今日相逢白司马，樽前重与诉琵琶。（《今古奇观》第五十四卷、《济公全传》第二十六回、《金瓶梅》第九十八回）

4. 玉蕊旗枪真绝品，僧家造化极工夫。兔毫盏内香云白，蟹眼汤前细浪胼。断送睡魔离几席,增添清气入肌肤。幽丛自好岩溪畔,不许移根傍上都。(《醒世恒言》第十五卷、《水浒传》第四回文字稍有出入、《五代汉史平话》卷上)

(四) 整段描述性文字

1. 云鬟轻梳蝉远,翠眉旗拂春山。朱唇缀一颗樱桃,皓齿排两行碎玉。花生丹脸。水剪双眸,意态自然,精神更好。正是:杀人壮士回头觑,入定法师着眼看。(《清平山堂话本》卷三)

云鬟轻笼蝉翼,蛾眉淡拂春山;朱唇缀一颗樱桃,皓齿排两行碎玉。莲步半折小弓弓,莺啭一声娇滴滴。(《警世通言》卷八)

水剪双眸,花生丹脸,云鬟轻梳蝉翼,蛾眉淡扫拂春山;朱唇缀一颗夭桃,皓齿排两行碎玉。意态自然,迥出伦辈,有如织女下瑶台,浑似嫦娥离月殿。(《警世通言》卷十四)

眸清可爱,鬟耸堪观。新月笼眉,春桃拂脸,意态幽花未艳,肌肤嫩玉生香。金莲着弓弓扣绣鞋儿,螺髻插短短金钗子。如捻青梅窥小俊,似骑红杏出墙头。(《警世通言》卷十四)

新月笼眉,春桃拂脸,意态幽花殊丽,肌肤嫩玉生光。说不尽万种妖娆,画不出千般艳冶。何须楚峡云飞过,便是蓬莱殿里人!(《警世通言》卷十六)

云鬟轻梳蝉翼,翠眉淡扫春山。朱唇缀一颗樱桃,皓齿排两行碎玉。花生丹脸,水剪双眸。意态自然,技能出众。直教杀人壮士回头觑,便是入定禅师转眼看。(《二刻拍案惊奇》卷二十七)

2. 开言成匹配,举口合姻缘;医世上凤只鸾孤,管宇宙单眠独宿。传言玉女,用机关把臂拖来;侍案金童,下说词拦腰抱住。调唆织女害相思,引得嫦娥离月殿。(《警世通言》第十六卷)

开言成匹配,举口合和谐。掌人间凤只鸾孤,管宇宙孤眠独宿。折莫三重门户,选甚十二楼中?男儿下惠也生心,女子麻姑须动意。传言玉女,用机关把手拖来;侍香金童,下说辞拦腰抱住。引得巫山偷汉子,唆教织女害相思。(《喻世明言》第三十三卷)

开言欺陆贾,出口胜隋何。只凭说六国唇枪,全仗话三齐舌剑。只鸾孤凤，霎时间交仗成双；寡妇鳏男，一席话搬说摆对。解使三里门内女，遮莫九皈殿中仙。玉皇殿上侍香金童，把臂拖来；王母宫中传言玉女，拦腰抱住。略施奸计，使阿罗汉抱住比丘尼；才用机关，交李天王搂定鬼子母。甜言说诱，男如封涉也生心；软语调合，女似麻姑须乱性。藏头露尾，撺掇淑女害相思；送暖偷寒，调弄嫦娥偷汉子。（《金瓶梅》第四回）

由上可见，在以口头演述为渊源的白话小说中，完全相同或稍经改头换面的套语在不同的小说文本中被反复使用，折射出说话表演艺术的高度灵活性：叙事者随时将套语进行重新组合，或者在文字上稍加增减、更动，便可将之运用到新的故事叙述当中去。

除了上述形式多变的描述性套语以外，白话小说特别是话本小说中以固定格套的方式出现的套语俯拾即是，如用来揭示文本层次结构开阖的章回套语结构。章回套语，即章回小说中标志着每一回开始或结束的套语，又可以细分为回首套语和回末套语。二者用来标示章节的开始与终结。即使是文人独立撰著的长篇白话小说，在大部分章节的开头结尾这两类套语也是一种固定格式。据王彬《红楼梦叙事》[①]一书统计，《红楼梦》有四分之三以上的章节都以"话说"开端，而回末套语以"且听下回分解"或"下回分解"结束的累计六十八处。但章回套语运用最为规律的为《水浒传》：除第三十一回、三十四回与六十四回外，每一回的回首套语皆由"话说"充当，而几乎每一回的回末套语都是"毕竟……如何，且听下回分解"[②]。类似的功能性套语还有提示故事结构的"话分两头""花开两朵，各表一枝"；用来引入议论的"诗曰""有诗为证"；用来调节叙事时间的"话休絮烦""闲话不提""当夜无话"等。这一类套语在前文"无事之文的分类"与"无事之文与叙事时间"两部分中已经专章论述，此处不再赘述。

在本节的论述里，我们对明清古典白话小说在文本中插入套句

[①] 王彬：《红楼梦叙事》，中国工人出版社 1998 年版，第 30 页。
[②] 参见杨艳文《从金批〈水浒传〉看章回体小说套语的叙述功用》，《盐城师范学院学报》（人文社会科学版）2018 年第 6 期。

(formulaic expression，也即套语式短语）形式的诗词和小曲，使之形成一类可以循环使用的"无事之文"现象进行了分析。古典白话小说袭用说书人常用的如"话说"和"下回分解"等套句类"无事之文"，具有独特的修辞作用。正如浦安迪所言，"套语并不仅仅是可有可无的点缀品，而是在小说的故事分段和整体造型方面起着重要作用的艺术手段"①。关于套句从口述演说的表演程式蜕变为白话小说的叙事规范，汉学家梅维恒在研究唐代变文中插入套语的现象时，作出了以下的观察：

> 我深以为变文中的诗前套语是其直接由口述演说蜕变而来的证据，因它出现得很规则。就我所知，世上没有一个地方有哪种故事讲述形式如此规则地运用这类套语。事实是，它具有如此强的文学规范性而不是即兴口述性。当然也无须否认，诗前套语在任何情况下都是图画——故事讲述者对实际语汇的习惯性的而非强制性的反映和规范，故事讲述者的这些语句在明清通俗话本中，甚至比变文中的诗前套语和较完善的讲经文的引述套语更为刻板严格。通过诸如此类的技法以构成虚拟口述情景的自觉努力，可以见出这些书面短篇小说的真正本质。②

在套语的文学规范性胜于它的即兴口述性这个问题上进一步加以阐释的是美国学者浦安迪，他主张套语的使用作为一种说书场景的刻意虚拟，与文人化的种种文学规范相得益彰，最终二者之间形成一种"反讽"的关系。

> 小说的这里和那里，到处都有叙述人的插手造作，终于使我们感到书中叙述的事件的表里二层之间，存在着某种距离感。这样，我们就接触到了文人小说修辞问题的关键要点，即通过一套特定的修辞手段，它始终赋予书中描画的人物和事件一种突出的反讽（i-

---

① ［美］浦安迪：《中国叙事学》，北京大学出版社2018年版，第127页。
② ［美］梅维恒：《唐代变文》，中西书局2011年版，第104页。

rony）角度。这里，我是从最广义的意思来运用"反讽"这一术语的，意指心、口、是、非之间各种可能存在的差异现象，以及形形色色的文学性引喻、典故、对话和情景方面的每一点脱节。中国明清长篇章回小说的作者一方面模仿说书人的口吻，讲述一个引人入胜的故事以吸引观众，另一方面又谨守文人作"文"的文化规范，二者形成鲜明的对照，后者也对前者构成一种"反讽"。①

但有的学者并不同意白话小说中的套句是以修辞技法以"构成虚拟口述场景的自觉努力"，如陈平原在讨论小说的书面化与叙事模式的转变这一问题时反驳了套语使用的"自觉性"这一论断：

> 我不认为明清章回小说中"仍保留说书人的一批套语"，是"小说家有意选择的艺术手法，务使在处理那种题材时制造特殊的反语效果"②。明清作家因袭说书人套语，很可能只是因为小说家没有成为被社会肯定的崇高职业，创作时向说书人认同，是没有选择的"选择"。小说家可能在主题、形象、文体等层面有所突破，却始终没有触动说书人腔调，这绝没有塞万提斯借"骑士"讽刺挖苦骑士小说之意，而是中国小说还没到向传统叙事模式全面挑战的时候——从文化背景、读者趣味到作家修养，都更趋向于旧瓶装新酒，而不是砸烂旧酒瓶。③

即便如此，他还是承认"表面上不过是几句陈词滥调般的说书套语，实际上牵涉到作家的整个艺术构思方式"④。因此，在白话小说文本中大量袭用相同的诗词套句模拟说书场景（无论是否出于一种修辞手段），在实际表演中反复使用雷同的写景状物、抒发感情、背景介绍与谆谆教诲等类型的韵文套句，能够在散文的故事讲述中提供一种整饬

---

① ［美］浦安迪：《中国叙事学》，北京大学出版社2018年版，第128页。
② ［美］浦安迪：《中西长篇小说文类之重探》，中译文见《比较文学论文选集》，中国社会科学院文学研究所，1982年。
③ 陈平原：《中国小说叙事模式的转变》，北京大学出版社2010年版，第257页。
④ 陈平原：《中国小说叙事模式的转变》，北京大学出版社2010年版，第257页。

的韵律美感，韵散结合也是自唐代变文以来讲唱文学的固定表演格套，符合大众的审美期待。此外，根据帕里－洛德的套语理论，规范化的套语是口头演述文学的一种即兴创作方式，将各种套语按照实际表演需要进行排列组合达到所需的表演效果："程式（套语）并非僵化的陈词滥调，而是能够变化的，而且的确具有很高的能产性，常常能产生出其他新程式。"① 由于口头演述文学是一种高度套语化的创作模式，深受其影响的白话小说中的套语或套句同样具有极强的文本衍生功能。如上述所列举的被反复使用的套句中，对女性外貌的描绘、对时光流逝的感慨、对媒婆等形形色色人物的社会观察与道德批判等，无不体现出一种高度程式化的叙事特征。这种格式化的套语虽然属于删去亦不影响故事进程的"无事之文"，但却能够帮助叙事者整理叙事的思路、同时也便于同处一个文化传统下的读者对故事的走向、人物的性格等方面产生合理的期待与推测。

三 作为主题的"无事之文"及其叙事功能

白话小说在叙事结构上通常在故事的散文文本中插入一些韵文或诗行来讲述，这些文本可以在不同的小说中稍加更动甚至原封不动地重复使用，成为一种叙事体制上的套语，却并不影响主干故事的发展。上一部分我们讨论了作为"无事之文"的套语（stock phrase or formula）及套语系统（formula system）无论形式如何变换与组合，都主要是服务于小说叙事展开的修辞手段。有些套语系统在结构和内容形式上渐趋复杂，"在文字上，我们只看到一些可以称为'母题'（motif）的句子或片语，作者的文字技巧在母题组合方面表现出来"②。陈炳良教授谈到的"母题"应即帕里－洛德套语理论中的"主题"（theme）概念的一个方面。按照帕里－洛德的理论，以传统的程式化文体来讲述故事时经常涉及一些常见的"意义群"，这个"意义群"即被称为诗的"主题"（theme），"主题是用词语来表达的，但是，它并非一套固定的词，而

---

① ［美］阿尔伯特·贝茨·洛德：《故事的歌手》，尹虎彬译，中华书局2004年版，第5页。
② 陈炳良：《话本套语的艺术》，《小说戏曲研究》第一集，联经出版事业公司1988年版，第156页。

●○ "无事之文"与中国古典白话小说

是一组意义"①，如西方史诗中宴会、战场等典型场景主题，又如《诗经》中"谷风""泛舟""莺鸟"等代表爱情或婚姻失意的主题。以我们考察的对象白话小说为例，小说的一个故事中可能包含多组意义构成的主题分子，这些主题分子集合成一组更大的"意义群"，最终由多个主题有机结合形成一个完整的故事。

口头演述文学的临场发挥与口传心授的特征决定了主题会因时因地不断变动的特性。在白话小说中，文本中的故事包含多个主题，这些主题大致可以分为两类：一类是故事母题型主题；一类是典型场景型主题。在这里要特别提出的是，以这两类主题承担的叙事任务，又可以将这两类主题细分为：推动主干故事发展的主题与游离于主干叙事之外的主题。其中后者游离于主干叙事之外，不推动核心故事发展的一类主题与上文探讨的套语及套语系统一样是我们研究的对象，也即作为"主题"的"无事之文"。我们将按"母题型主题"与"典型场景"型主题分别举例分析，并试图探讨它们的叙事功能。

（一）母题型主题举隅

1. 引导正文叙事的"入话"

话本小说延续了口头演述的叙事传统，在读者与小说文本之间专门安排一位说书人的角色，小说中插有韵文和诗词等大量的套语或套语系统，安排这些套语既可以在同一个小说文本中反复使用，又可以在不同的小说文本中重复利用。在虚拟的说书场景之中，正文故事开始之前往往要先讲一个小故事，或者插入一两首诗词并辅以说书人与读者的对话，从而形成正文之前有"入话"的主题形式。入话是正文开始前讲故事人的闲言碎语，也是话本小说叙事的固定姿态。

入话在话本小说中如同电影开场前影院播放的预告片和说服观众保持安静的公益广告，与电影正片本身没有必然联系。郑振铎先生在分析话本小说"入话"的形成时推测："我们就说书先生的实际情形观看，便知他不能不预备好一套或短或长的'入话'，以为开场之用。一来是，借此以迁延正文开讲的时间，免得后至的听众，从中途听起，摸不

---

① ［美］阿尔伯特·贝茨·洛德：《故事的歌手》，尹虎彬译，中华书局2004年版，第97页。

着头脑;再者,'入话'多用诗词,也许实际上便是用来'弹唱'以肃静场面怡娱听众的。"① 由此可见,书场中央的表演者为了稍微推迟正话的开讲以等待陆续进入的听众和肃静喧嚷的现场,会讲上一小段暖场的小段子,一般都是现成的母题型小故事,有的可能与正文故事有些关联,如正话的故事跟爱情相关,就可以罗列几首咏叹爱情的诗词,如故事讲的是敬老孝亲的主题,则入话又可以讲一段相同立意的小故事,不过有时入话则与正话毫无关联。话本小说的入话由临场演出的表演惯例转变为叙事修辞的方法,这种文学规范性促使话本小说的入话与正话的内容随着时间推移关联逐渐紧密,使入话成为正话故事主题的预演和发挥,加强正话道德训诫的效果。这一类母题型主题,因与小说文本的主干无关,因而也成为一类典型的"无事之文"。

2. "说话人"与"看官"的互动

在关乎白话小说叙事结构的主题中更具特色的一类"无事之文"是文本中所保留的"说话人"与"看官"之间的交流主题。这类主题比较明显的叙事特征是常常用说书人切断叙事,以"看官听说"为开头与假想中的读者谈话。叙事者与读者的互动在小说的叙述中时常出现,使人从长篇故事的阅读中暂时跳出叙事流,调节了叙事的节奏,缓解读者在阅读中的审美疲劳。此外,叙事者在打断叙事与读者互动时,往往能起到为读者补充相关社会常识、提供道德化育等的作用。"说话人"与"看官"之间的互动主题,为我们身临其境般还原了"说话"的现场场景。如《喻世明言》卷一《蒋兴哥重会珍珠衫》中叙事者评论道:

……说起那四字(酒、色、财、气)中,总到不得那"色"字利害。眼是情媒,心为欲种,起手时,牵肠挂肚;过后去,丧魄销魂。假如墙花路柳,偶然适兴,无损于事。若是生心设计,败俗伤风,只图自己一时欢乐,却不顾他人的百年思义,假如你有娇妻爱妾,别人调戏上了,你心下如何?古人有四句道得好:

---

① 郑振铎:《明清二代的平话集》,《郑振铎文集》第五卷,人民文学出版社 1988 年版,第 330—432 页。

人心或可昧，天道不差移。我不淫人妇，人不淫我妻。

看官，则今日我说"珍珠衫"这套词话，可见果报不爽，好教少年子弟做个榜样。

又如《金瓶梅》第八回"潘金莲永夜盼西门庆　烧夫灵和尚听淫声"中一节：

看官听说，世上有德行的高僧，坐怀不乱的少。古人有云：一个字便是僧，二个字便是和尚，三个字是个鬼乐官，四个字是色中恶鬼。苏东坡又云：不秃不毒，不毒不秃，转毒转秃，转秃转毒。此一篇议论，专说这为僧戒行，住着这高堂大厦，佛殿僧房，吃着那十方檀越钱粮，又不耕种，一日三食，又无甚事萦心，只专在这色欲上留心。譬如在家俗人，或士农工商，富贵长者，小相俱全，每被利名所绊，或人事往来，虽有美妻少妾在旁，忽想起一件事来关心。或探探瓮中无米，囤内少柴，早把兴来没了，却输与这和尚每许多。有诗为证：

色中饿鬼兽中狨，坏教贪淫玷祖风。此物只宜林中看，不堪引入画堂中。

以上例子在话本小说及其关系密切的长篇白话小说中比比皆是，这样的互动主题模式根源于"说话"表演的话本小说与长篇白话小说，"从根本上说，作为一种口头语言交流的模式，表演存在于表演者对观众承担的展示（display）自己交际能力（communicative competence）的责任中，这种交际能力依赖于能够用社会认可的方式来说话的知识和才能，从表演者的角度说，表演包括表演者对观众承担的展示自己达成交流的方式的责任，而不仅仅是（above and beyond）交流所指称的内容"①。话本小说中普遍保留着这种"说话人"与"看官"互动交流的程式，而且这一程式化的"无事之文"之后被长篇的章回体白话小说

---

① ［美］理查德·鲍曼：《"表演"的概念与本质》，杨利慧译，《西北民族研究》2008年第2期。

袭用，虽然这种口头表演化的叙事模式在文人独立撰著的长篇白话小说中呈现逐步衰微的趋势，但仍保留着残存的痕迹：

> 《金瓶梅》在表面上充分保存了从《水浒传》借用的说书修辞手法——特别明显的是书中多"看官听说"的插语——但我们必须正视一个事实，即《金瓶梅》除了敷演《水浒传》的一段故事情节以外，文学史家始终找不到任何既存的先行说书传统可以与之相联。到了清初时，所谓的"通俗小说"的作家们对这类口头说书的套语，更是随意取舍——特别像李渔和《醒世姻缘传》的作者——而且把它发挥得异常巧妙。至于《红楼梦》，大多数原先定型的通俗小说套语几乎完全被淘汰了，只留"看官听说"的插语偶然在开卷等处出现。余者都代之以一位潦倒文人的忏悔口吻。①

由上述例证与论证可见，白话小说中叙事者中断叙事的插话时时提醒读者在故事与读者之间，还存在着一位讲故事的"说书人"存在。这位以"说书人"身份出现的叙事者，怀着强烈的向读者展示信息与沟通思想的愿望，或者毋宁说这是一种代代相传的程式化的责任感。因此我们发现这样的现象：叙事者在故事中所穿插的背景知识很可能已经人尽皆知、所输出的道德观念也趋于平庸无奇：

> 传统的叙事者通过他的语言叙述故事，扮演了一个被动的角色，或者说，是中立的角色。他仅仅让听众或者读者了解故事的来龙去脉，并不着急表达他本人对故事的态度。如果他想阐述自己的见解，那通常也是已普遍为大家所接受的观点——全体一致的看法，而不是他自己的观点。②

---

① ［美］浦安迪：《中国叙事学》，北京大学出版社2018年版，第129页。
② ［捷］普实克：《普实克中国现代文学论文集》，李燕乔等译，湖南文艺出版社1987年版，第124—125页。

"说话人"与"看官"的互动,程式化的交流形式大于叙事者琐屑的评论与指涉中包含的内容和意义,以书面化的形式将母题型主题文本化,成为"无事之文"的另一种表征。

(二) 典型场景型主题举隅

1. 景物或场面的静止性描写

白话小说当中有大量的关于自然景色、社交场面、名物细故等静止性描写的"典型场景",比如茅檐村舍、良宵宴会、秦楼楚馆、四季风光等。这些主题场景与上文谈到的套语系统在白话小说中的使用方式类似,相似度极高的描写笔墨常可以在不同的故事文本中找到。因而形成一种"典型场景"的描写"模板",在相似的典型场景中发生着揭示相似主题的相似的故事,构成了中国古代白话小说中对同一故事范型一唱三叹、反复致意的特殊叙事传统。下面试举几例:

(1) 描写傍晚景色的典型场景

  a. 红轮西坠,玉兔东生,江上渔翁罢钓,佳人秉烛归房。(《大宋宣和遗事》亨集)

  b. 红轮西坠,玉兔东生,佳人秉烛归房,江上渔人罢钓。渔父卖鱼归竹径,牧童骑犊入花村。(《京本通俗小说》第十二卷)

  c. 红轮西坠,玉兔东生。佳人秉烛归房,江上渔人罢钓。萤火点开青草面,蟾光穿破碧云头。(《警世通言》卷三十七)

  d. 红轮西坠,玉兔东生。满空薄雾照平川,几缕残霞生远汉。渔父负鱼归竹径,牧童同犊返孤村。(《清平山堂话本》卷二)

  e. 红轮低坠,玉镜将明。遥观樵子归来,近睹柴门半掩。僧投古寺,疏林穰穰鸦飞。客奔孤村,断案嗷嗷犬吠,佳人秉烛归房,渔父收纶罢钓。唧唧乱蛩鸣腐草,纷纷宿鹭下莎汀。(《水浒传》第八回)

  f. 烦阴已转,日影将斜,遥观渔翁收缯罢钓归家,近睹处处柴扉半掩,望远浦几片帆归,听高楼数声画角,一行塞雁落隐隐沙汀,四五只孤舟横潇潇野岸,路上行人归旅店,牧童骑犊转庄门。(《清平山堂话本》卷三)

（2）城市酒楼与乡村酒肆的典型场景

a. 三个人转弯抹角，来到州桥之下，一个潘家有名的酒店。门前挑出望竿，挂着酒旆，漾在空中飘荡。怎见得好座酒肆？正是：李白点头便饮，渊明招手回来。有诗为证：

　　风拂烟笼锦旆扬，太平时节日初长。
　　能添壮士英雄胆，善解佳人愁闷肠。
　　三尺晓垂杨柳外，一竿斜插杏花傍。
　　男儿未遂平生志，且乐高歌入醉乡。（《水浒传》第三回）

b. （宋江）凭阑举目看时，端的好座酒楼。但见：雕檐映日，画栋飞云。碧栏干低接轩窗，翠帘幕高悬户牖，吹笙品笛，尽都是公子王孙。执盏擎壶，摆列着歌姬舞女。消磨醉眼，倚青天万叠云山，勾惹吟魂，翻瑞雪一江烟水。白苹渡口，时闻渔父鸣榔。红蓼滩头，每见钓翁击楫。楼畔绿槐啼野鸟，门前翠柳系花骢。（《水浒传》第三十九回）

c. 原来这座酒楼，名贯河北，号为第一；上有三檐滴水，雕梁绣柱，极是造得好。楼上楼下，有百十处阁子。终朝鼓乐喧天，每日笙歌聒耳。（《水浒传》第六十六回）

d. 前临驿路，后接溪村。数株槐柳绿阴浓，几处葵榴红影乱。门外森森麻麦，窗前猗猗荷花。轻轻酒旆舞薰风，短短芦帘遮酷日。壁边瓦瓮，白泠泠满贮村醪。架上磁瓶，香喷喷新开社酝。白发田翁亲涤器，红颜村女笑当垆。（《水浒传》第九回）

e. 古道孤村，路傍酒店。杨柳岸晓垂锦旆，杏花村风拂青帘。刘伶仰卧画床前，李白醉眠描壁上。闻香驻马，果然隔壁醉三家。知味停舟，真乃透瓶香十里。社酝壮农夫之胆，村醪助野叟之容。神仙玉佩曾留下，卿相金貂也当来。（《水浒传》第九回）

按照帕里－洛德套语理论，口头演述艺人在表演时并不单靠超人的记忆力，而是在每次表演时都按照一定的套语系统和主题集合进行高度灵活化的临场创作。在白话小说中我们根据上述例子可以很清晰地看到同一题材的主题是如何作为一组意义单元，经过文字上的略微更动即可运用到不同叙事文本或同一叙事文本的不同段落,从而排列成不同格局的叙事形态。

2. 用于展示才华的文字游戏

明清白话小说中大量使用诗歌和韵文作为插词已是司空见惯,有时是为了写景状物,有时是为了烘托气氛、揭示人物性格、暗示故事结局等。在这些诗歌与韵文中包括大量重复使用的套句或主题,它们的作用有调整叙事时间、提示叙事结构、辅助文本生成等,有时则是程式化地保持"说话人"与"看官"的互动。

除了上述与叙事结构特征相关的套语类"无事之文"以外,叙事者有时也会为了炫示文采,在文本中插入一些文字游戏式的韵文或诗歌。这一类文字游戏能给小说内容增添趣味性,但其实与小说的主干故事线索无直接关联,故也是一类充满谐趣和文人色彩的"无事之文"。

(1) 数字序列诗

这类诗歌采用了特殊的修辞方法,如在诗歌中依次插入数词,使诗句整饬、内容层次分明,令人读来印象深刻、饶有趣味。

　　a. 十载寒窗未辛苦,九衢赌博作生涯。八字生来恁财旺,建安七子未为嘉。六月鹏抟雌风盛,身跨五马极豪华。四德更宜添智巧,三星准拟照琵琶。二人同心营金榜,一天好事到乌纱。(《西湖二集》卷十二)

　　b. 十色饿分黑雾,九天云里星移。八方商旅,归店解卸行李;北斗七星,隐隐遮归天外。六海钓空,系船在红蓼滩头;五户山边,尽总牵牛羊入圈。四边明月,照耀三清。边廷两塞动寒更,万里长天如一色。(《清平山堂话本》卷三)

　　c. 十样锦铺连地角,九金龙盘绕栋梁。殿分八卦紫云遮,七宝妆成王御座;绿杨影立,回环尽彩画宫妆。五凤楼前,玉女执团团凤扇,四声万岁响连天,三下静鞭人寂静;两班文武列班齐,一国世尊登宝位。(《全相秦并六国平话》卷上)

　　d. 十里长亭无客走,九重天上现星辰。八河船只皆收巷,七千州县尽关门。六宫五府回官宰,四海三江罢钓纶。两座楼台钟鼓响,一轮明月满乾坤。(《西游记》三十六回)

(2) 字数累加的"宝塔诗"

  a. 春，春，柳嫩，花新，梅谢粉；草铺茵、莺啼北里，燕语南邻。郊原嘶宝马，紫陌广香轮。日暖冰消水绿，风和雨嫩烟轻。东阁广排公子宴，锦城多少看花人。(《警世通言》卷十九)

  b. 酒，酒，邀朋，会友。君莫待，时长久，名呼食前，礼于茶后。临风不可无，对月须教有。李白一饮一石，刘伶解醒五斗。公子沾唇脸似桃，佳人入腹腰如柳。(《警世通言》卷十九)

  c. 恶，恶，堪惊，可愕！笑中刀，人中鹗。眉目戈矛，心肠锋锷。杀戮同羊豕，砍剁做肉臛。粉面藏着夜叉，娇容变成鲛鳄。只因这一点妒忌，便砍去两只臂膊。(《西湖二集》卷五)

(3) 药名隐语诗

唐代变文中已经存在使用药名作隐语的文字游戏诗。唐五代时期敦煌地区流行的民间说唱文本中，"说唱药名"是很流行的表演门类。在《伍子胥变文》(拟题)中即保留有伍子胥在难中与妻子使用药名诗作隐语对话的情节。到了宋代瓦舍的"说话"节目中，已经有专门说药名这一名目。所谓说药，是一种以药名组合为戏，以谐音等方式语涉成趣的表演。在宋人周密的《武林旧事》第六卷"诸色伎艺人"条中即记载了杨郎中、徐郎中、乔七官人三位说药艺人的名字。元人陶宗仪《南村辍耕录》卷二十五《诸杂院爨》中也列有《神农大说药》的名目。①

在《西游记》三十六回"心猿正处诸缘伏，劈破旁门见月明"中，亦录一首药名诗，以唐僧的口吻抒发久游不归的情怀：

  自从益智登山盟，王不留行送出城。
  路上相逢三棱子，途中催趱马兜铃。
  寻坡转涧求荆芥，迈岭登山拜茯苓。

---

① 参见(宋)周密《武林旧事》，中华书局2007年版，第191页。

防己一身如竹沥，茴香何日拜朝廷？

在这首诗中，益智、王不留行、三棱子、马兜铃、荆芥、茯苓、防己、竹沥、茴香九味都是中草药名，以隐语的形式含蓄地暗示了唐僧师徒离开长安日久，西天漫漫路遥，师徒急切想取得真经回到中土的心愿。"益智"指的是"一志"，即唐僧去西天大雷音寺取得"大乘经"的坚定意志；"王不留行"指的是唐太宗亲自为御弟唐三藏饯行，一路将他送出长安关外；"三棱子"指的是孙悟空、猪八戒、沙和尚三个高徒；"马兜铃"指师徒与白龙马一路风尘仆仆马铃儿声匆匆的形象；"荆芥"的"荆"与"经"谐音；"茯苓"中的"茯"与"佛"谐音，喻指佛祖；"竹沥"谐音"天竺"；"茴香"则表达了唐僧期望"回到中土大唐的故乡"。

从上文的药名隐语诗可见，《西游记》的最终写定者受到民间讲唱文学影响之深远。上述文字游戏式的叙事主题极有可能沿袭自南宋《大唐三藏取经诗话》、金院本《唐三藏》、元杂剧《唐三藏西天取经》等民间说唱文本。这一类展示叙事者才华与幽默感的游戏文字再度证明了套语式"无事之文"的形成与口头演述文学的表演形式具有割舍不断的亲缘，从而进一步拓展与充实了帕里-洛德套语理论研究的样本范畴。

四 关于套语的叙述功能的探讨与评价

读者对于小说的解读通常依赖于各种形式的套语，因为这些套语来源于作者所处时代与社会背景所提供的文化语境与普世价值。这是明清小说中套语及其解读的社会历史使命，也是套语核心价值所在。由此，套语成为每一次读者解读这一文化符码过程之中的应有之义。套语在读者的解读过程中成为一种基于读者认知能力与世界观体系的意识形态建构过程，而实际上这些套语所传达的文化与道德价值观念已经存在于读者的认知结构之中。

读者在阅读小说时会不自觉地代入自己的意识形态来进行解读，就明清小说而言，尤其地表现为一种社会公认的道德价值观念。因而解读的结果必然是受到小说中的道德化套语引导的。在文本理解的过程中，读者也发挥其主观的价值取舍,从而不断地对作者所讲述的故事进行文本意义上的归纳与总结。读者能够在套语中所明确体认的道德因素就会发生作用,从而完成作者所期望的"劝善"意义的构建——至于这一道德功能的实现是否为小说作品唯一的期望,另当别论。因此,小说文本的解读亦可以阐释为读者对套语的选择与认同。

第七章 "无事之文"与中国叙事传统

中国古典小说的两种类型——文言小说与白话小说在创作方法与读者接受方面各具特色。文言小说文字洗练，想象瑰奇，主题含蓄隽永，用文言文叙事可起到简洁明豁的效果，但如果涉及在叙事中进行细致的人物背景描绘与心理描写等，恐实非文言所长。从读者接受的角度来看，文言文是受过教育的读书人使用的书面用语，这一文化修养上的限制使文言小说注定不能作为一种广泛传播的文体为普罗大众接受与欣赏。从作者的创作态度上来看，文言文作为文人用以"载道"的语言媒介更深受儒家文学观的影响，认为小说是不入流的"小道"，虽然"必有可观者焉"，但"致远恐泥，是以君子不为也。"在这种思想的束缚下，文言小说势必难以成为小说正宗并发展成一种较目前更为发达的叙事艺术。所以尽管文言小说产生的更早而且自唐五代以降几乎代代不乏优秀作品，到了清还涌现出《聊斋志异》《阅微草堂笔记》这样的巅峰之作，却终由于文学正统观念的限制无法成为主流的小说文体。白话小说语言亲切尖新，长于描摹人情物理，同时其通俗的写作方式也为其广泛传播提供了有利条件，加之明清两代一些文人加入了白话小说的创作，使白话小说平添流畅典雅的文人格调，产生出《红楼梦》《儒林外史》为代表的一批杰作，成为中国小说的主流。

然而通过阅读文言小说与白话小说我们不难发现这样一个现象：文言小说的叙事技巧并不亚于白话小说，甚至在叙述的视角、叙事顺序的安排与叙事时间的掌控上比白话小说更灵活而富于多样性。如唐人白行简的文言小说《李娃传》，娴熟地运用了限知视角从荥阳生的眼中描绘初次偶遇时李娃"妖姿要妙"的绝代风华，以及荥阳生假意将马鞭掉

第七章 "无事之文"与中国叙事传统

在地上，目光流连缱绻徘徊不能离去的情景。这段故事在明代被《警世通言》卷三十一《赵春儿重旺曹家庄》一篇故事引为入话，只用说书人的全知视角简短地交代了郑元和公子迷恋长安名妓李亚仙导致资财散尽流落悲田院中做乞儿唱"莲花落"为生，李氏顾念旧情将其接回家中鼓励其发奋攻书最终金榜题名，亚仙封至一品夫人。

如果说白话小说的入话只是在正文开头简单地转述一个故事以引起读者的兴趣，那么下面的例子应该可以更明显地说明文言小说较白话小说在叙事技巧上更复杂的问题。宋李昉《太平广记》卷四五八所载的文言小说《李黄》[1]据研究认为是白蛇故事的缘起，讲述了陇西人李黄在长安街市上偶遇了一位丰姿绰约的白衣女子，因倾慕女子容色遂随其返家盘桓三日才离开。李黄回家后顿觉头重脚轻一病不起，其妻揭开他的被子只见他浑身已化为尸水，空余一头。家人重返白衣女子的住宅，却发现那不过是一棵大树而已，最后有知情人士揭露了故事的谜底：这棵树下常有大蛇盘踞——原来那白衣女子本是一条以美色诱人的白蛇精。整篇故事文字凝练优美，充满奇幻色彩。最重要的这篇小说在叙事手法上十分灵活：故事采取限知视角，起初几乎令读者误认为一篇艳遇故事，直到出现主人公李黄最终离奇殒命的情节才一转变为妖异故事，并且直到文章的最后一句才从知情人士口中得知白衣女子的真实身份。这篇文言小说以极短的篇幅讲述了一个如此情节曲折离奇的故事，作者之叙事功力可见一斑。

上述故事题材在《清平山堂话本》中为《西湖三塔记》一篇故事所沿袭，然而叙事范式却发生了重要的变化。《西湖三塔记》用近三分之一的篇幅讲述西湖的优美景致并分别引用三首诗与三首词来形容西湖"浓妆淡抹总相宜"的潋滟风光。在这样一段超长的入话之后，叙事者才以全知视角介绍了故事的男主人公奚宣赞（后世白蛇故事的男主人公许仙的名字很可能是由"奚宣"二字脱化而来。）如何在清明节当日救下一名自称卯奴的女孩并由此认识了一个白发婆婆与卯奴的女主人：一个通身白衣的绝色妇人。故事始终由一个全知全能的叙事者来讲述，

---

[1] 《李黄》故事，收入李昉等编《太平广记》卷四百五十八，中华书局1961年版，第3750—3752页。

○ "无事之文"与中国古典白话小说

并在一开始就揭破了白衣妇人意欲杀人取其心肝食用的秘密，文言小说《李黄》故事中精心设计的悬念至此荡然无存。在《西湖三塔记》的后半部还加入了奚宣赞的叔叔奚真人符水捉妖并收服妖怪的情节，形成了一种更易为普通民众接受的结局。在这段故事的讲述中，叙事者还经常性地中断叙述以加入景色描写与人物衣饰描写的诗词或韵文。

如果说《西湖三塔记》是说书艺人对所讲之故事内容进行实录的底本，所以才会造成入话不成比例的延长、叙事语言简朴稚拙的情况，那么经明代文人冯梦龙改编过的同题材故事也许更能说明白话小说叙事体制上的某些特点。冯梦龙在《警世通言》卷二十八将这个故事进行了文人化的改编，成为叙事结构相对完整的通俗白话小说《白娘子永镇雷峰塔》，这篇小说的入话与后文小说的内容联系更紧密，情节结构也较《西湖三塔记》更曲折而紧凑，在叙事中羼入的与情节无关的诗词韵文也有所缩减。相较于前者的叙事视角，虽然也采用了全知叙事的方法但却对白娘子究竟是否妖怪一事埋下数处伏笔，最后法海禅师收妖才得以真相大白。在这篇充满着文人趣味的小说中，叙事者的叙事技巧明显更加圆熟练达，男主人公许宣与白娘子的交往也更加一波三折，在之前简单的故事梗概基础上进行了踵事增华的描写。但即便已经成为文人进一步演绎的案头文学，以《白娘子永镇雷峰塔》为代表的白话小说仍然在叙事体制上继承了口头文学的一些明显特征：如开篇的定场诗、主人公随时随地准备好"口占一绝"、小说中人物衣饰描绘的一丝不苟以及结尾处以劝诫形式出现的定场诗等，这些叙事特征显然与文言小说的叙事方式大相径庭。由此我们可以联想到，明清之际文人独立撰著的长篇通俗白话小说也具备上述全部的叙事特质：概括而言这些特征表现在"无事之文"的无处不在。已经基本脱离了大众审美趣味的文人案头写作为何仍然保持这种看似由口头文学沿袭而来的叙事习惯？这些叙事特征是有意为之还是无意的模仿？这些叙事方式给中国古典白话小说的发展带来了哪些影响？我们将在这一章中尝试讨论这些问题。

第一节 文言小说与中国古典叙事传统

中国文学的传统是一个等级森严的文类体系。在中国，被奉为经典的正统文学具有典雅、内敛而善于内省的特征因而迥异于从心所欲、泼辣尖新的非正统文学。二者属于两类话语系统，这是由文化构成先天决定的。正统文学与非正统的俗文学之间有天渊之别，以至于根本没有相互对话的机会。在叙述文体等级金字塔顶端的是史传文学，从这个角度出发，"六经皆史"就不再是简单的统计数字而是对中国传统文类体系的一种整体文化价值认知。"在昔三坟五典，《春秋》《梼杌》，即上代帝王之书，中古诸侯之记，行诸历代，以为格言。"[1] 史书作为叙事文学的典范在中国文化中拥有绝对权威，客观上将其他叙事文类都开除出正统之列，或成为史书的补充与附庸，或直接被指斥为伤风败俗的异端邪说。

　　史书在古典文学领域的统摄地位，在对另一类公认的正统文学——抒情诗的渗透中也展露无遗。我们几乎可以信手拈来一首运用历史典故的抒情诗，这种典故的运用目的在于提高诗歌的文类地位，同时也将这一文体发展成为只能被受过高等教育的文人才能理解的意义符码。即使在以抒情为主的中国古典诗歌中尚能找到史传文学的影子，不难想见其他叙事文学受到史传影响之深远，几乎成了一种无形压力促使其他叙事文类在叙述形式与思想意识上都无限向其靠拢。而无形压力的根源就在于史传文学在叙事文类中被奉为圭臬的地位致使其他叙事文体从产生之初就沦为"小道"，处于一种从属与补充的弱势地位。《汉书·艺文志》云：

　　　　小说家者流，盖出于稗官。街谈巷语，道听涂说者之所造也。孔子曰："虽小道必有可观者焉。致远恐泥，是以君子弗为也。"然亦弗灭也。闾里小知者之所及，亦使缀而不忘，如或一言可采，此亦刍荛、狂夫之议也。[2]

　　这一段关于"小说"的定义经常为研究者所引用，其影响远及清

---

[1] 刘知几：《史通·杂述》，黄霖、韩同文编选《中国历代小说论著选》，江西人民出版社1982年版，第33页。

[2] （汉）班固：《汉书·艺文志》，中华书局1962年版，第1745页。

末。直到近代以来西方 novel 概念的传入，"小说"的意义才发生了相应的变化。《汉书·艺文志》首先肯定了春秋战国以来有一门与儒墨道各家并存的"小说家"，并列举了"小说家"的代表作品：内中既有"古史官记事"，也有黄老之学言论的汇总，甚或有关于保气延寿的养生学理论作品，足见"小说"概念之包罗万象。此外，《汉书·艺文志》还提出了"小说"来源于民间，属于闾里小官为搜集当地的街谈巷议与风土人情资料所记录下来的"细碎之言"，并赞同孔子的说法：虽然是"小道"，亦有一定的借鉴作用。不过尽管如此，作者仍然严肃地指出："诸子十家，其可观者九家而已。"[1] 间接否定了"小说"在中国正统文化中的文本价值，并深刻地影响了后世的小说创作与小说批评。

在史传叙事为正统的文化背景下，文言小说的创作也无法规避这种话语权威的重压。除了在叙事中像抒情诗一般引入历史典故之外，更明显的标志还包括：首先，古代对文言小说作家叙事能力的最高褒奖标准就是称之为小说写作的"良史"。如《世说新语·排调》中记载了刘惔曾经以"卿可谓鬼之董狐"[2] 来评价写作《搜神记》的干宝，可见批评家认为《搜神记》之所以价值高于同时期一般的志怪小说就在于作者像良史董狐一样真实地记录了他从民间"访行事于故老"，并将其耳闻目睹的鬼怪故事搜集整理和记录下来。这一时代的文学创作中所要求的真实性，是要求所记录的故事必须符合亲眼见闻的事实，干宝本人也真诚地相信自己笔下的鬼怪确实存在，作为东晋史官的他完全严格地按照写作史书的指导思想来完成《搜神记》的创作。

文学作品必须与著史所需要的"实录"精神高度契合，"虚"与"实"在文学创作中的讨论也一直成为中国文学传统中经久不衰的问题之一。求真求实的历史写作指导精神由于史传文学在文坛绝对权威的文本地位而影响深远。如果说干宝是不自觉地创作虚构类叙事文学的代表，那么唐代"作意好奇"的唐传奇作者及后世不少杰出的文言小说

---

[1] （汉）班固：《汉书·艺文志》，中华书局1962年版，第1746页。
[2] （南朝宋）刘义庆：《世说新语译注》，张万起、刘尚慈译注，中华书局2006年版，第794页。

作者则是有意识地进行着虚构类叙事文学的创作。然而，在唐传奇中史传文学的魂灵仍然时隐时现。比如唐传奇的作家即使在写作故事时公然进行虚构却仍然信誓旦旦地指称该故事确有所本，如陈玄祐的《离魂记》末尾郑重其事地交代这篇故事的来源是从大历末年任莱芜县令的张仲规讲给叙事者听的，而故事的女主人公倩娘的父亲王镒本是张仲规的表叔。《离魂记》中包含的灵魂出窍情节，显然是作者为了增加这段爱情故事的浪漫与奇幻色彩进行的艺术虚构，但是出于对"实录"精神的尊崇，还是一本正经地设计了故事"真实"的来源，并试图用"人证"来佐证这个故事真的发生过并非杜撰。同理，佚名作者创作的《补江总白猿传》虽然被认为是政敌对书法家欧阳询的污蔑，但这篇传奇作品在写法上也严格地按照史传文学的叙述方式讲述了一个具有神话色彩的白猿故事，文章最后补出一笔暗示书中猿猴的儿子就是欧阳询，既含沙射影地谩骂了对手又有力地证明了故事的真实性，不可谓不巧妙也。

其次，文言小说的作者经常将自己的作品称为"史补""外传""稗官野史"等，自觉地以补正史之阙为己任。如李肇在《唐国史补》序中就申明了他的写作目的："予自开元至长庆撰《国史补》，虑史氏或缺则补之意……"① 既然自认是一种正史的补充，那么文言小说在叙述体制上承袭史传的叙述方法也就顺理成章了。"某某年号某地有某某人者所遇某事"这一类溯源式的判断句开头成为文言小说开篇的惯例就是史传写法在文言小说中延续的明证。在叙事中虽然也常有打破叙事时序的情况，但基本的叙事框架还是与史书一致按照时间发展的线索来叙述。在文言小说的结尾也往往模仿史书，以全知叙事者身份对作品的创作意图、故事中的人物以及事件本身隐含的道理进行评述。如沈既济《任氏传》的结尾高度赞扬狐女任氏的贞烈品格为某些当今的妇人所不及："嗟乎，异物之情也有人哉！遇暴而不失节，徇人以至死，虽今妇人，有不如者矣。"② 此外还提出了这篇小说的写作意图为使"渊博之士"能"揉变化之理，察神人之际，著文章

---

① 李肇等撰：《唐国史补·因话录》，上海古籍出版社1979年版，第3页。
② 鲁迅校录：《唐宋传奇集》，文学古籍刊行社1956年版，第42页。

之美，传要妙之情……"① 即通过丰赡华美的文字来辨明世情物理，褒贬人物得失，传达文学所想要表达的婉转微妙的情感，使作品能够具有移风易俗有益于世道人心的宣传教化作用。在末段用全知叙事者的自白来表明故事教化意义的更典型一例为李公佐的《谢小娥传》：

> 君子曰："誓志不舍，负父夫之仇，节也。佣保杂处，不知女人，贞也。女子之行，唯贞与节能终始全之而已。如小娥，足以做天下逆道乱常之心，足以观天下贞夫孝妇之节。"余备详前事，发明隐文，暗与冥会，符于人心。知善不录，非《春秋》之义也，故作传以旌美之。②

从这段评论可见这篇小说的写作目的是以《春秋》之义为标准作传来表彰谢小娥的贞节孝义，起到《春秋》以"微言大义"褒贬人物的作用，同时希望能通过这个故事来劝诫人心、敦化风俗。所以无论是人物列传的叙述方式，还是笔者在最后所声明的写作目的，都可以看出文言小说对史传叙事的追慕与模仿。这种自觉地对史书叙事体制的崇拜与模拟表明了封建正统文人在史传叙事传统的耳濡目染下，文言小说创作受到史传叙事强大向心力的影响。然而，文言小说作者虽然宣称所描写故事为实录，却难免浪漫瑰奇的想象与虚构成分；虽然旨在学习史书的列传叙事手法，在传述故事的主人公时却往往蕴含了丰富的情感，不免发出"嗟乎，异物之情也有人哉！"这样的感叹。所以这样的作品虽然号称以史传为模板，却已然成为一种不同于史传的虚构类叙事文学体裁。

如果说文言小说自觉地按照史传的叙事体制来规范自己的叙事是遵从"小道可观"的圣人之训，那么文言小说除了具备展示作者之"史才、诗笔、议论"的私人功能之外，还自觉并自信地承担了"资治体、助名教、供谈笑、广见闻"③的社会功能。然而，白话小说作为比文言

---

① 鲁迅校录：《唐宋传奇集》，文学古籍刊行社1956年版，第42页。
② 鲁迅校录：《唐宋传奇集》，文学古籍刊行社1956年版，第96页。
③ （宋）曾慥：《类说》序，文学古籍出版社1955年版，第29页。

小说还要不入流的通俗文类，连"资治体"的资格与自信也一并丧失了。为了在史传文学的话语高压之下生存，白话小说形成了一套高度规范的叙事模式。于是我们看到，白话小说对史传叙事的追慕与模仿从文言小说中自觉自愿的模拟行为进一步极端化，最后上升到高度模式化的叙事规范，这种显著的叙事特征直到现当代小说的兴起才逐渐式微。

第二节　白话小说与中国古典叙事传统

文言小说作者对其作品的定位可以定义为"补史之阙"，即补充正史中遗漏的有记载价值的细琐资料；书面白话小说形成的重要起源通俗讲唱文学的作者对其作品的期待只能更卑微——后者只能做到"演史"，即罗烨所谓"舌耕"：就是根据史传用浅近的语言加以敷衍将历代兴亡存废等事以通俗易懂的方式普及给未受过正统教育的普通民众，"……由是有说者纵横四海，驰骋百家。以上古隐奥之文章，为今日分明之议论"[①]。由于对正统史传文学的渴慕已经渗透在社会文化生活的每个角落，故通俗讲唱文学的表演者要练习的基本功中最重要的一点必须是熟读史书，以受到史传叙事方法的反复熏陶与训练："夫小说者，虽为末学，尤务多闻。非庸常浅识之流，有博览该通之理。幼习《太平广记》，长攻历代史书。"[②]

可见通俗文学讲唱者幼时通过《太平广记》这种比较浅近的"野史"类文言小说达到历史入门水平，一旦掌握门径之后必须要攻读历代正史来进行正式的职业训练。讲唱文学的底本经过书会才人的整理编辑而形成了短篇话本，在此基础上又有一部分郁郁不得志的文人雅士加入了白话小说的整理与创作，使长篇白话通俗小说在明清两代得以迅速发展繁荣。但是，由于从通俗讲唱文学一脉继承而来的低微文体定位，那些受过正统教育的文人独立撰著的长篇通俗白话小说所承受的来自于正统史传叙事的向心力并没有削弱，反而有所增强。这种追慕史书的强烈倾向从明清时代杰出的长篇白话小说的名字中即可窥见一斑：《水浒

---

① （宋）罗烨：《醉翁谈录·舌耕叙引》，古典文学出版社1957年版，第2页。
② （宋）罗烨：《醉翁谈录·舌耕叙引》，古典文学出版社1957年版，第3页。

传》《西游记》《石头记》《醒世姻缘传》《儒林外史》等，这些小说名称中"传""记"与"外史"等字眼的使用明确表达了作者模仿史传叙事的坚定决心。

　　长篇白话小说中的仿史倾向既与白话小说本身在文化传统中处于非主流的地位有关，又与小说作者本人的教育背景有关。史书在传统中国社会中长期处于不可撼动的经典地位，比只能收入子部集部的文言小说在文类地位上高出很多，而不能入流的白话小说更是无法与史书同年而语。于是受过传统文化熏陶的白话小说作家往往不肯将自己的真实姓名署在作品之上，导致多数经典白话小说作品的真实作者成疑，考证小说家身世背景的外围研究更成为小说研究课题的一个重要门类。天都外臣在《水浒传叙》中谈及该书的作者身世完全是来自"故老传闻"："故老传闻：洪武初，越人罗氏，诙诡多智，为此书，共一百回，各以妖异之语引于其首，以为之艳。"[①] 关于《金瓶梅》的真实作者，有认为是"嘉靖间名士"者，有猜测是"绍兴老儒"者，不一而足，至今仍然是学术界的热门课题。即使在白话小说上署了作者名字，可经过历代无名文人的删削修改，真正著作权的归属亦早已成疑。可见古典白话小说作者的主体意识十分淡漠，他们并不觉得写作白话小说是一种严肃的文学创作，更不必说是"代圣人立言"了，他们的创作多半是为了畅销或"自娱"——直到某些优秀的小说作家出现，白话小说才真正成为作家继抒情诗歌后感事抒情的一个新载体，我们稍后再讨论这个问题。小说作家主体意识的淡漠表明了一个重要的问题：白话小说由于受到正统史传文学的压制而很难在正统文化中占有一席之地，所以白话小说本身的文体意识就是极为薄弱的。于是，为了能够在文化传统的边缘取得存在的合法性，它难免不断地受到各种文学体式的影响形成各种文学特征交融的现象，这种影响当然包括我们上面谈到的正统史传文学，也包括了大量民间文学样式的相互渗透。

　　如果说人物列传的叙述形式、善于运用多重聚焦的叙事手法，还有大量的历史故事母题或典故的运用是白话小说从正史中吸收的文学技

---

　　① 天都外臣：《水浒传叙》，黄霖、韩同文编《中国历代小说论著选》，江西人民出版社1982年版，第124页。

第七章 "无事之文"与中国叙事传统

巧，那么程式化的表达方式和大量"无事之文"的运用就可能来源于民间说唱文学叙述特征的某些影响。话本盛行于宋元时期，是当时十分流行的大众娱乐手段。这种说唱艺术的底本经过书会才人或说书人本身的记录与整理，形成了可供书面阅读的话本小说。而话本小说的叙述体制经过某些郁郁不得志的优秀文人加以润饰增删，到了明代终于演变为鸿篇巨制的通俗白话小说。长篇白话小说在叙事结构与方法上和话本小说多有相似之处，正如鲁德才先生所言："……白话长篇小说的艺术形式，就是宋元话本的变种，小说的民族形式，也是由此而形成的。"[1]由此可以判定二者所接受的叙事学上的影响应属同源。就目前取得的研究成果，学界普遍认同话本是由唐五代变文中的"俗讲"演化而来。佛教东传以来，为向普通民众申明佛教教义、介绍佛教产生的历史，一种通俗易懂的传经形式应运而生，这就是"俗讲"。"俗讲"开始的确切年代已不可考，目前已知最早记录见于段成式的《酉阳杂俎》续集卷中的"寺塔记"："佛殿内槽东壁维摩变舍利弗角而转睐，元和末，俗讲僧文淑装之，笔迹尽矣。"[2] 可见元和末年唐代寺院里已经有专门负责"俗讲"的僧人，"俗讲"虽然以经论为根据却并不试图讲论高深的教义问题，而是深入浅出地以通俗的语言讲说故事，并辅以图画和歌唱以求未受过教育的普通民众的了解与接受。"俗讲"的底本经学者推断即为"变文"[3]。

"俗讲"作为一种说唱文学体裁，对我国通俗文学的影响不外"唱"与"说"两途，其中前者在后世的弹词、宝卷、诸宫调、大鼓书中仍能找到相应的痕迹；而后者，即"讲"这一方面则深深地影响了中国古代小说叙事体制的诸多方面。孙楷第先生认为中国白话小说发展的轨迹是从"转变"到"说话"再到成熟的白话小说[4]，这个说法也充

---

[1] 鲁德才：《中国古代长篇小说艺术表现方法的几个问题》，选自宁宗一编《古典小说戏曲探艺录》，天津人民出版社1982年版，第213页。
[2] 段成式撰，方南生点校：《酉阳杂俎》续集卷之五"寺塔记（上）"，中华书局1981年版，第252页。
[3] 邱振京：《敦煌变文述论》，台湾商务印书馆1970年版，第10页。
[4] 孙楷第：《中国短篇白话小说的发展》，《沧州集》卷一，中华书局1965年版，第72页。

●○ "无事之文"与中国古典白话小说

分肯定了变文的叙事体制对白话小说之影响深远：千年之下，文人创作的长篇白话小说仍然不能脱离说书人口吻，这和小说作者在书中将作品中的叙事者拟想为面向一群虚拟的听众或"看官"在讲故事的叙事定位是密不可分的。而在长篇白话小说中出现的大量"无事之文"更与叙事人所展现的说书人姿态有密切的联系，我们将试分几类说明。

　　第一类主要是长篇白话小说中所保留的说书人套语。首先，白话小说的开头和结尾有程式化的开场和收尾文字，这一套语的沿用是模仿讲唱文学在开场或散场前引述诗文一段或数段，概括地介绍故事的梗概或交代故事的结局，即所谓"入话""开场诗"或"定场诗"等。如《清平山堂话本》卷一《西湖三塔记》的入话是引用苏轼的《饮湖上初晴后雨二首》之二，只是文字稍有出入：

　　　　湖光潋滟晴偏好，山色溟濛雨亦奇。若把西湖比西子，浓妆淡抹也相宜。①

　　一首诗作"入话"似乎意犹未尽，后文又连续录数首词描绘西湖景色方进入正文故事的叙述。话本小说中的这种入话，又与变文中的"押座文"或"缘起"起相似的作用，都是在正文之前引起"听者"注意，尽管话本小说和变文已经落在纸上，客观上已经成为标准的书面文学。这一从讲唱文学中沿袭而来的习惯在长篇白话小说中亦屡见不鲜。如三国演义开篇引用了一首杨慎的《临江仙》：

　　　　词曰：滚滚长江东逝水，浪花淘尽英雄。是非成败转头空。青山依旧在，几度夕阳红。白发渔樵江渚上，惯看秋月春风。一壶浊酒喜相逢。古今多少事，都付笑谈中。②

　　再如《醒世姻缘传》开篇即赋诗一首：

---

① （明）洪楩：《清平山堂话本》，上海古籍出版社1992年版，第13页。
② （明）罗贯中：《三国演义》，人民文学出版社2002年版，第1页。

> 公子豪华性，风流浪学狂。律身无矩度，泽口少文章。选妓黄金贱，呼朋绿蚁忙。招摇盘酒肆，叱咤闹围场。治服貂为饰，军妆豹作裳。调词无雪白，评旦有雌黄。恃壮能欺老，依强惯侮良。放利兼渔色，身家指日亡！①

《金瓶梅》小说的篇末有定场诗：

> 阀阅遗书思惘然，谁知天道有循环。西门豪横难存嗣，敬济颠狂定被歼。楼月善良终有寿，瓶梅淫佚早归泉。可怪金莲遭恶报，遗臭万年作话传。②

比照《孟姜女变文》中的"押座文"或"缘起"中所录古诗一首：

> 陇上悲云起，旷野哭声哀，若道人无感，长城何为颓？石壁千寻列，山河一向迥，不应城崩倒，总为妇人来。塞外岂中论，寒心不忍闻。③

可见这种开场赋诗的叙事形式和后世白话小说中的"入话"和开场诗相类，均是用一首与故事内容有某种联系的诗词或韵文来引导后面的故事正文，或在叙事末尾总结故事的内容，提出叙事者对书中人物或事件的简单评价。

其次，作为套语的叙述中之带过性文字。中国古典长篇白话小说中有强烈的维护叙事完整性倾向，有学者认为这种事无巨细的叙事习惯可能来自史传文学的影响④，但我们却认为这种现象与其说是对史书的某

---

① （清）西周生：《醒世姻缘传》，联经出版事业公司1991年版，第1页。
② （明）兰陵笑笑生：《金瓶梅》会评会校本，香港天地图书有限公司1994年版，第2089页。
③ 王重民等编：《敦煌变文集》，人民文学出版社1957年版，第33页。
④ "叙述者追慕史家，他就对叙述时间的整饬性非常注意，明确指出事件发生的时间，并且注意交代时间链上的每个环节。"参见赵毅衡《苦恼的叙述者》，北京十月文艺出版社1994年版，第235页。

种模仿不如说是叙事者仍然将自己拟想为一个说书人，他试图向听者解释清楚故事中每个人物在每一个时间点的行为活动。因为早在唐代变文中就存在一些带过性质的"无事之文"雏形，如《伍子胥变文》已经有类似的文字："（伍子胥）昼即看日，夜乃观星，奔走不停，遂至吴江北岸。"① 此后，话本小说中这种带过性文字更为普遍，如《清平山堂话本》之《合同文字记》：

> 光阴似箭，日月如梭，（张学究一家）安住在张家村里一住十五年，孩儿长成十八岁，聪明智慧，德行方能，读书学礼。

十五年时间中发生的琐事均与故事无关，但出于维护时间完整性的考虑用一句带过性的叙述补出。此后，长篇白话小说随着篇幅的延长更多地出现了带过性的"无事之文"，如《金瓶梅》第四十六回：

> 孟玉楼见月娘说来的不好，就先走了。落后金莲见玉楼起身，和李瓶儿、大姐也走了。止落下大师父，和月娘同在一处睡了。那雪霰直下到四更方止。正是：香消烛冷楼台夜，挑菜烧灯扫雪天。一宿晚景题过。②

可见长篇白话小说在叙事体制上仍然与变文、话本一类民间讲唱文学的叙事习惯一脉相承，叙事者作为故事的讲述人认为有义务将叙事的空白用带过文字进行填充以给听故事者一个叙事时间完整的印象，以便于听者对故事情节发展产生连贯性的认知。再次，变文常常于散文叙述之后用"当此之时，有（道）何言语（云云）""若为陈说""某某处"之类的套语引出韵文一段，作为变文中韵散结合之处的过渡标志。如《八相变》描述佛祖出世时所引入的韵文之前就运用了类似的套语："……释迦真身，从右胁诞出。当此之时，有何言语云云：无忧树下暂

---

① 王重民等编：《敦煌变文集》，人民文学出版社1957年版，第12页。
② （明）兰陵笑笑生：《金瓶梅》会评会校本，香港天地图书有限公司1994年版，第914页。

攀花，右胁生来释氏家。"① 在后世的话本小说中我们则常常见到"正是""但见"的类似的套语来引导下面的韵文。《清平山堂话本》《陈巡检梅岭失妻记》中用一首诗形容陈巡检妻子在失踪当晚见到的阵阵妖风："看看二更，陈巡检先上床脱衣而卧，只见就中起一阵风。正是：风穿朱户透帘栊，灭烛能交蒋氏雄。吹折地狱门前树，刮起酆都顶上尘。"② 这种用类似的套语开启韵文的手法，在长篇白话小说中也俯拾即是。如《西游记》四十三回：

  师徒们正话间，脚走不停，马蹄正疾，见前面有一道黑水滔天，马不能进。四众停立岸边，仔细观看。但见那：层层浓浪，迭迭浑波。层层浓浪翻乌潦，迭迭浑波卷黑油……③

  由此可见，长篇白话小说中叙事套语的普遍运用与它所根植的民间讲唱文学传统是密不可分的。为何到了明清时期文人独立撰著的长篇白话小说中仍然完整地保留着讲唱文学中的一套说书人套语？关于这个问题，浦安迪先生认为这种冒充街头说书人的叙述套语是小说家刻意保留下来的，小说家们通过自觉地应用这些市井术语介入小说叙事以在作者与叙事者之间制造一种"疏离感"，从而为作品带来更多层次的意义。④但根据我们将早前变文、话本小说等说唱文学中的叙事套语与长篇白话小说中叙事套语的使用进行比较来看，文人独立撰著的白话小说在套语的使用习惯上并未有本质区别。小说作家更倾向于将这种使用套语的叙事方式看作一种小说的叙事规范——不使用套语，不成其为白话小说。所以，我们恐怕很难说明清通俗白话小说中叙事套语乃是小说作者刻意保留的结果、保留这些套语的目的是为了故意造成某种使叙事者看上去言不由衷的反讽的张力。

---

 ① 王重民等编：《敦煌变文集》，人民文学出版社 1957 年版，第 331 页。
 ② （明）洪楩：《清平山堂话本》，上海古籍出版社 1992 年版，第 70 页。
 ③ （明）吴承恩：《西游记》，人民文学出版社 1980 年版，第 553—554 页。
 ④ [美] 浦安迪：《中西长篇小说文类之重探》，陈清侨译，中国社会科学院文学研究所科研处与《文学研究动态》编辑组共同编选《比较文学论文选集》，中国社会科学院，1982 年，第 102—103 页。

长篇白话小说中沿用说书人套语的原因恐怕和我们上文讨论过的文本意识的问题有关：作为游离于正统文化之外的白话小说及其作者并没有形成独立的文体意识和作家意识，他们并没有意识到自己在创造一个新的文体。于是，他们更倾向于向既有的文体靠拢，模仿与遵从说唱文学的叙事规则复述一系列程式化的说书套语，希求获得读者对其作品的认同：因为在一个文类等级森严的文化结构中，任何新兴文体的尝试都必将面临这一强大文化传统的冲击。所以尽管长篇白话小说在人物塑造、谋篇布局和思想艺术上都远远超越了变文和话本小说的艺术成就，但这些小说的作者们——其中不乏曹雪芹、吴敬梓这样的天才作家——仍然不同程度地忠实沿袭着说书人的一套叙事规则，除了大量运用叙事套语之外，还包括在作品中设定一个全知全能的超文本的叙事者来模拟说唱文学中的说书人形象，在全局性地叙述故事脉络的同时还给读者提供对书中的人物与事件的超然物外的褒贬评述。试想《红楼梦》借贾母之口讽刺说书人的陈词滥调，但在创作中却也有不少地方自觉不自觉地遵从着说唱文学的某些叙事规则，这不能不说是一种吊诡的现象。

第三节 "无事之文"与中国古典
　　　　白话小说的叙事风格

另有一种比较典型的"无事之文"形式是长篇白话小说中的全知叙事者会在一个事件叙述的末尾，跳出来中断叙述就该事件中的人物及其行为进行评论。这种评论实际上并无新意，讲述的完全是一些老生常谈的道理，但这种评述却作为一种叙事者的姿态在叙事中反复出现对小说的读者进行着徒劳而迂腐的说教。小说中叙事者讲述一个故事，并不满足于这个故事叙述本身的情节技巧是否能引起读者的兴趣，有时候他们不惜讲述大量千篇一律的故事来说明一个或许是尽人皆知的道理。似乎这个全知全能的叙事者之兴趣不在于能否讲出一个情节跌宕起伏的长篇故事，而在于能否通过这个故事的讲述来发表一通长篇大论的议论用于说教。于是，我们在长篇白话小说中常常看到以"看官听说""后人评曰"为标志引起的程式化的评论。这种评论有时是以韵语的形式出现，如《水浒传》第二十五回中写潘金莲谋杀亲夫后公开与西门庆淫

第七章 "无事之文"与中国叙事传统

宿。叙事者对他们的恣意取乐行为进行描述后评论道：

> 自此西门庆整三五夜不归去，家中大小亦各不喜欢。原来这女色坑陷得人，有成时必须有败。有首《鹧鸪天》，单道这女色。正是：色胆如天不自由，情深意密雨绸缪。只思当日同欢庆，岂想萧墙有祸忧！贪快乐，恣优游，英雄壮士报冤仇。请看褒姒幽王事，血染龙泉是尽头。①

有时，这种公开的月旦人物是通过与读者的"对话"以韵散结合的形式实现。如《金瓶梅》中一段叙事者的评论：

> 看官听说：自古谗言罔行，君臣、父子、夫妇、昆弟之间，皆不能免。饶吴月娘恁般贤淑，西门庆听金莲衽席睥睨之间言，卒致于反目，其他可不慎哉！……两个都把心冷淡了。正是：前车倒了千千辆，后车到了亦如然。分明指与平川路，却把忠言当恶言。②

这种全知叙事者肆意中断叙事对故事中的人物或事件评头论足用叙述学的术语可以视作一种"叙事干预"，这种评论干预在十八九世纪的西方小说中并不鲜见，如托尔斯泰、塞万提斯等大师的小说中往往不乏叙事者的评论干预。但评论干预作为造成叙事技巧多样性的手段之一，并不是小说中必须要使用的叙事方法，尚有大量的西方小说并没有使用这种可选择的叙事技巧。然而在中国古典长篇小说中，这种评论干预在任何小说中都是必不可少的环节，而且无论在使用的数量和方法上都呈现高度的一致性，这种频繁的评论干预终于成为一种叙述形式上的固定格套、一种可有可无的"无事之文"。下面我们将简要探讨这种与叙述如影随形的道德说教式"无事之文"产生的渊源及其对叙事造成了哪些影响。

自汉代"罢黜百家，独尊儒术"以来，儒家思想逐渐成为主流社

---

① （明）施耐庵：《水浒传》，北京大学出版社1981年版，第342页。
② （明）兰陵笑笑生：《金瓶梅》会评会校本，香港天地图书有限公司1994年版，第399页。

会遵从的意识形态,也成为正统文学创作的思想准则。宋明之际理学盛行,使本来为主流社会所尊崇的意识形态渗透至社会的各个领域,即使庸夫氓庶之流亦将礼教作为日常生活中的人伦物理。可想而知,在这样的思想文化背景之下,本来在文学传统中处于弱势的通俗小说更无法不迎合这种正统的伦理道德准则。虽然以其在文学等级中的地位通俗白话小说根本不具备资格按照周敦颐所谓"文以载道"的原则来指导写作,但这些小说的叙事者们无不有意无意地承担了以礼教的道德准则来启发教育底层群众的义务。这种自觉承担义务的行为既是写作小说与评点小说的下层文人对社会上占据主流地位的价值观与伦理道德标准的遵从与维护,也是处于传统文化边缘地位的通俗白话小说这种文艺体裁一种自我保护的姿态。这一点,从小说的作者与评点者等人的夫子自道中即可窥见端倪:

> 小说何为而作也?曰以劝善也。夫书之足以劝惩者,莫过于经史,而义理艰深,难令家喻而户晓,反不若稗官野乘福善祸淫之理悉备,忠佞贞邪之报昭然,能使人触目儆心,如听晨钟,如闻因果,其于世道人心不为无补也。①

金圣叹很好地说明了小说中难以避免道德评论性"无事之文"的原因。经书史书义理艰深难于被普通民众所了解接受,而通俗小说、稗官野史却能以其俚俗晓畅的特点将本来高深的义理信条蕴含于群众喜闻乐见的故事当中,达到惩恶劝善、"补于世道人心"之功用。于是我们就不难理解为什么很多明清白话小说中都反复地出现因果报应、宿命轮回,荒淫无度、贪得无厌的男女人物哪怕在现世未能受到惩罚也必将在轮回因果中遭到最后的清算。于是很多情况下,艺术成就稍逊的白话小说里某些人物沦为一种道德伦理的图解在所难免。无碍居士题《警世通言》叙中说道:"事真而理不赝,事赝而理亦真,不伤于风化,不谬

---

① (清)金圣叹:《读第五才子书法》,黄霖、韩同文编《中国历代小说论著选》,江西人民出版社 1982 年版,第 429 页。

于圣贤，不戾于诗书经史。"① 就是强调无论故事是否出于虚构，都必须符合名教的道德准则，这样才能达到令"怯者勇，淫者贞，薄者敦，顽钝者汗下"②的目的。以冯梦龙为代表的小说作家和评论家的叙事理想是在白话小说中突出一种完美的道德观，强调通俗小说对普通民众的教育感化力量："虽小诵《孝经》《论语》，其感人未必如是之捷且深也。噫，不通俗而能之乎？"③

我们可以看到在古典通俗白话小说中，几乎没有以第一人称展开的故事，小说作者往往设定一个高高在上的全知叙事者随时准备中断叙事对故事和人物进行道德评断。试想这些评论如果由故事中的人物口中发出，就会囿于人物的主观视角局限而削弱评论的权威。而且这些评论的文字似乎有意地区别于上下文的叙事风格，往往采用"有诗为证""古人有四句道得好"等套语引起一首诗词或韵文构成的品论文字——这种由诗词构成的评论有两个作用：其一，以引用别人的诗歌或话语来削弱这些评论的主观色彩，使全知叙事者与所叙人物拉开距离从而更添几分叙事张力；其二，诗词作为正统文学的符号，一经引用到小说中用来臧否人物往往会增加这评论的权威性。古典小说叙事中大量的叙事者干预，形成了中国古典白话小说迥异于西方长篇小说的叙事风格。然而古典小说中化身为说书人的叙事者时不时中断叙述而进行的解释或评论文字绝大部分滔滔不绝毫无新意，并没有一般读者不能理解的新奇或深刻理论也没有给读者提供新的知识与视野，原则上来说就是一种可有可无的"无事之文"，由于小说中使用了很多生动的叙事技巧，我们很难将这种陈词滥调归咎于作者叙事手法的拙劣——然而为什么叙事者会频繁地中断自己正在进行中的叙述，"不务正业"地用一些"无事之文"对自己的故事进行评论干预？我们认为这要从通俗小说作品价值观的双重性上来找寻原因。

前面我们讨论到通俗小说因为被排斥在中国古典文化传统主流之

---

① （明）冯梦龙：《警世通言叙》，《警世通言》，人民文学出版社2007年版，第1页。
② （明）绿天馆主人：《古今小说序》，黄霖、韩同文编《中国历代小说论著选》，江西人民出版社1982年版，第217页。
③ （明）绿天馆主人：《古今小说序》，黄霖、韩同文编《中国历代小说论著选》，江西人民出版社1982年版，第217页。

●○ "无事之文"与中国古典白话小说

外,故为了通过遵循主流文化的价值取向与道德伦理以求自保,往往在叙事中加入大量的评论与道德说教的文字来表明通俗文学惩恶劝善的正统道德立场。即使在讲史小说中也不能避免叙事者大量的评论性文字,试图用儒家正统的历史观念来给小说作品中的人物故事进行剖析与辩护。然而,我们不能忘记通俗小说始终是娱乐大众的产品。通俗小说能够吸引人们阅读的关键因素必须是故事引人入胜具有很强的趣味性,有时甚至是要含有某些俚俗、新奇却脱离正统道德观念束缚的内容。这就造成了白话小说作品价值观的双重性:一面通过描写声色犬马、物欲横流的花花世界中不断上演的才子佳人传奇勾起广大读者的猎奇心理;一面又必须遵循主流文学的价值观与道德观对自己的写作进行伦理道德上的约束。这两种摇摆不定的心态无论在小说作者身上,还是在小说评论家身上,都得到了很好的体现:《拍案惊奇》是凌濛初应书商要求而创作的白话小说集,主要是"取古今杂碎事"为写作素材,描写"耳目之内,日常起居"生活中"诡谲幻怪,非常理可测"的故事,目的是能帮读者"新听睹""佐诙谐",同时也能通过"行世颇捷"来获得一笔可观的经济收入。就是这样一部以描写新奇事件娱乐读者为主要目的的小说集,作者却在序言中义正词严地对"民佚志淫"的风气大加抨击并誓将助长此类风气的小说作品禁之而后快:

> 宋元时,有小说家一种,多采闾巷新事,为宫闱应承谈资,语多俚近,意存劝讽。虽非博雅之派,要以小道可观。近世承平日久,民佚志淫,一二轻薄恶少,初学抬笔,便思污蔑世界,广摭诬造,非荒诞不足信,则亵秽不忍闻,得罪名教,种业来生,莫此为甚。而且纸为之贵,无翼飞,不胫走,有识者为世道忧之,以功令厉禁,宜其然也。①

一面是在自己的作品中描写猎奇的内容娱乐大众;一面又严厉地批评某些同类的小说作品"非荒诞不足信,则亵秽不忍闻",这种道德评

---

① (明)凌濛初:《拍案惊奇》"序",《拍案惊奇》,人民文学出版社1991年版,第1页。

价上的双重标准令人瞠目。再如著名的小说评点家金圣叹一方面沉醉于《水浒传》叙事神理之清晰、人物描绘之栩栩如生;另一方面又因小说描写流寇反贼的发迹史且书中不乏偷盗劫掠与嗜血杀戮的情节而感到惴惴不安,于是他不得不"道貌岸然"地搬出了正统的道德准则来为这部小说杰作进行辩护。虽然将小说与正统文学经典进行比附的创意十分大胆巧妙,却终难逃强词夺理之嫌:

> 《水浒》所叙一百八人,其人不出绿林,其事不出劫杀,失教丧心,诚不可训,然而吾独欲略其形迹,伸其神理者,盖此书,七十回,数十万言,可谓多矣,而举其神理,正如《论语》之一节两节,浏然以清,湛然以明,轩然以轻,濯然以新。彼岂非《庄子》《史记》之流哉!不然何以有此。如必欲苛其形迹,则夫十五国风,淫污居半,《春秋》所书,弑夺十九,不闻恶神奸而弃禹鼎,憎梼杌而诛倚相,此理至明,亦易晓矣。①

正是由于这两种相互矛盾的价值观念,使得白话小说往往在生动地描写一个故事中间或结尾,生硬地用社会上普遍承认的道德规范潦草地评论一番,与其说是对小说中的声色之娱进行批判并给读者某种道德教化,不如说这些干瘪的、陈词滥调的评论只是作者对自己作品合法性的一种自我辩护——这种评论即使冠冕堂皇、无懈可击,却难免于看上去苍白无力。

综上所述,我们可以看到中国传统白话小说在叙事体制上的一大特点就在于很少用第一人称叙事者贯穿始终,而往往设定一个说书人的角色作为一个全知全能的超然于叙事之外的讲述者。这个超然物外的说书人形象并不介入叙事也不在故事中承担任何角色,于是他便取得了叙事中的绝对特权:可以随时指点叙事的走向并随时中断叙事对书中人物的是非得失与故事所表达的道德寓意随时加以宣判与解释,还负责对读者进行伦理道德与生活哲理的教育,成为沟通读者与隐含作者思想的直接

---

① (清)金圣叹:《第五才子书施耐庵水浒传序三》,黄霖、韩同文编《中国历代小说论著选》,江西人民出版社1982年版,第279页。

●○ "无事之文"与中国古典白话小说

桥梁。全知叙事者讲述的道理完全是众所周知、毋庸置疑的事实却仍然滔滔不绝、乐此不疲,似乎他对于发议论的兴趣更大于讲述一个引人入胜的故事。这种程式化的大发议论终于因与叙事主线无关而成为一种"无事之文"。虽然西方小说中也偶有这种叙事方式,但这只是众多叙述方法之一并未形成某种叙事模式,叙事者也很难直接对书中人物事件进行公开的褒贬甚至宣判。多数情况下,叙事者将这种权利交给读者去根据各人的常识作出应有的判断。

中国古典白话小说中的程式化议论作为叙事体制上的一个重要特色区别于西方的长篇小说,但这种僵硬模式化的"无事之文"由于频繁地中断叙述而破坏了叙事的完整性,也忽略了读者自身的理解力从而减弱了叙事文本可能造成的余味无穷的效果。在白话小说中频繁插入议论性"无事之文"的现象也一再地受到中外学者的批评。有的从叙事者与人物自身逻辑的矛盾出发,批评叙事者越俎代庖的评论可能破坏小说形象的真实性与多样性:

  中国古典小说夹叙夹评的方法,并非是完美的形式,小说形象本身包孕的生活本身的丰富性,潜藏许多可能被读者感受和解释的内容,却由于作者封建伦理观念的解释,而遭到破坏。有时作者评价的部分,和人物自身的逻辑并不一致,小说家所着重强调的,不一定是形象本身的内容。总之,传统小说叙事方法有其宝贵经验可资借鉴,但也有失败教训值得总结。①

美国小说家赛珍珠也对中国小说中过多道德教训的"无事之文"表示否定,她认为小说的根本目的显然不是道德教训而是艺术地再现真实的人生经历:

  很有一部分人相信小说若是不含有教训,就根本无价值了,凡是读者都希望在小说里寻到教训而给自己以品性道德方面的好影

---

① 鲁德才:《中国古代长篇小说艺术表现方法的几个问题》,宁宗一编《古典小说戏曲探艺录》,天津人民出版社1982年版,第236页。

响。但忠实地说，小说根本不是要教训人，作者是作者，亦不是牧师或道德家。作者的事，不过是介绍真实的人生给读者，然后让那人生去教训读者，小说家只相信人生，小说家是艺术家而不是道德家。一个注重道德教训的小说作者，永久不是真的艺术家。所以我永远不赞成在小说中给教训的，虽然偶尔也有很有价值的道德化的艺术作品。①

因此我们认为，全知叙事者频繁发出的议论与道德教训式"无事之文"虽然是中国古典白话小说叙事模式的一个特征，但从小说叙事形式的完整与艺术形象塑造的角度来讲，这些"无事之文"妨害了叙事的完整性与人物塑造的丰富性，这一特征不仅并非十全十美的叙事形式，而且的确存在一定的局限性。

第四节 "无事之文"：抒情传统与史传传统的合流

最后一类"无事之文"较常见于文人独立撰著的长篇白话小说中，即在小说叙事较为松散的框架中，作者常常插入一些使主干故事叙事时间停顿的"闲笔"。这种"闲笔"包括的范围比较广泛，比如书中细腻的景物与器物的描摹、人物衣饰的刻画以及一场与主干故事无关的宴饮描写、书中人物琐屑的闲话家常等。在短篇白话小说中，这一类"无事之文"较难出现，因为受限于篇幅，短篇小说的叙事框架远较长篇白话小说紧密，因而能够插入这一类"无事之文"的间隙也相应较少。这种"闲笔"性质的"无事之文"向来受到小说作者的重视，他们认为在叙述中适当夹叙与主干情节无必然联系的"闲笔"能起到帮助读者节省目力，缓解阅读中的紧张情绪以便使之更能将注意力集中于主要情节的作用。如罗烨《醉翁谈录》中提出了小说写作中主干情节部分与"无事之文"二者相得益彰的写作技巧："讲论处，不滞搭，不絮

---

① ［美］赛珍珠著，姚君伟译：《我的创作经验》，《赛珍珠论中国小说》，南京大学出版社2012年版，第88页。

繁；敷衍处，有规模，有收拾；冷淡处，提掇得家数；热闹处，敷衍得越久长。"① 又如刘鹗在《老残游记》卷十五中评道："历来文章家每序一大事，必夹序数小事，点缀其间，以歇目力，而纾文气。此卷序贾、魏事一大案，热闹极矣，中间应插序一段冷淡事，方合成法。"② 可见，叙事中情节主干与"无事之文"的穿插乃是文人写作白话小说的一种心照不宣的"定法"。下面我们将讨论长篇白话小说中"闲笔"式"无事之文"可能的成因。

中国古典文学是一个由抒情诗占统治地位的王国。抒情诗的美学常用作衡量任何文学门类的最高价值标准。鲁迅先生曾经赞《史记》是"史家之绝唱，无韵之离骚"，除了肯定《史记》在史传叙事文学中的经典地位，同时也将之与《离骚》比肩，肯定了它的抒情境界。普实克先生在《抒情诗与史诗》一书中更将中国文学传统总结为两个脉络：一脉是文人文学为主导的"抒情诗"传统，这一脉文学传统主张"言志"载道，具有浓厚的抒情意味与艺术感染力；另一脉是通俗文学为主导的"史诗"传统，这一脉文学以娱乐受众为宗旨，注重多样化的叙事技巧及驰骋想象的虚构情节，在艺术上有一种质朴的生命力，只是缺少"抒情诗"传统的思想深度。③ 实际上，我们很难将所谓的"抒情诗"传统与"史诗"传统截然分开，但这个提法仍给我们带来了重要的启示。早有海外学者指出史传传统对中国叙事文学的统摄性影响，如夏志清的《中国古典小说史论》④、浦安迪的《中国叙事学》⑤《谈中国长篇小说的结构问题》⑥ 等，这个问题我们已经在本章之初作了比较详尽的讨论，此处不再赘述。我们所要强调的是在一个强大的"抒情诗"文学传统笼罩下，中国是一个抒情诗创作发达的国家，相对而言却几乎没有形成一定规模的叙事诗创作。在这种文化传统的影响下，受过正统

---

① （南宋）罗烨：《醉翁谈录》，古典文学出版社1957年版，第5页。
② 魏绍昌编：《老残游记资料》，中华书局1962年版，第11—12页。
③ 尹慧珉：《普实克和他对我国现代文学的论述——抒情诗与史诗读后感》，《文学评论》1983年第3期。
④ ［美］夏志清：《中国古典小说史论》，江西人民出版社2001年版。
⑤ ［美］浦安迪：《中国叙事学》，北京大学出版社2018年版。
⑥ ［美］浦安迪：《谈中国长篇小说的结构问题》，叶维廉等《中国古典文学比较研究》，黎明文化事业股份有限公司1977年版，第277—289页。

教育的文人不可能不受到抒情文学传统的熏陶。相应地，文人创作的任何文体——即使是叙事文体也无法不受到抒情诗文学传统的浸染。所以，我们便不难理解不仅文人创作的白话小说中多有包含强烈抒情意味的铺陈文字、以书中人物名义代拟的抒情诗与随处可见的"闲笔"类"无事之文"，即便是话本小说中也是时不时以"有诗为证"来试图抬高通俗白话小说在文学体系中的地位。陈平原先生就精辟地指出了"史传"传统与"诗骚"传统二者形成的一股合力，影响了中国古典小说的叙事模式。① 这两种影响是一种复杂的合流，很难指出哪部小说单接受了一种传统而排斥了另外一种。

"闲笔"类"无事之文"倾向于停顿文本中的叙事时间而不厌其详地描摹某种抒情性意象：仙境般的山水风光、稍纵即逝的青春红颜、极尽奢侈的衣饰与陈设、恣情豪饮的夜宴……所有的意象都以工笔画的形式被详细地描摹与记录，这乍看似乎与中国传统文人的抒情境界大相径庭，然而仔细探求这种细致临摹背后的动因又与古典文学的抒情传统密切相关。早期抒情诗人在诗作中极其重视清心寡欲的超我境界，陶潜、王维等人的诗歌更含有一种绝世出尘的意味。一个正统文学传统熏陶出来的文人在通过抒情诗公开表达自己的情绪时，必须以最朴素的意象表达最克制的情感。即使表达自己出仕的决心也只能用"欲济无舟楫，端居耻圣明。坐观垂钓者，徒有羡鱼情"② 这样隐忍而委婉的暗示。

于是，在白话小说这种被排斥于文化传统主流之外的通俗文类中文人们找到了情绪宣泄的出口：文人们——特别是受文化传统束缚较弱的下层不得志的文人们，开始在这种新兴的长篇叙事文类中释放长期隐忍节制的自我表现情绪，转而描写给读者带来感官刺激的意象、摹写正统

---

① "这里需要强调的是，并非一部分作家借鉴'史传'，另一部分作家借鉴'诗骚'因而形成一种对峙；而是作家们（甚至同一部作品）同时接受这两者的共同影响，只是在具体创作中各自有所侧重。正是这两者的合力在某种程度上规定了中国小说的发展方向：突出'史传'的影响但没有放弃小说想象虚构的权利，突出'诗骚'的影响也没有忘记小说叙事的基本职能。'史传''诗骚'之影响于中国小说，不限于文言小说或白话小说；也不限于文人创作或民间创作。表现形态可能不同，成败利弊可能有别，可细细辨认，都不难发现两者打下的烙印。"参见陈平原《中国小说叙事模式的转变》，北京大学出版社2010年版，第198—199页。

② （唐）孟浩然：《望洞庭湖赠张丞相》，高步瀛选注《唐宋诗举要》，中华书局1959年版，第438页。

文学体裁中刻意回避的声色之娱。在这个意义上，以"自然主义"著称、文字尖新直露的《金瓶梅》与以叙事风格蕴藉典雅擅场的《红楼梦》在抒情体验与抒情境界上是同等的——二者都是对中国几千载之"抒情诗"传统的一种反叛与扬弃。至此，我们应该不难理解为何小说作者热衷于在叙事间隙中插入无数被称作"闲笔"的"无事之文"——这是小说作者在叙事文体内探索出的一种全新的具有某种象征意义的抒情经验：

> 在叙述文学中，作家并不赘辞披露人物内在经验或解释事件之因果；本此，围绕动作的插曲便形成小说形式的架构基石。当我们视二小说中的个别插曲为动作与意义间的真正"简介"（mediating construct），我们将发现更具价值的作法是置批评重心于它们的象征——而非描述、叙述——功能上。尤其当我们体认书中诸多插曲对叙述情节、描写人物并无推动之功，反之其目的乃在呈现某种抒情经验。换言之，各插曲与更大脉络间所有的意义被减至最小，以便发展为整个作品象征意义的要素。①

同时，我们从"史诗"传统角度也可以在一定程度上解释"闲笔"类"无事之文"反复出现的原因。我们已经在第三章探讨过话本小说和长篇白话小说的某些叙事体制极有可能来自"变文"——中国已知最早的长篇白话叙事文学。经过美国学者梅维恒的详细研究，这种文学形式来源于一种被简称为"转变"的口头的看图讲故事的民间表演形式。在表演中，讲说"变文"的人在表演中使用"变相"作为向听众直观展现故事情节与人物的手段。而元代出现的平话是变文故事宣讲这一表演形式的直接承继者。他还指出现藏日本内阁文库的《全相平话五种》中的配图揭示了一种文学史上遗失了的配图讲说长篇故事的传统。② 虽然没有足够的相关史料证明中国在元明之际是否存在一个配图讲说长篇故事的

---

① 高友工：《中国叙述传统中的抒情境界——〈红楼梦〉与〈儒林外史〉读法》，[美]浦安迪《中国叙事学》"附录"，北京大学出版社2018年版，第270页。
② 具体论证参见梅维恒《绘画与表演——中国绘画叙事及其起源研究》"导论"，《绘画与表演——中国绘画叙事及其起源研究》，王维邦等译，中西书局2011年版，第1—5页。

表演传统，但这些插图至少证明早期的平话听者或读者是在看插图的基础上来了解故事情节与人物的。即使后世的说书人在表演时不再辅以图画，他们仍然习惯将一幅全景式的叙事场面诉诸听觉，令书场里的听众如面对一幅图画般有身临其境的感受。说和听之间立体化的审美关系，决定了说书人必须将一个场面描摹得细致到仿佛"口吐莲花"般的逼真才能真正吸引听众。而受到了口头文学叙事形式重要影响的长篇白话小说将面临一个新的课题，即如何将时间化的听觉艺术进一步转化为空间化的视觉艺术。这就要求叙事者必须妙笔生花地通过叙事者细致入微的精确刻画以启发读者"看官"们发挥自己的想象力，从而能够睁开心灵之眼目击与再现那叙事作品中栩栩如生的人物角色与繁华场面。

综上所述，我们再次验证了"无事之文"的产生是多种因素交织的产物，除了受到通俗讲唱文学的深远影响之外，文人化的白话小说也是文人文学中"诗骚"传统和通俗文学的"史诗"传统合流所产生的结果。"无事之文"作为中国古典白话小说重要的叙事特色，给白话小说叙事带来的影响是多方面的。有的情况下，能给读者带来更真切的感觉享受；在另外一些情况下，反而会因为过多的议论与评述从而影响长篇小说在叙事形式上的整饬与完善。总之，"无事之文"作为古典白话小说中的一个值得深入讨论的叙事现象，值得我们进一步地探索与争鸣。

结　　语

　　本文对中国古典长篇小说"无事之文"的研究成果已概述如上，现总括一下本研究所得出的结论。作为本项研究主要的讨论对象，也是中国古典小说中最为突出的叙述现象之一，"无事之文"（non-evental texts）意指小说主要故事情节的间隙处插入的一些看似不相关的细节与琐屑的评论等，且这类文本与叙事主干之间并无必然的描述与被描述的关系。我们在导论中探讨了研究这一课题应遵循的理论依据与具体操作步骤。叙事学研究与评点学研究作为中国古代小说叙事整合研究的两种模式，前者注重严格的定量分析和精准的描述，对组成叙事作品结构的各要素及其运行机制进行精确客观地描述并进行系统化的理论阐释。后者注重将艺术化了的心理感受诉诸文字，凭借评论者的天才与敏锐的审美感悟能力将对作者写作初衷的推测、对一般读者审美取向的引导以及对小说叙事特色的观察与感悟用诗化的语言表达出来。这种传统的文学批评形式给人以重兴会、轻理论的印象，但它们轻灵、直观、感性的特征，更易被一般的读者接受和认同。由此我们可以看到东西方文艺理论批评基本脉络上的差异：欧美文学批评的主要探讨对象是史诗与戏剧一类的叙事文学，所以更注重分析叙事文学的整体结构布局，强调戏剧冲突与反讽的效果；而中国的文学批评最重要的观照对象是抒情诗，故更注重追寻空灵的意象、铺陈精妙的细节。因而二者在对一部文学作品进行分析评论时的着眼点是大相径庭的。因此，我们在研究中试图将注重宏观叙事框架的西方叙事学与切入文本细部的微观的小说评点学有机结合，从"无事之文"这一特殊研究对象入手，以期在中国古典小说的研究之中发现中国古典小说叙事传统中的叙述模式之特质。

　　第二章中我们着手给"无事之文"界定一个明确的范畴，并将之划分出基本的类别以便于进一步研究。我们初步将"无事之文"这一类特殊的叙事文本划分为以下几类：一是"无事之事"——在"事与事的交叠处"或"事隙"中间插入的前后无明确因果联系的一个或多个事件；二是与中国古典小说叙事形式有关的程式化文字，即所谓的叙事"套语"引起的叙述文字；三是对场景或人物外貌衣饰进行静态描写的文字；四是叙述主体插入文本中某些内容的解说与介绍文字及其对书中人物事件的主观评论文字。在这个大的分类之下另有若干子类，我们一一举例分析了各个类别的在文本中的表现形式并简要分析了其对小说作品产生的影响。

第三章致力于追溯"无事之文"这一类特殊文本形成的历史渊源。为此我们从我国已知最早的通俗讲唱叙事文类"变文"的作品中寻找是否存在"无事之文"的萌芽及其是否对古典白话小说的叙事体制造成某种影响。关于唐代变文对中国通俗白话小说在叙事体制上的影响，值得我们注意的是，变文中的"叙事套语""插入式的叙事铺陈"与"韵散结合的结构"，都与我们的研究对象"无事之文"的形成密切相关，于是我们详细地分析讨论了唐代变文的叙事体制与中国古典通俗白话小说中"无事之文"形成的源流关系。我们采取的研究方法是在变文的文本中找出符合"无事之文"的概念与分类的文字或含有"无事之文"因素的文字与后代的白话小说中的"无事之文"进行对比，找出二者可能存在的联系。通过用唐传奇为代表的文言小说和明清白话小说同时与唐代变文进行比较研究，我们发现唐以来的通俗文学为中国长篇白话小说提供了叙事的轨范，使明清小说在叙事形式的角度上迥异于前代与同时代的文言小说。在唐代变文中就产生了"无事之文"的萌芽，进一步证明了"无事之文"的产生与通俗讲唱文学的叙事习惯有密切的联系。

第四章主要讨论"无事之文"与中国古典白话小说的叙事时序问题。关于叙事的次序，中国小说传统上将它分为顺叙、倒叙、插叙。此外，尚有一种在古典白话小说中十分普遍运用的时序倒错方式：预叙。传统白话小说中几乎没有任何一部作品不使用预叙来改变叙事的时序，但在古典小说评点中却没有对这一叙事行为投以关注，我们认为这和在预叙中承担了重要角色的"无事之文"密切相关，于是我们对中国古典小说叙事时序的安排与错置进行了分类讨论。其中,"无事之文"对叙述时序的影响最突出地体现在大量的预叙文字中,一类是开篇的预叙;一类是叙述过程中的预叙,叙事者跳出叙述之外对下文即将叙述的部分进行提示并进行相应的道德训;还有一种情况是通过"无事之文"实现的叙事者并不必兑现的"不对称式预叙";最后一种"无事之文"参与的预叙是章回小说每一回结尾程式化的对下一回内容的提示。在中国古典长篇小说中,并不是所有的改变叙述次序的方法都要通过"无事之文"来实现,但"无事之文"的确对改变古典小说一贯顺序叙事的局面起到了一定的作用,特别是在程式化的预叙处理上,形成了古典长篇叙事作品的独特风貌。除了对叙述次序造成的影响,"无事之文"的插入还能够调整叙事的时长。因为叙事的时间是与事件发生的时间相对而言,指事件发生的真实时间在文本叙述中的形态。叙事的时间只能通过叙述的篇幅比例来实现叙述时间长短的调整。这种调整体现在以下几种情况:"无事之文"造成叙事时间的省略和缩写;"无事之文"能通过场景描写等手段造成叙事时间的延长;叙事人凭空跳进来切断叙述,对书中的人物与事件进行某种道德评价或价值判断的一类"无事之文"能够造成叙事时间的停顿。"无事之文"的穿插对叙事时间的调整方面具有一定的作用,从而对与中国古典白话小说叙述模式的形成起到了重要的影响。

  第五章从情节研究的角度来探讨"无事之文"对中国古典小说的叙事结构造成哪些影响。本章先总结了当前情节研究的现状,以及宏观情节研究与微观情节研究各自的研究对象与范畴,并指出了目前对古典小说的各类情节研究仍属于宏观情节研究的范畴。然而古典小说中的"无事之文"作为游离于叙事作品固定情节框架之外的特殊文本,需要我们引入一种更有针对性的研究方法加以研究。探讨其中叙事元素的基本构成,以及这种构成方式何以使该段文本成为不具备推动主干故事发展功能的"无事之文"。因此,我们在研究中使用了以托马舍夫斯基和罗兰·巴特为代表的微观情节分析方法:将叙事文本的最基本叙事单位进行详细的切割与分类,通过研究一段文本的叙事元素基本构成来分析其叙事的功能性质——该段文本是否处于主叙事中并推动故事发展,从而导向"无事之文"的鉴别与情节风格的分类。运用西方叙事学中微

结　语

观情节研究的方法，我们一一分析了古典通俗小说中可能出现的各种情节类型。其中需要重点指出的是动态自由性情节与静态自由性情节，二者都与叙事作品主干中的因果链没有关系，从叙事技巧角度来说可以删除而不影响叙事情节的进展，也就是我们所定义的"无事之文"。通过我们的分析发现，在一段情节中引入一定比例的自由性细节能稀释该段情节与主要叙事框架的因果关联，甚至使之"沦为"彻底与主叙事无关的"无事之文"；而在叙事作品中加入含有动态自由性细节或静态自由性细节的两类"无事之文"可以使叙事更加丰富多姿。

第六章我们运用基于口述叙事传统的帕里－洛德套语理论，将小说中特定位置反复出现的诗句、习语或格套化段落作为研究对象：如叙事场景或事件转换时的套话、出场人物的简介、以说书人语气进行的客观叙述或评价等。我们把小说中的套语分成两类：一类是套句（formula，也可称为程式）用来做人物或事件的描写和介绍；另一类是主题（theme），是切入文本中的程式化的静态描写文字。这两类套语正是本书所讨论之"无事之文"的典型范例，因此我们的讨论范围就集中在帕里－洛德套语理论的上述两个层面，逐一讨论这两类套语文本的分类、艺术特色及其叙事功用。研究表明，套句或主题的普遍性、重复性与可替代性是它的基本属性，也是白话小说套语的主要特征。故事的套语无论是在口述表演中，还是小说文本中，都是十分重要的组成部分。套语并不是完全整齐划一的，在不同的小说文本乃至同一小说文本的不同章节中都可能存在着差异。这种差异可能并非有意为之，但却与小说叙事者的实际需求密切相关。掌握套语系统并对其进行灵活的改易和组合，同时也是一种文本再生成的过程，因之对白话小说的创作模式有重要意义。读者对于小说的解读通常依赖于各种形式的套语，因为这些套语来源于作者所处时代与社会背景所提供的文化语境与普世价值。这是明清小说中套语及其解读的社会历史使命，也是套语存在的核心价值所在。由此，套语成为每一次读者解读这一文化符码过程之中的应有之义。套语在读者的解读过程中成为一种基于读者认知能力与世界观体系的意识形态建构过程，而实际上这些套语所传达的文化与道德价值观念已经存在于读者的认知结构之中。

第七章中我们分析了"无事之文"产生的土壤，即中国古典白话小说所根植的叙事传统，及其对中国古典白话小说叙事风格所产生的影响。中国文学的传统是一个等级森严的文类体系。在中国，被奉为经典的正统文学具有典雅、内敛而善于内省的特征因而迥异于从心所欲、泼辣尖新的非正统文学。二者属于两类话语系统，这是由文化等级构成所先天决定的。文言小说作者对其作品的定位可以定义为"补史之阙"，即补充正史中遗漏的有记载价值的细琐资料；书面白话小说形成的重要起源通俗讲唱文学的作者对其作品的期待只能更卑微——后者只能做到"演史"，即根据史传用浅近的语言加以敷衍将历史通俗化地讲给普通民众。根据我们在第三章中关于"无事之文"历史渊源的分析可知"无事之文"与通俗讲唱文学具有千丝万缕的联系。我们详尽地先后分析了中国叙事传统的两大分支"史传"传统与"抒情诗"传统，探讨各个类型的"无事之文"形成的原因及其受到哪方面文学传统之影响。最终我们的结论为："无事之文"的产生是多种因素交织的产物，除了受到通俗讲唱文学的深远影响之外，文人化的白话小说也是文人文学中"诗骚"传统和通俗文学的"史诗"传统合流所产生的结果。而"无事之文"对中国古典白话小说叙事风格造成的影响是复杂多元的——比如，细腻纤巧的"闲笔"类"无事之文"能够起到渲染气氛，烘托人物性格等叙事功能，而老生常谈的道德评论式"无事之文"在某些情况下会过多地干预叙事进程，破坏叙事流的整饬与流畅，给叙事的完整性带来某些负面的影响。关于"无事之文"这一复杂的叙事现象，仍有待于我们进一步研究与探索。

参考文献

中文文献

古籍与小说文本

（汉）班固：《汉书》，中华书局 1962 年版。

（汉）司马迁：《史记》，中华书局 1975 年版。

（明）冯梦龙：《警世通言》，中华书局香港分局 1983 年版。

（明）冯梦龙：《醒世恒言》，中华书局香港分局 1983 年版。

（明）洪楩：《清平山堂话本》，上海古籍出版社 1992 年版。

（明）兰陵笑笑生著，刘辉、吴敢辑校：《金瓶梅》会评会校本，香港天地图书有限公司 1994 年版。

（明）凌濛初著，王古鲁编注：《初刻拍案惊奇》，古典文学出版社 1957 年版。

（明）罗贯中：《三国演义》，人民文学出版社 2002 年版。

（明）施耐庵：《水浒传》，人民文学出版社 1985 年版。

（明）施耐庵：《水浒传》会评本，北京大学出版社 1981 年版。

（明）吴承恩：《西游记》，人民文学出版社 1980 年版。

（南朝宋）刘义庆著，张万起、刘尚慈译注：《世说新语译注》，中华书局 2006 年版。

（清）曹雪芹：《红楼梦》，人民文学出版社 2008 年版。

（清）西周生：《醒世姻缘传》，联经出版事业公司 1991 年版。

（宋）李昉等编：《太平广记》，中华书局 1961 年版。

（宋）罗烨：《醉翁谈录》，古典文学出版社 1957 年版。

（宋）耐得翁：《都城记胜（外八种）》，上海古籍出版社1993年版。
（宋）曾慥：《类说》，文学古籍出版社1955年版。
（宋）周密：《武林旧事》，中华书局2007年版。
（唐）段成式撰，方南生点校：《酉阳杂俎》续集，中华书局1981年版。
（唐）李肇等撰：《唐国史补·因话录》，上海古籍出版社1979年版。
高步瀛选注：《唐宋诗举要》，中华书局1959年版。
鲁迅：《唐宋传奇集》，文学古籍刊行社1956年版。
王重民等编：《敦煌变文集》，人民文学出版社1957年版。
项楚：《敦煌变文选注》，中华书局2006年版。

专著

《辞海》编纂委员会：《辞海》，上海辞书出版社1979年版。
陈国球、王德威编：《抒情之现代性》，生活·读书·新知三联书店2014年版。
陈美林：《中国古代小说的主题与叙事结构》，安徽文艺出版社2000年版。
陈平原：《小说史：理论与实践》，北京大学出版社1993年版。
陈平原：《中国小说叙事模式的转变》，北京大学出版社2010年版。
陈平原：《中国小说叙事模式的转变》，上海人民出版社1988年版。
陈平原主编：《现代学术史上的俗文学》，湖北教育出版社2004年版。
程文超：《意义的诱惑》，时代文艺出版社1993年版。
程毅中：《宋元小说研究》，江苏古籍出版社1998年版。
丁夏：《咫尺千里：明清小说导读》，清华大学出版社2000年版。
董国炎：《明清小说思潮》，山西人民出版社2004年版。
董乃斌：《中国古典小说的文体独立》，中国社会科学出版社1994年版。
方长安：《中国现代文学转型与日本文学关系》，秀威资讯科技有限公司2012年版。
方正耀：《明清人情小说研究》，华东师范大学出版社1986年版。
方正耀：《中国小说批评史略》，中国社会科学出版社1990年版。
傅修延：《文学叙述论》，百花洲文艺出版社1993年版。

傅修延：《先秦叙事研究：关于中国叙事传统的形成》，东方出版社1999年版。

高小康：《中国古代叙事观念与意识形态》，北京大学出版社2005年版。

韩进廉：《中国小说美学史》，河北大学出版社2004年版。

侯忠义、王汝梅编：《金瓶梅资料汇编》，北京大学出版社1985年版。

胡适：《中国章回小说考证》，大连实业印书馆1934年版。

黄霖、韩同文编选：《中国历代小说论著选》，江西人民出版社1982年版。

黄霖、蒋凡主编，邬国平：《中国历代文论选新编·清代卷》，上海教育出版社2008年版。

李剑国：《唐代志怪传奇叙录》，南开大学出版社1993年版。

李明军：《中国十八世纪文人小说研究》，昆仑出版社2002年版。

林岗：《明清之际小说评点学之研究》，北京大学出版社1999年版。

刘魁立：《刘魁立民俗学论集》，上海文艺出版社1998年版。

刘上生：《中国古代小说艺术史》，湖南师范大学出版社1993年版。

刘世德：《中国古代小说研究》，上海古籍出版社1983年版。

刘世剑：《小说叙事艺术》，吉林大学出版社1999年版。

鲁德才：《白话小说型态发展史论》，南开大学出版社2002年版。

鲁迅：《中国小说历史的变迁》，《鲁迅全集》第九卷，人民文学出版社1981年版。

吕同六主编：《20世纪世界小说理论经典》，华夏出版社1995年版。

罗小东：《话本小说叙事研究》，学苑出版社2002年版。

罗烨：《醉翁谈录》，古典文学出版社1957年版。

毛德富、卫绍生、闵虹：《中国古典小说的人文精神与艺术风貌》，巴蜀书社2002年版。

牧惠：《中国小说艺术浅探》，海南人民出版社1987年版。

宁宗一编：《古典小说戏曲探艺录》，天津人民出版社1982年版。

宁宗一编：《中国小说学通论》，安徽教育出版社1995年版。

欧阳健：《古小说研究论》，巴蜀书社1997年版。

齐裕焜：《明清小说》，上海古籍出版社1998年版。

齐裕焜主编：《中国古代小说演变史》，敦煌文艺出版社2002年版。
祁连休：《中国古代民间故事类型研究》，河北教育出版社2007年版。
邱振京：《敦煌变文述论》，台湾商务印书馆1970年版。
沙日娜：《明清之际章回小说研究》，北京师范大学出版社2004年版。
申丹：《叙事学与小说文体学研究》，北京大学出版社1998年版。
石昌渝：《中国小说源流论》，生活·读书·新知三联书店1994年版。
孙楷第：《沧州集》，中华书局1965年版。
孙逊、孙菊园：《明清小说丛稿》，中国文化大学出版部1992年版。
谭帆《中国小说评点研究》，华东师范大学出版社2001年版。
谭君强：《叙事理论与审美文化》，中国社会科学出版社2002年版。
谭伦杰：《俗世风情：话说〈金瓶梅〉》，万卷楼图书有限公司2001年版。
王彬：《红楼梦叙事》，中国工人出版社1998年版。
王成军：《纪实与纪虚——中西叙事文学研究》，百花文艺出版社2003年版。
王根林等校点：《汉魏六朝笔记小说大观》，上海古籍出版社1999年版。
王平：《中国古代小说叙事研究》，河北人民出版社2001年版。
王琼玲：《清代四大才学小说》，台湾商务印书馆1997年版。
王泰来等编译：《叙事美学》，重庆出版社1987年版。
魏绍昌编：《老残游记资料》，中华书局1962年版。
吴士余：《古典小说艺术琐谈》，长江文艺出版社1985年版。
吴士余：《中国文化与小说思维》，上海三联书店2000年版。
吴士余：《中国小说思维的文化机制》，华东师范大学出版社1990年版。
徐岱：《小说叙事学》，中国社会科学出版社1992年版。
杨义：《中国古典小说史论》，中国社会科学院出版社2004年版。
杨义：《中国叙事学》，人民出版社1997年版。
杨义：《重绘中国文学地图：杨义学术讲演集》，中国社会科学出版社2003年版。
叶维廉：《中国古典文学比较研究》，黎明文化事业股份有限公司1977

年版。

张俊:《清代小说史》,浙江古籍出版社 1997 年版。

张寅德编选:《叙述学研究》,中国社会科学出版社 1989 年版。

赵毅衡:《当说者被说的时候:比较叙述学导论》,中国人民大学出版社 1998 年版。

赵毅衡:《苦恼的叙事者》,北京十月文艺出版社 1994 年版。

郑振铎:《中国俗文学史》,上海书店 1984 年版。

中国社会科学院文学研究所科研处与《文学研究动态》编辑组共同编选:《比较文学论文选集》,中国社会科学院,1982 年。

钟敬文:《钟敬文民俗学论集》,上海文艺出版社 1998 年版。

周英雄:《小说·历史·心理·人物》,东大图书有限公司 1989 年版。

周振甫:《小说例话》,五南图书有限公司 1994 年版。

周中明:《中国的小说艺术》,贯雅文化有限公司 1990 年版。

朱一玄:《红楼梦脂评校录》,齐鲁书社 1986 年版。

朱一玄、刘毓忱编:《水浒传资料汇编》,南开大学出版社 2002 年版。

朱一玄编:《三国演义资料汇编》,南开大学出版社 2003 年版。

[美] 夏志清:《中国古典小说史论》,陈益民译,江西人民出版社 2001 年版。

[俄] 鲍里斯·托马舍夫斯基:《主题》,[俄] 维克托·什克罗夫斯基等《俄国形式主义文论选》,方珊等译,生活·读书·新知三联书店 1989 年版。

[俄] 弗拉基米尔·雅可夫列维奇·普洛普:《故事形态学》,贾放译,中华书局 2006 年版。

[法] 茨维坦·托多罗夫编选:《俄苏形式主义文论选》,蔡鸿滨译,中国社会科学出版社 1989 年版。

[法] 吕特·阿莫西等:《俗套与套语:语言,语用及社会的理论研究》,丁小会译,天津人民出版社 2002 年版。

[法] 热莱尔·热奈特:《叙事话语·新叙事话语》,中国社会科学出版社 1990 年版。

[荷] 米克·巴尔:《叙述学:叙事理论导论》,谭君强译,中国社会科学出版社 1995 年版。

[捷]普实克：《普实克中国现代文学论文集》，李燕乔等译，湖南文艺出版社1987年版。

[美]阿尔伯特·贝茨·洛德：《故事的歌手》，尹虎彬译，中华书局2004年版。

[美]丁乃通：《中国民间故事类型索引》，郑建成等译，华中师范大学出版社2008年版。

[美]高友工：《美典：中国文学论文集》，生活·读书·新知三联书店2008年版。

[美]梅维恒：《绘画与表演——中国绘画叙事极其起源研究》，王维邦等译，中西书局2011年版。

[美]梅维恒：《唐代变文》，杨继东、陈引驰译，香港中国佛教文化出版有限公司1999年版。

[美]梅维恒：《唐代变文》，中西书局2014年版。

[美]倪豪士：《传记与小说：唐代文学比较论集》，中华书局2007年版。

[美]浦安迪：《明代小说四大奇书》，沈亨寿译，中国和平出版社1993年版。

[美]浦安迪：《中国叙事学》，北京大学出版社1996年版。

[美]浦安迪：《中国叙事学》，北京大学出版社2018年版。

[美]斯蒂·汤普森：《世界民间故事分类学》，上海文艺出版社1991年版。

[美]王德威：《现代"抒情传统"四论》，台湾大学出版中心2011年版。

[美]王德威：《想像中国的方法：历史·叙事·小说》，生活·读书·新知三联书店1998年版。

[美]王靖献：《钟与鼓：〈诗经〉的套语及其创作方式》，谢濂译，四川人民出版社1990年版。

[美]王靖宇：《左传与传统小说论集》，北京大学出版社1989年版。

[美]韦勒克·沃伦：《文学理论》，刘象愚等译，生活·读书·新知三联书店1984年版。

[日]谷崎润一郎：《饶舌录》，汪正球译，中国文联出版社2000年版。

［日］芥川龙之介：《芥川龙之介全集》，揭侠、林少华、刘立善译，山东文艺出版社 2005 年版。

［日］小川环树：《中国小说史的研究》，岩波书店 1968 年版。

［日］中野美代子：《中国人的思维模式》，北雪译，中国广播电视出版社 1992 年版。

［希］亚里士多德：《诗学》，陈中梅译，商务印书馆 1996 年版。

［以］雷蒙－凯南：《叙事虚构作品：当代诗学》，赖干坚译，厦门大学出版社 1991 年版。

［英］E. M. 福斯特：《小说面面观》，苏炳文译，花城出版社 1984 年版。

［英］爱·摩·福斯特：《小说面面观》，朱乃长译，中国对外翻译出版公司 2002 年版。

论文

学位论文

邓百意：《中国古代小说节奏论》，博士学位论文，复旦大学，2007 年。

董明文：《元明小说戏曲中的"套语"研究》，硕士学位论文，复旦大学，2006 年。

韩晓：《中国古代小说空间论》，博士学位论文，复旦大学，2007 年。

金荣华：《六朝志怪小说情节单元分类索引》，博士学位论文，中国文化大学，1984 年。

梁苑：《才子佳人小说：从一种新小说类型到一种新文学样式》，博士学位论文，复旦大学，2007 年。

刘淑尔：《元杂剧情节类型研究》，博士学位论文，中国文化大学，1996 年。

刘晓军：《张竹坡叙事理论研究》，硕士学位论文，湖南师范大学，2004 年。

刘志宏：《明清传奇叙事艺术研究》，博士学位论文，苏州大学，2008 年。

王建科：《元明家庭家族叙事文学研究》，博士学位论文，陕西师范大学，2003 年。

谢海平：《讲史性之变文研究》，硕士学位论文，台湾政治大学，1970年。

谢雪梅：《虚构叙事中时间的分形》，博士学位论文，浙江大学，2006年。

余丹：《"叙事"概念的流变——关键词研究》，硕士学位论文，华中师范大学，2009年。

张守连：《明成化刊本说唱词话研究》，博士学位论文，复旦大学，2003年。

张曙光：《中国古代叙事文本评点理论研究：以金圣叹评点为中心的现代阐释》，博士学位论文，山东师范大学，2008年。

张永葳：《论明末清初小说的文章化现象》，博士学位论文，浙江大学，2008年。

钟海波：《中国通俗叙事文学繁荣的先声：敦煌讲唱文学综论》，博士学位论文，陕西师范大学，2005年。

单篇论文

陈炳良：《话本套语的艺术》，《小说戏曲研究》第一集，联经出版事业公司1988年版。

陈果安：《明清小说评点与叙事学研究》，《中国文学研究》1998年第1期。

高友工：《中国叙述传统中的抒情境界》，［美］浦安迪《中国叙事学》"附录"，北京大学出版社1996年版。

蒋新红：《关于小说人物个性细节描写的阐析》，《名作欣赏》2010年第20期。

乐蘅军：《宋代话本研究》，《国立台湾大学文史丛刊》29，商务印书馆1969年版。

雷颐：《"私人叙事"与"宏大叙事"》，《读书》1997年第6期。

李鹏飞：《古代小说的情节与情节研究》，《北京大学学报》（哲学与社会科学版）2010年第3期。

李鹏飞：《古代小说研究与原创小说理论的探索》，《北京大学学报》（哲学与社会科学版）2007年第3期。

李鹏飞：《古代小说主题的接受、传承及其研究》，《北京大学学报》

（哲学社会科学版）2011年第3期。

刘魁立：《世界各国民间故事情节类型索引述评》，《刘魁立民俗学论集》，上海文艺出版社1998年版。

刘勇强：《古代小说情节类型的研究意义》，《北京大学学报》（哲学社会科学版）2010年第3期。

刘勇强：《中国古代小说的叙事学研究反思》，《明清小说研究》2001年第2期。

鲁德才：《中国古代长篇小说艺术表现方法的几个问题》，宁宗一编《古典小说戏曲探艺录》，天津人民出版社1982年版。

宁稼雨：《故事主题类型研究与学术视角换代——关于构建中国叙事文化学的学术构想》，《山西大学学报》（哲学社会科学版）2012年第3期。

宁稼雨：《中国叙事文化研究为何要"以西为体，以中为用"——中国叙事文化学研究丛谈之一》，《天中学刊》2012年第27卷第4期。

潘建国：《古代通俗小说情节衍变及其研究视角》，《北京大学学报》（哲学社会科学版）2010年第3期。

潘建国：《明清时期通俗小说的读者与传播方式》，《复旦学报》2001年第1期。

彭瑄维：《话语、故事和情节——从系统功能语言学看叙事学的相关基本范畴》，《外国语》2000年第6期。

饶道庆：《情之所钟正在我辈——明清小说"套语"研究之一》，《台州学院学报》2004年第4期。

申丹：《"故事与话语"解构之"解构"》，《外国文学评论》2002年第2期。

孙春旻：《审美意象与小说的艺术质感》，《当代文坛》2001年第5期。

谭帆，杨志平：《中国古典小说文法》，《文学遗产》2011年第1期。

汪花荣：《王派水浒故事模式及套语研究》，《长江文化论丛》2012年第1期。

王利器：《水浒留文索引》，《文史》第十辑，中华书局1980年版。

王委艳：《冯梦龙"三言"的口头诗学特征》，《长安大学学报》（社会科学版）2011年第1期。

王阳：《叙述的无时间与时间中的故事》，《河南师范大学学报》（社会科学版）2003年第2期。

文智：《叙事的情节》，《小说评论》2002年第1期。

徐贲：《二十世纪西方小说理论之人物评析观》，《文艺研究》1989年第3期。

杨艳文：《从金批〈水浒传〉看章回体小说套语的叙述功用》，《盐城师范学院学报》（人文社会科学版）2018年第6期。

杨义：《中国叙事学：逻辑起点与操作程式》，《中国社会科学》1994年第1期。

尹慧珉：《普实克和他对我国现代文学的论述——抒情诗与史诗读后感》，《文学评论》1983年第3期。

张宏生：《传统与现代：方法的开放与包容——韩南教授的中国小说研究》，《南京大学学报》（哲学人文社会科学版）1998年第4期。

赵国安：《近十年来明清小说评点研究综述》，《百色学院学报》2007年第5期。

郑振铎：《明清二代的平话集》，《郑振铎文集》第五卷，人民文学出版社1988年版。

［美］浦安迪，陈清侨译：《中西长篇小说文类之重探》，《中外文学》1980年第10期。

［美］浦安迪：《谈中国长篇小说的结构问题》，叶维廉等《中国古典文学比较研究》，黎明文化事业股份有限公司1977年版。

［美］赛珍珠著，姚君伟译：《我的创作经验》，《赛珍珠论中国小说》，南京大学出版社2012年版。

［美］王德威：《明清小说的现代视角》，《中国文哲研究通讯》2007年第3期。

［俄］鲍里斯·托马舍夫斯基：《主题学》，《俄国形式主义文论选》，方珊等译，生活·读书·新知三联书店1989年版。

［俄］维·弗·维诺格拉多夫：《论风格学的任务》，［俄］茨维坦·托多罗夫编选《俄苏形式主义文论选》，蔡鸿滨译，中国社会科学出版社1989年版。

［法］A.J. 格雷马斯：《叙述语法的组成部分》，张寅德编选《叙述学研究》，中国社会科学出版社1989年版。

［法］T. 托多罗夫：《文学作品分析》，张寅德编选《叙述学研究》，中国社会科学出版社 1989 年版。

［法］克洛德·布雷蒙：《叙述可能之逻辑》，张寅德编选《叙述学研究》，中国社会科学出版社 1989 年版。

［法］罗兰·巴特：《叙事作品结构分析导论》，张寅德编选《叙述学研究》，中国社会科学出版社 1989 年版。

［美］理查德·鲍曼，杨利慧译：《"表演"的概念与本质》，《西北民族研究》2008 年第 2 期。

［美］赛珍珠，张丹丽译，姚君伟校：《中国早期小说源流》，《镇江师专学报》（社会科学版）2001 年第 2 期。

［新加坡］郭淑云：《从敦煌变文的套语运用看中国口传文学的创作艺术》，《南京师范大学文学院学报》2003 年第 2 期。

英文文献

Alsace Yen, "A Technique of Chinese Fiction: Adaptation in the 'Hsiyu chi' with Focus on Chapter Nine", *Chinese Literature: Essays, Articles, Reviews*, 1979, (1).

Alsace Yen, "The Parry-Lord Theory Applied to Vernacular Chinese Stories", *Journal of the American Oriental Society*, 1975, 95 (3).

Andrew Plaks ed., *Chinese Narrative: Critical and Theoretical Essays*, Princeton: Princeton University Press, 1977.

Andrew Plaks, "Full Length Hsiao-shuo and the Western Novel: A Generic Reappraisal", In *China and West: Comparative Studies*, Eds. William Tay, Chou Ying-hsiung and Yuan Heh-hsiang, Hong Kong: The Chinese University Press, 1980.

Andrew Plaks, "The Problem of Structure in Chinese Narrative", *Tamkang Review*, 1976, (6.2/7.1, joint edition).

Andrew Plaks, "Towards a Critical Theory of Chinese Narrative", In *Chinese Narrative: Critical and Theoretical Essays*, ed. Andrew Plaks, Princeton: Princeton University Press, 1977.

Anthony Trollop, *An Autobiography*, London: Oxford University Press, 1950.

Barthes, Roland and Lionel Duisit, "An Introduction to the Structural Analysis of Narrative", *New Literary History*, 1975, (6.2).

C. H. Wang, *The Bell and the Drum: Shih Ching as Formulaic Poetry in an Oral Tradition*, Berkeley: University of California Press, 1974.

E. M. Forster, *Aspects of the Novel: and Related Writings*, London: Penguin Classics, 2005.

Glen Dudbridge, *The Hsiyu Chi: A Study of Antecedents to the Sixteenth Century Chinese Novel*, Cambridge: Cambridge University Press, 1970.

Hans H. Frankel, *The Formulaic Language of the Chinese Ballad*, "Southeast Fly the Peacocks",《"中央研究院"历史语言研究所集刊》,"中央研究院"历史语言研究所1969年第39期。

Jaroslav Prusek, "Researches into the Beginnings of the Chinese Popular Novel", In *Chinese History and Literature—Collection of Studies*, Dordrecht-Holland: D. Reidel Publishing Company, 1970.

L. T. Lemon and M. J. Reis. ed., *Russian Formalist Criticism: Four Essays*, Lincoln: University of Nebraska Press, 1965.

McMahon, Keith, *Causality and Containment in Seventeenth-century Chinese Fiction*, Vol.15, Leiden: E. J. Brill, 1988.

Northrop Frye, "Specific Continuous Forms", In *Anatomy of Criticism*, Princeton: Princeton University Press, 1957.

Patrick Hanan, "The Early Chinese Short-story: A Critical Theory in Outline", *Harvard Journal of Asiatic Studies*, 1967, (27).

Patrick Hanan, "The Nature of Ling Meng-Ch'u's Fiction", *Chinese Narrative: Critical and Theoretical Essays*, ed. Andrew Plaks, Princeton: Princeton University Press, 1977.

Seymour Chartman, *Story and Discourse: Narrative Structure*, Ithaca: Cornell University Press, 1978.